btb
Aus Freude am Lesen

Håkan Nesser · Das vierte Opfer

Håkan Nesser

Das vierte Opfer

Roman

Aus dem Schwedischen
von Christel Hildebrandt

btb

Die schwedische Originalausgabe erschien 1994
unter dem Titel »Borkmanns punkt«
bei Albert Bonniers Förlag, Stockholm

Umwelthinweis:
Dieses Buch und sein Schutzumschlag wurden auf
chlorfrei gebleichtem Papier gedruckt.
Die Einschrumpffolie (zum Schutz vor Verschmutzung) ist aus
umweltschonender und recyclingfähiger PE-Folie.

btb Bücher erscheinen im Goldmann Verlag,
einem Unternehmen der Verlagsgruppe Bertelsmann.

4. Auflage

Satz: IBV Satz- und Datentechnik, Berlin
Druck und Bindung: Graph. Großbetrieb Pößneck
Printed in Germany
ISBN 3-442-75030-X

Für Sanna
und Johannes

Aber die Notwendigkeit an sich
kann natürlich nie ein Grund
oder eine Ausrede sein.
Nur eine Ursache.

C. W. Wundermaas,
ehem. Kriminalkommissar

I

31. August – 10. September

1

Wenn Ernst Simmel gewußt hätte, daß er kurz davor war, das zweite Opfer des Henkers zu werden, hätte er sich vermutlich noch ein paar kräftige Drinks in der Blauen Barke gegönnt.

Doch so begnügte er sich mit einem Cognac zum Kaffee und einem verdünnten Whisky in der Bar, wobei er ziemlich fruchtlos und ohne wirkliches Engagement versuchte, mit einer blondierten Frau Blickkontakt aufzunehmen, die schräg gegenüber am Treseneck saß. Offensichtlich war es eine der Neueingestellten unten in der Konservenfabrik. Er hatte sie noch nie gesehen, und er hatte einen gewissen Überblick.

Rechts von ihm saß Herman Schalke von de Journaal und versuchte ihn für eine billige Wochenendreise nach Kaliningrad zu interessieren, oder irgendwas ähnliches, und wenn man später versuchen würde, den Abend zu rekonstruieren, dann würde man zu dem Ergebnis kommen, daß Schalke der letzte gewesen sein mußte, der in diesem Leben mit Simmel geredet hatte.

Das heißt, wenn man nicht davon ausging, daß der Henker ihm noch etwas mitzuteilen gehabt hatte, bevor er ihn umbrachte. Was allerdings nicht sehr wahrscheinlich war, denn der Stich kam, genau wie beim ersten Fall, schräg von hinten und ein wenig von unten. Was gab es da noch viel zu sagen?

»Ach«, hatte Simmel geseufzt und die letzten Tropfen in sich hineingekippt. Zeit, sich nach Hause aufzumachen, zur Frau.

Wenn Schalke sich richtig erinnerte. Jedenfalls hatte er versucht, ihn noch zu überreden. Erklärt, daß es doch erst elf Uhr wäre und die Nacht noch jung, aber Simmel war standhaft geblieben.

Ja, genau das, standhaft. War einfach von seinem Stuhl gerutscht. Hatte seine Brille zurechtgerückt und das dünne, etwas lächerliche Haar quer über die Glatze gestrichen, wie er es immer tat, als ließe sich damit noch etwas kaschieren... hatte irgendwas gemurmelt und war gegangen. Das letzte, was Schalke von ihm sah, war sein lichtbeschienener Rücken, als er in der Tür stand und zu zögern schien, welche Richtung er einschlagen sollte.

Was natürlich, im nachhinein betrachtet, etwas merkwürdig war. Simmel mußte doch wohl wissen, wo er wohnte?

Aber er konnte natürlich auch nur einfach einen Moment stehengeblieben sein, um sich die milde Abendluft zu Gemüte zu führen. Es war ein heißer Tag gewesen, der Sommer war noch nicht vorbei, und die Abende bekamen langsam diese satte Schwere, als lagerten immer noch die Sonnenstunden mehrerer Monate in ihnen. Lagerten dort und wurden immer edler.

Wie geschaffen, um einen tiefen Atemzug davon zu nehmen, hatte jemand gesagt. Diese Nächte.

Im Nachhinein gesehen ein idealer Abend, um auf die andere Seite zu wechseln, wenn man es unter diesem Gesichtspunkt sah. Schalkes Gebiet bei de Journaal war zwar eher der sportliche und folkloristische Bereich, aber in seiner Eigenschaft als letzter Zeuge hatte er doch wohl die Berechtigung dazu, einen Nachruf auf den so plötzlich dahingerafften Immobilienmakler zu schreiben... eine Stütze der Gesellschaft, so durfte man wohl sagen, gerade erst in seine Heimatstadt zurückgekehrt nach einigen Jahren im Ausland (an der spanischen Sonnenküste unter gleichgesinnten Steuerspekulanten, doch das mußte man in diesem Zusammenhang ja nicht erwähnen), Frau und zwei erwachsene Kinder hinterlassend, achtundfünfzig Jahre alt, aber immer noch in der Blüte seiner Jahre, ganz zweifellos.

Die schwere Abendluft schlug ihm wie ein Angebot entgegen, und er blieb zögernd in der Tür stehen.

Wäre doch keine schlechte Idee, noch eine Runde über den Fischmarkt und durchs Hafengebiet zu machen!

Was hatte er um diese Zeit schon zu Hause zu erwarten? Das Bild von Gretes schwerem Körper stieg in seinem Kopf auf, und der süßliche Schlafzimmergeruch kam ihm in den Sinn, und er entschied sich für einen kleinen Spaziergang. Nur einen kleinen. Schon allein die laue Nachtluft war die Mühe wert, auch wenn er nichts finden würde.

Er überquerte die Lange Straße und bog zur Bungeskirche ab. Im gleichen Moment löste sich der Schatten seines Mörders aus dem Dunkel unter den Linden im Leisnerpark und nahm die Verfolgung auf. Still und vorsichtig... in sicherem Abstand und auf Gummisohlen. Das war der dritte Versuch heute abend, noch hatte er sich im Griff. Er wußte, welche Aufgabe er sich gestellt hatte, und das letzte, was ihm in den Sinn gekommen wäre, war, übereifrig zu reagieren.

Simmel ging weiter die Hoistraat entlang und die Treppen hinunter zum Hafen. Am Fischmarkt wurde er langsamer. Bummelte gemächlich schräg über den menschenleeren Kopfsteinpflasterplatz zur Markthalle. Zwei Frauen unterhielten sich an der Ecke zur Doomsgasse, aber sie schienen ihn nicht weiters zu interessieren. Vielleicht wußte er nicht so recht, woran er bei ihnen war, vielleicht hielt ihn etwas anderes zurück.

Vielleicht hatte er auch einfach keine Lust. Unten am Kai blieb er ein paar Minuten stehen, rauchte eine Zigarette und betrachtete die Touristenboote, die im Hafen vor sich hindümpelten. Auch der Mörder gönnte sich in diesem Moment eine Zigarette, im Schatten der Lagergebäude auf der anderen Seite der Esplanade. Er hielt sie tief in seiner hohlen Hand verborgen, damit die Glut ihn nicht verriet, und er ließ sein Opfer keine Sekunde aus den Augen.

Als Simmel seine Kippe ins Wasser warf und seine Schritte

zum Stadtwald hin ausrichtete, war dem Mörder klar, daß es an diesem Abend soweit war.

Zwar waren es von der Esplanade nach Rikken, dem halbmondänen Stadtteil, in dem Simmel wohnte, kaum mehr als dreihundert Meter durch den Wald, und es gab auch genügend Lampen entlang dem Spazierweg, aber diverse Feste im Sommer und Veranstaltungen im Freien hatten die eine oder andere zum Bruch gebracht – und dreihundert Meter können ein langer Weg sein... Als Simmel einen leichten Schritt hinter sich hörte, war er jedenfalls noch nicht weiter als fünfzig Meter in den Wald gekommen, und die Dunkelheit hielt ihn dicht umfangen.

Warm und verheißungsvoll, wie gesagt, aber auch dicht. Vermutlich hatte er gar keine Zeit, um Angst zu haben. Und wenn, dann höchstens in den allerletzten Bruchteilen der letzten Sekunde. Die scharf geschliffene Klinge drang von hinten zwischen dem zweiten und vierten Nackenwirbel ein. Sie spaltete den dritten diagonal in zwei Teile, durchschnitt die Wirbelsäule, die Speiseröhre und die Halsschlagader. Wenn die Klinge nur ein paar Zentimeter tiefer geführt worden wäre, hätte sie den Kopf wahrscheinlich ganz und gar vom Körper abgetrennt.

Was an und für sich natürlich sehr spektakulär gewesen wäre, aber für das Ergebnis an sich nur von untergeordneter Bedeutung.

Allen denkbaren Kriterien zufolge mußte Ernst Simmel bereits tot gewesen sein, als er zu Boden fiel. Sein Gesicht traf mit voller Wucht auf den hartgetretenen Kiesweg, die Brille zersplitterte, und es kam zu einigen sekundären Verletzungen. Das Blut spritzte aus der Kehle, von oben und von unten, und während der Mörder ihn vorsichtig in die Büsche zog, konnte er immer noch ein schwaches Blubbern hören. Er wartete leise in der Hocke, bis die vier oder fünf Jugendlichen vorbei waren, wischte seine Waffe dann im Gras ab und begab sich zurück zum Hafen.

Zwanzig Minuten später saß er an seinem Küchentisch mit einer dampfenden Tasse Tee und hörte, wie sich die Badewanne langsam füllte. Wenn seine Frau noch bei ihm gewesen wäre, hätte sie ihn sicher gefragt, ob er einen anstrengenden Tag gehabt hätte und ob er sehr müde sei.

»Nicht besonders«, hätte er wahrscheinlich geantwortet. »Es dauert nur seine Zeit, aber es geht alles nach Plan.«

»Das ist gut, mein Liebling«, hätte sie darauf antworten können. Wäre vielleicht zu ihm gekommen und hätte ihm eine Hand auf die Schulter gelegt. »Das ist gut ...«

Er nickte und führte die Tasse zum Mund.

2

Der Strand war unendlich.

Unendlich und unveränderlich. Ein graues, stilles Meer unter einem blassen Himmel. Ein Streifen feuchter, fester Sand am Wasser, auf dem er gemächlich entlangschlendern konnte. Ein trockenes, grauweißes Band reichte bis zu dem kleinen Hügel mit Strandgräsern und windgepeitschten Büschen. Über den Salzwiesen im Landesinneren zogen Vögel weite Kreise und erfüllten die Luft mit ihren düsteren Schreien.

Van Veeteren schaute auf die Uhr und blieb stehen. Er zögerte einen Augenblick. In der diesigen Ferne konnte er zwar den Kirchturm von s'Greijvin erkennen, aber die Entfernung war groß. Wenn er weiterginge, würde es sicher eine Stunde dauern, bis er sich im dortigen Café am Markt mit einem Bier niederlassen könnte.

Vielleicht wäre es ja die Mühe wert, aber jetzt, wo er erst einmal angehalten hatte, war es nicht so einfach, sich wieder auf Trab zu bringen. Es war drei Uhr. Er war nach dem Mittagessen aufgebrochen, oder wenn man es genau nahm, war es eher das Frühstück gewesen. Jedenfalls so gegen ein Uhr, nach einer weiteren Nacht, in der er früh zu Bett gegangen war, aber der Schlaf sich erst in den frühen Morgenstunden eingefunden hatte. Schwer zu sagen, was der wahre Grund seiner Unruhe und Rastlosigkeit war, wenn er in dem wackligen Doppelbett lag und sich hin- und herwälzte, während das Morgengrauen immer stärker hereindrang... schwer zu sagen.

Die Ferien dauerten jetzt bereits drei Wochen, ziemlich lange für seine Verhältnisse, aber trotzdem nicht ungewöhnlich lange. Und zumindest während der letzten Woche hatte sich sein Tagesrhythmus kontinuierlich verändert. In vier Tagen würde es an der Zeit sein, wieder ins Büro zu kommen, und er hatte nicht das Gefühl, daß er es auf rüstigen Beinen tun würde.

Und das, obwohl er eigentlich kaum etwas anderes getan hatte, als sich auszuruhen. Am Strand gelegen und gelesen. Im Café in s'Greijvin gesessen oder näher dran in Hellensraut. Den unendlichen Strand rauf und runter spaziert.

Die erste Woche mit Erich war ein Fehler gewesen, das hatten beide bereits nach dem ersten Tag eingesehen, aber das Arrangement ließ sich nicht so leicht über den Haufen werfen. Der Urlaub war nur unter diesen Voraussetzungen bewilligt worden: daß der Vater die Verantwortung für den Sohn übernahm und daß dieser hier an der Küste blieb. Der Sohn hatte immer noch zehn Monate seiner Strafe abzusitzen, und sein letzter Aufenthalt in der Freiheit hatte so einiges zu wünschen übrig gelassen.

Van Veeteren blickte aufs Meer hinaus. Das lag so still und unbegreiflich da, wie es das die ganze letzte Woche getan hatte. Als könnte nichts es wirklich erschüttern, nicht einmal der Wind. Die Wellen, die am Strand eines natürlichen Todes starben, schienen schon lange Leben und Hoffnung hinter sich gelassen zu haben.

Das hier ist nicht mein Meer, dachte Van Veeteren.

In den letzten Arbeitswochen im Juli hatte er auf die Tage mit Erich förmlich gewartet. Als sie da waren, wartete er, daß sie vorbeigehen würden, damit er wieder seine Ruhe hatte. Und nachdem er jetzt zwölf Tage und Nächte in absoluter Einsamkeit verbracht hatte, sehnte er sich danach, wieder mit seiner Arbeit anfangen zu können.

Oder war es vielleicht doch nicht so einfach? War es einfach nur eine beschönigende Umschreibung für das eigentliche Problem – die Frage nämlich, ob es einen Punkt gibt, ab dem man sich nicht länger nach etwas sehnt, sondern ab dem man nur noch von etwas fort will. Weg. Sich danach sehnt, etwas abzuschließen und aufzubrechen, aber nicht danach, etwas neu anzufangen? Wie eine Reise, deren Verlockung im gleichen Takt abnimmt, je weiter man sich vom Ausgangspunkt entfernt, die immer bitterer wird, je näher man dem Ziel kommt...

Weg, dachte er. Beenden. Begraben.

Das ist es, was man den Weg nach unten nennt. Und es gibt immer ein anderes Meer.

Er seufzte und zog sich den Pullover aus. Band ihn sich um die Schultern und machte sich auf den Heimweg. Der Wind blies ihm ins Gesicht, und ihm war klar, daß der Rückweg länger dauern würde... Es war eigentlich gar nicht schlecht, am Abend ein paar Stunden für sich allein zu haben. Das Haus mußte saubergemacht werden, der Kühlschrank geleert, das Telefon abgestellt. Er wollte am nächsten Morgen früh los. Es gab keinen Grund, den Aufbruch unnötig zu verzögern.

Er trat gegen eine liegengelassene Plastikflasche im Sand.

Morgen beginnt der Herbst, dachte er.

Er hörte das Telefon schon am Gartentor. Automatisch verlangsamte er seine Bewegungen, zögerte mit dem nächsten Schritt und suchte nach den Schlüsseln in der Hoffnung, daß es aufhören würde zu klingeln, bevor er ins Haus kam. Vergeblich. Die Töne durchschnitten hartnäckig die Dämmerung und die Stille. Er nahm den Hörer auf.

»Ja?«

»Van Veeteren?«

»Kommt darauf an.«

»Haha... Hier ist Hiller. Wie geht's so?«

Van Veeteren unterdrückte den Impuls, sofort wieder aufzulegen.

»Ausgezeichnet, danke. Aber ich bin davon ausgegangen, daß mein Urlaub erst am Montag zu Ende ist...«

»Ganz genau! Ich hab mir gedacht, du könntest noch ein paar Tage zusätzlich gebrauchen.«

Van Veeteren antwortete nicht.

»Würdest du gern noch ein bißchen an der Küste bleiben, wenn du die Möglichkeit hättest?«

»...«

»Noch eine Woche oder so? Hallo!?«

»Wenn der Herr Polizeipräsident zur Sache kommen könnte«, sagte Van Veeteren.

Hiller bekam einen simulierten Hustenanfall, und Van Veeteren seufzte.

»Ja, hrrm, da ist so eine kleine Sache oben in Kaalbringen... das dürfte nicht mehr als vierzig, fünfzig Kilometer von deinem Haus entfernt liegen, ich weiß nicht, ob du davon weißt. Jedenfalls sind wir um Unterstützung gebeten worden.«

»Worum handelt es sich denn?«

»Mord. Zweifachen. Irgend so ein Wahnsinniger rennt da herum und haut den Leuten mit der Axt oder so den Kopf ab. Heute steht auch was in der Zeitung drüber, aber vielleicht hast du...«

»Ich habe seit drei Wochen keine Zeitung mehr gelesen«, erklärte Van Veeteren.

»Der letzte... ich meine, der zweite Mord geschah gestern, oder eher vorgestern. Tja, auf jeden Fall müssen wir Verstärkung schicken, und da du sowieso in der Gegend bist...«

»Vielen Dank.«

»Du kannst dich erst mal drum kümmern. Ich schicke Münster oder Reinhart nächste Woche nach. Natürlich nur, wenn du den Fall bis dahin nicht gelöst hast.«

»Wie heißt der Polizeichef? Ich meine, in Kaalbringen.«

Hiller hustete wieder.

»Er heißt Bausen. Ich glaube nicht, daß du ihn kennst ... Er hat jedenfalls nur noch einen Monat bis zu seiner Pensionierung, und es scheint ihm nicht besonders viel Spaß zu machen, ausgerechnet jetzt diesen Fall am Hals zu haben.«

»Wie verwunderlich«, sagte Van Veeteren.

»Dann fährst du also morgen hin?« beendete Hiller das Gespräch. »Damit du nicht hin und her fahren mußt. Kann man eigentlich noch baden?«

»Ich mache den ganzen Tag nichts anderes.«

»Soso ... ja, schön. Also, dann rufe ich an und sage ihnen, daß du morgen nachmittag auftauchen wirst. Okay?«

»Ich will Münster haben«, sagte Van Veeteren.

»Wenn es sich einrichten läßt«, erwiderte Hiller.

Van Veeteren legte den Hörer auf. Blieb noch einen Moment lang stehen und starrte das Telefon an, bevor er den Stecker herauszog. Ich habe vergessen, einzukaufen, fiel ihm plötzlich ein. Verflucht noch mal!

Warum fiel ihm das gerade jetzt ein? Er war gar nicht hungrig, also mußte das irgendwie mit Hiller zusammenhängen. Er holte sich ein Bier aus dem Kühlschrank. Ging auf die Terrasse und setzte sich in den Liegestuhl.

Ein Axtmörder?

Er öffnete die Dose und schenkte sich das hohe Glas voll. Versuchte sich daran zu erinnern, ob er jemals mit diesem ungewöhnlichen Tätertyp zu tun gehabt hatte. In den dreißig Jahren oder mehr, die er bei der Polizei war. Aber wie er es auch drehte und wendete, er konnte aus den dunklen Tiefen seiner Erinnerung keinen einzigen Axtmörder hervorlocken.

Dann wird es wohl Zeit, dachte er und hob sein Glas.

3

»Frau Simmel?«

Die korpulente Frau öffnete die Tür sperrangelweit.

»Bitte schön.«

Beate Moerk trat über die Schwelle und versuchte teilnahmsvoll auszusehen. Sie gab Frau Simmel ihren dünnen Mantel, den diese umständlich auf einen Bügel an der Garderobe hängte. Dann zeigte sie ihr den Weg, ging voran und zupfte nervös an dem engen schwarzen Kleid, das sicher schon einige Jährchen auf dem Buckel hatte. Auf einem rauchfarbenen Glastisch im Wohnzimmer war zwischen den massiven Ledersofas Kaffeegeschirr aufgedeckt. Frau Simmel ließ sich auf ein Sofa sinken.

»Sie kommen doch von der Polizei?«

Beate Moerk setzte sich und legte ihre Aktentasche neben sich. Sie kannte diese Frage. Hatte sich fast schon an sie gewöhnt. Offensichtlich konnte man es gerade noch akzeptieren, wenn weibliche Polizisten die Uniform trugen. Daß der Beruf nicht notwendigerweise von den Kleidern abhing, ging nicht so leicht in die Köpfe. Daß es tatsächlich möglich war, hübsche Zivilkleidung zu tragen und trotzdem seine Aufgaben zu erfüllen.

Vielleicht war es überhaupt schwieriger, Frauen zu vernehmen. Männern war es eher peinlich, aber sie gingen aus sich heraus. Frauen kamen direkt zur Sache, behielten aber gleichzeitig eine gewisse Reserviertheit.

Aber Frau Simmel dürfte wohl kein Problem werden, redete sie sich ein. Dort saß sie auf ihrem Sofa und atmete schwer. Groß und plump mit etwas verweinten, ahnungslosen Augen.

»Ja, ich bin Polizeiinspektorin. Ich heiße Beate Moerk. Tut mir leid, daß ich Sie so kurz danach behelligen muß ... Ist niemand bei Ihnen?«

»Meine Schwester«, sagte Frau Simmel. »Sie ist nur eben einkaufen gegangen.«

Beate Moerk nickte und zog einen Notizblock aus der Tasche. Frau Simmel schenkte Kaffee ein.

»Zucker?«

»Nein, danke. Können Sie mir schildern, was am Dienstag abend passiert ist?«

»Ich habe schon... ich habe gestern schon mit einem anderen Polizisten darüber geredet.«

»Mit Kommissar Bausen, ja. Könnten Sie es noch einmal wiederholen?«

»Ich verstehe nicht, warum... da war doch nichts Besonderes.«

»Ihr Mann ist gegen acht Uhr weggegangen?«

Frau Simmel schluchzte leise auf, fing sich dann aber wieder.

»Ja.«

»Warum?«

»Er wollte einen Geschäftsfreund treffen... in der Blauen Barke, nehme ich an.«

»Wickelte er dort öfters seine Geschäfte ab?«

»Ab und zu. Er ist... war... in der Immobilienbranche.«

»Aber Ihr Mann scheint allein in der Blauen Barke gesessen zu haben.«

»Dann ist er wohl nicht gekommen.«

»Wer?«

»Der Geschäftsfreund.«

»Nein, offensichtlich nicht. Aber Ihr Mann ist trotzdem nicht wieder nach Hause gegangen?«

»Nein... er hat dann wohl noch etwas gegessen, wenn er schon einmal da war.«

»Sie hatten vorher nicht gegessen?«

»Nein, kein Mittagessen.«

»Wissen Sie, wer es war?«

»Entschuldigung?«

»Den er dort treffen wollte.«

»Nein... nein, ich mische mich nie in die Angelegenheiten meines Mannes ein.«

»Ich verstehe.«

Frau Simmel zeigte mit der Hand zum Kuchenteller und nahm selbst einen Schokoladenbiskuit.

»Um wieviel Uhr haben Sie ihn zurückerwartet?«

»So um … ja, so um zwölf Uhr ungefähr.«

»Und um wieviel Uhr sind Sie selbst ins Bett gegangen?«

»Warum wollen Sie das wissen?«

»Entschuldigen Sie, Frau Simmel, aber Ihr Mann ist ermordet worden. Da ist es ganz einfach notwendig, daß wir alle möglichen Fragen stellen. Anders werden wir den Täter nie zu fassen kriegen …«

»Das war doch bestimmt der gleiche.«

»Der gleiche wie wer?«

»Der diesen Eggers im Juni erschlagen hat.«

Beate Moerk nickte.

»Da spricht einiges dafür, ja. Aber es kann auch einer gewesen sein, der … der von der Tat inspiriert wurde.«

»Inspiriert?«

»Ja, der einfach die gleiche Methode benutzt hat. Man weiß es nie, Frau Simmel.«

Frau Simmel schluckte und nahm noch einen Biskuit.

»Hatte Ihr Mann irgendwelche Feinde?«

Frau Simmel schüttelte den Kopf.

»Viele Bekannte?«

»Ja …«

»Viele Geschäftsfreunde, von denen Sie nichts Näheres wissen?«

»Ja, viele.«

Beate Moerk machte eine Pause und nippte an ihrem Kaffee. Er war dünn und wäßrig. Wenn man, wie ihre Gastgeberin, zwei Zuckerstückchen hineintat, konnte man vermutlich überhaupt nicht mehr schmecken, um welche Art von Getränk es sich handelte.

»Erlauben Sie mir bitte«, fuhr sie fort, »daß ich Ihnen ein paar Fragen stelle, die vielleicht etwas indiskret sind. Ich hoffe,

Sie verstehen, wie ernst der Fall ist, und ich möchte Sie bitten, so ehrlich wie möglich zu antworten.«

Frau Simmel klapperte nervös mit ihrer Tasse auf der Untertasse.

»Wie würden Sie Ihre Ehe beschreiben?«

»Wie bitte?«

»Ja, welches Verhältnis hatten Sie zueinander? Sie waren seit dreißig Jahren verheiratet, wenn ich mich nicht irre.«

»Zweiunddreißig.«

»Zweiunddreißig, ja. Ihre Kinder sind ausgeflogen ... Hatten Sie weiterhin viel Kontakt zueinander?«

»Zu den Kindern?«

»Nein, Sie zu Ihrem Mann.«

»Ja ... ja, natürlich hatten wir das.«

»Wie heißen Ihre engsten Freunde?«

»Freunde? Bodelsens und Lejnes ... und Klingforts natürlich. Ja, und dann die Familie. Meine Schwester und ihr Mann. Ernsts Bruder und seine Schwester ... und unsere Kinder natürlich. Warum fragen Sie?«

»Wissen Sie, ob Ihr Mann ein Verhältnis mit einer anderen Frau hatte?«

Frau Simmel hörte auf zu kauen. Sie schien die Frage nicht zu verstehen.

»Mit einer anderen Frau?«

»Oder mit mehreren. Ob er untreu war, beispielsweise?«

»Nein ...« Sie schüttelte langsam den Kopf. »Wer hätte das denn sein sollen? Wer hätte ihn denn haben wollen?«

Das war ein Gesichtspunkt, natürlich. Beate Moerk trank schnell einen großen Schluck Kaffee, um ein Lachen zu unterdrücken.

»Ist Ihnen in letzter Zeit irgend etwas aufgefallen? Etwas Ungewöhnliches in seinem Verhalten, meine ich.«

»Nein.«

»Oder gibt es etwas anderes, was Ihnen einfällt?«

»Nein, was sollte das denn sein?«

»Ich weiß es nicht, Frau Simmel, aber es wäre gut, wenn Sie ein wenig über die letzte Zeit nachdenken würden. Vielleicht fällt Ihnen dabei etwas ein ... Ach, waren Sie eigentlich im Sommer verreist?«

»Nur zwei Wochen im Juli. Eine Charterreise, aber ... aber an verschiedene Orte. Ich war mit einer Freundin auf Kos. Ernst ist mit einem Bekannten gefahren.«

»Auch nach Kos?«

»Nein, nicht nach Kos.«

»Wohin dann?«

»Ich weiß nicht mehr genau.«

»Aha ... und ansonsten sind Sie zu Hause gewesen?«

»Ja, außer ein paar Tage mal hier und da, wenn wir mit der Vanessa unterwegs waren ... das ist unser Boot. Wir segeln ein bißchen und bleiben dann gern über Nacht draußen.«

Beate Moerk nickte.

»Ich verstehe. Und es gibt nichts, worüber Sie oder er sich in letzter Zeit Gedanken gemacht haben?«

»Nein ... nein, ich denke nicht.«

»Keine neuen Bekannten?«

»Nein.«

»Er hat nichts Ungewöhnliches erzählt oder angedeutet?«

»Nein.«

Beate Moerk seufzte und legte ihren Stift hin. Lehnte sich im Sofa zurück. »Und wie liefen die Geschäfte?«

»Gut«, antwortete Frau Simmel überrascht. »Gut, glaube ich ...«

Als gäbe es gar keine Alternative, dachte Beate Moerk und fegte sich ein paar Krümel vom Kleid.

»Arbeiten Sie selbst auch, Frau Simmel?«

Sie schien zu zögern.

»Ich helfe meinem Mann ab und zu im Büro.«

»Wobei?«

»Na, so dies und das ... die Einrichtung. Mit den Blumen, Saubermachen und so ...«

»Ich verstehe. Das Büro ist in der Grote Plein, nicht wahr?«
Frau Simmel nickte.
»Wann waren Sie zuletzt dort?«
»Zuletzt? Ja, das war wohl im Mai, glaube ich.«
So ein fleißiges Lieschen! dachte Beate Moerk.

Es folgte noch eine kleine Führung durchs Haus, in erster Linie, weil Bausen das angeordnet hatte. Frau Simmel ging schwerfällig voran, und Beate Moerk ertappte sich dabei, daß sie ihr fast leid tat, weil sie ja schließlich die vielen Zimmer und großen Flächen sauberhalten mußte. Aber es gab sicher eine Putzfrau, die ihr zur Hand ging, bestimmt.

Schwer zu sagen, wozu das hier gut sein sollte, aber so war es ja immer bei Mordermittlungen. Es ging darum, Informationen und Auskünfte jeder Art zu sammeln, je mehr, desto besser – sie zu ordnen und in Erwartung irgendeines Durchbruchs aufzubewahren, wobei dann das bedeutungslose Detail sich plötzlich als Schlüssel für das ganze Rätsel erweisen konnte... für den Fall... für das Mysterium, wie immer man es nun nennen wollte.

Beate Moerk war seit mehr als acht Jahren nicht mehr mit einem Mordfall beschäftigt gewesen, nicht mehr seit ihrer Zeit als Polizeidienstanwärterin in Goerlich, und da war sie kaum etwas anderes als der Laufbursche gewesen, hatte an Türen geklopft, Mitteilungen überbracht, in kalten Autos gesessen und auf etwas gewartet, das nie eintraf.

Und jetzt standen sie also hier mit einem Axtmörder. Sie selbst, Kropke und Kommissar Bausen. Kein Wunder, daß sie ein merkwürdiges Gefühl hatte. Sicher würden bald höhere Tiere kommen, aber trotzdem war es ihr Fall. Bestimmt erwarteten die Leute von ihnen, daß sie den Fall lösen würden.

Diesen Wahnsinnigen zu fassen kriegten.

Und wenn sie an Kropke und Bausen dachte, war ihr klar, daß der Großteil der Verantwortung auf ihren Schultern lag.

»Wollen Sie den Keller auch noch sehen?«

Sie nickte, und Frau Simmel machte sich schwer atmend auf den Weg, die Treppe hinunter.

Im Juni, als es das erste Mal geschah, war sie in Urlaub gewesen. In einer Hütte in der Hohen Tatra, zusammen mit Janos, mit dem sie inzwischen Schluß gemacht hatte oder den sie zumindest für eine Weile aufs Eis gelegt hatte. Die ersten Tage hatte sie nicht mitbekommen, und auch wenn sie es nie zugeben würde, so ärgerte sie das ziemlich.

Heinz Eggers. Sie hatte alles gelesen und den Informationsvorsprung aufgeholt, das schon. War dabeigewesen, hatte Verhöre geführt, Umrisse gezeichnet und den ganzen restlichen Sommer mit das Puzzle gelegt. Aber man war nicht sehr weit gekommen. Sie war die erste, die das zugab. Nach all diesen Stunden, in denen man Verhöre gemacht und sich beratschlagt hatte, war auch nicht der Hauch eines Verdachts aufgetaucht. Sie und auch Kropke hatten inzwischen so viele Überstunden gemacht, daß es sicher für einen Monat Sonderurlaub reichen würde. Vielleicht sollte sie den wirklich nehmen, wenn sie diesen Henker erst einmal zu fassen gekriegt hatten...

Ja, so nannten sie ihn in den Zeitungen. Den Henker.

Und jetzt hatte er wieder zugeschlagen.

Zerstreut ließ sie sich weiter von Frau Simmel durch die Villa führen. Sechs Zimmer und Küche, wenn sie richtig mitgezählt hatte... für zwei Personen. Eine jetzt nur noch. Plus Billardzimmer und Sauna im Keller. Balkon und großer Garten, der bis zum Wald reichte... Immobiliengeschäfte? Bausen hatte Kropke angewiesen, sich Simmels Firma etwas näher anzuschauen. Das war auf jeden Fall keine dumme Idee. Da würde man sicher auf irgendwas stoßen.

Aber was verflucht noch mal hatten Heinz Eggers und Ernst Simmel gemeinsam?

Das war natürlich die Frage, die sie quälte, seit man Simmel gefunden hatte. Bis jetzt hatte sie allerdings nicht die geringste Ahnung, obwohl...

Oder gab es gar kein Verbindungsglied?

War es nur jemand, der herumlief und den Erstbesten umbrachte?

Vollkommen sinnlos und mit ein paar Monaten Abstand? Wenn er gerade Lust hatte? War das einfach ein Wahnsinniger, mit dem sie es hier zu tun hatten, wie einige glaubten? Ein Verrückter?

Sie spürte, wie ein Schauer sie überlief und die Haare auf den Unterarmen sich sträubten.

Reiß dich zusammen, Beate! dachte sie.

Sie verabschiedete sich von Grete Simmel auf der steingefliesten Garageneinfahrt. Ging quer über den gepflegten Rasen und stieg über den niedrigen Zaun aus imitiertem Palisander. Sie kletterte ins Auto und überlegte, ob sie sich eine Zigarette anzünden sollte, verkniff es sich dann aber. Sie hatte jetzt vier Wochen durchgehalten, und es sollte mehr als ein Henker notwendig sein, um sie schwach werden zu lassen.

Frau Simmel stand immer noch da und schaute ihr nach, als sie wegfuhr... ein schwarzer, trauriger Koloß, der plötzlich eine Villa der Millionenklasse, ein Segelboot und ein Immobilienunternehmen am Hals hatte.

Und Gott weiß, was sonst noch.

Der Besuch hatte jedenfalls einiges klargemacht.

Es war nicht Grete Simmel gewesen, die mit der Axt dort hinten im Wald auf der Lauer gelegen hatte, davon war Beate Moerk hundertprozentig überzeugt.

Fast genauso sicher war sie sich, daß die Hausfrau keinen Außenstehenden gedungen hatte, um die Tat auszuführen oder daß sie überhaupt in irgendeiner Weise in die Tat verwickelt war. Sie hatte zwar keine schwerwiegenden Argumente, um diese Schlußfolgerungen zu untermauern, aber warum die sichere Urteilskraft und eigene Intuition verleugnen, wenn man davon nun einmal reichlich besaß?

Sie schaute auf die Uhr. Noch war genügend Zeit, nach Hause zu fahren und sich eine Dusche zu genehmigen, bevor es daran ging, die hohen Tiere kennenzulernen.

4

Van Veeteren hielt vor dem zugewachsenen Garten. Er überprüfte, ob die Hausnummer auf dem abgeblätterten Briefkasten wirklich mit der auf dem Zettel in seiner Brusttasche übereinstimmte.

Doch, ja. Kein Zweifel.

»Sie werden es schon finden«, hatte Polizeichef Bausen ihm zugesichert. »Es gibt nichts Vergleichbares im Ort!«

Das war sicher nicht übertrieben.

Van Veeteren stieg aus seinem Wagen und versuchte über die verfilzte Spierstrauchhecke hinweg in den Garten zu gucken. Dort drinnen sah es dunkel aus. Schwere, unter ihrer Last zusammenbrechende Äste unbeschnittener Obstbäume vereinigten sich in Brusthöhe mit der niedrigen Vegetation – meterhohem Gras, ungepflegten Rosenbüschen und allen möglichen Ranken unklaren Ursprungs – zu einem mehr oder weniger undurchdringlichen Dschungel. Vom Flußweg aus war nicht der Schatten eines Hauses zu sehen, aber ein heruntergetretener Pfad deutete darauf hin, daß es tief drinnen doch etwas gab. Man bräuchte eine Machete, dachte Van Veeteren. Der Kerl muß ja verrückt sein.

Er öffnete das Tor, bückte sich und ging hinein.

Bereits nach ungefähr zehn Metern tauchte eine Hausecke auf, und ein untersetzter Mann kam ihm entgegen. Sein Gesicht war grobgeschnitten, zerfurcht und braungebrannt ... es war ein schöner Sommer gewesen. Sein Haar war spärlich und schütter, fast weiß. Sieht beinahe so aus, als würde er sich bereits jenseits der Pensionsgrenze befinden, dachte Van Veeteren. Den siebzig näher als den sechzig, wenn er denn hätte raten sollen. Aber ganz offensichtlich steckte noch ziemlich viel Kraft in seinen Knochen. Seine Kleidung unterstrich, daß er sich in heimischen Gefilden befand: Pantoffel, abgetragene Cordjeans und ein kariertes Flanellhemd, bis zu den Ellbogen hochgekrempelt.

»Kommissar Van Veeteren, wie ich annehme?«

Er streckte eine kräftige Hand vor. Van Veeteren nickte und ergriff sie.

»Gehen Sie nicht so streng mit dem Garten ins Gericht. Vor ein paar Jahren habe ich angefangen, Rosen zu züchten und so, aber ich bin es leid geworden … Es ist aber auch unglaublich, wie das alles wächst! Und jetzt habe ich keine Ahnung, wie ich das jemals wieder in den Griff kriegen soll.«

Er breitete die Arme aus und lachte entschuldigend.

»Was soll's«, meinte Van Veeteren.

»Auf jeden Fall erst einmal herzlich willkommen! Bitte mir nach, ich habe auf der Rückseite ein paar Stühle hingestellt. Sie trinken doch ein Bier?«

»Viele«, sagte Van Veeteren.

Polizeichef Bausen musterte ihn über den Rand seiner Brille hinweg und zog eine Augenbraue hoch.

»Tut mir leid«, erklärte er. »Aber ich wollte erst einmal abchecken, wen zum Teufel sie uns hergeschickt haben. Bevor wir uns mit den anderen treffen, meine ich. Prost!«

»Prost«, sagte Van Veeteren.

Er lehnte sich auf dem Korbstuhl zurück und leerte die halbe Flasche in einem Zug. Die Sonne hatte während der ganzen Fahrt geschienen; sie hatte zwar nicht länger als eine Stunde gedauert, aber er fühlte, wie ihm das Hemd am Rücken klebte.

»Die Hitze dauert an, fürchte ich.«

Der Polizeichef beugte sich vor und versuchte einen Zipfel Himmel zwischen den Ästen der Bäume zu erspähen.

»Ja«, nickte Van Veeteren. »Ein schönes Plätzchen ist das hier.«

»Ja, nicht schlecht«, bestätigte Bausen. »Wenn man erst einmal im Dschungel sitzt, wird man meistens in Ruhe gelassen.«

Das schien zu stimmen. Ein gut getarntes Nest, ohne Zweifel. Die schmutziggelbe Markise, struppiges Gebüsch und Rosen, die ein Spalier hinaufkletterten, das dichte, hohe Gras, ein schwerer Spätsommerduft, Bienen, die summten... Und dann der Platz selbst: acht, zehn Quadratmeter groß; Steinplatten und eine ausgefranste Schilfmatte, zwei abgewetzte Rohrstühle, ein Tisch mit Zeitungen und Büchern, Pfeife und Tabak. An der Hauswand stand ein schiefes Regal, voll mit Malutensilien, Pinseln, Blumentöpfen, noch mehr Zeitungen und anderem Krempel... ein Schachbrett lugte hinter ein paar Kästen mit leeren Gläsern hervor. Doch, der Platz hatte was. Van Veeteren zog einen Zahnstocher hervor und schob ihn sich zwischen die Vorderzähne.

»Etwas zu essen?« fragte Bausen.

»Nur wenn ich noch etwas bekomme, um es runterzuspülen. Ich glaube, die hier ist schon leer.«

Er stellte die leere Flasche auf den Tisch. Bausen klopfte seine Pfeife sauber und stand auf.

»Wollen mal sehen, was sich da machen läßt.«

Er verschwand im Haus, und Van Veeteren konnte ihn in der Küche rumoren hören, wobei er etwas sang, das an die Caprifischer erinnerte.

Ja, ja, dachte er und faltete die Hände hinter dem Nacken. Es hätte schlimmer kommen können. Er hat jedenfalls noch einiges, was ihm bleibt.

Und plötzlich ging ihm auf, daß ihn von Bausen kaum mehr als acht, zehn Jahre trennen konnten.

Er lehnte Bausens Angebot, bei ihm zu wohnen, ab, wenn auch zögerlich. Vielleicht gab es ja später noch eine Möglichkeit, darauf zurückzukommen. Auf jeden Fall hoffte er, daß der Polizeichef eine Tür für ihn offen hielt... wenn es eine langwierigere Sache werden würde.

Statt dessen nahm er sich ein Zimmer im See Wharf. Im vierten Stock mit Balkon und Abendsonne. Blick über den Hafen, die Anleger und die Bucht und weiter aufs offene Meer. Auch das kein schlechter Ort, das mußte er zugeben. Bausen deutete aufs Meer hinaus.

»Dort kannst du Lange Piirs sehen, den Leuchtturm … aber nur an einem klaren Morgen. Im letzten Jahr war das viermal der Fall. Dort oben auf den Klippen liegt Fisherman's Friend, das Gourmetrestaurant. Vielleicht können wir uns dort mal einen Abend gönnen, wenn wir feststecken in den Ermittlungen.«

Van Veeteren nickte.

»Nun, jetzt wäre es wohl an der Zeit, mit der Arbeit anzufangen?«

Bausen zuckte mit den Achseln.

»Nun ja, wenn der Hauptkommissar darauf besteht.« Er schaute auf die Uhr. »O Scheiße, ich fürchte, die warten schon seit einer halben Stunde auf uns!«

Die Polizeiwache in Kaalbringen bestand aus einem zweistöckigen Eckhaus am Hauptmarkt. Die Rezeption, Kantine, Umkleideraum und einige Arrestzellen befanden sich im Erdgeschoß. Ein Konferenzraum und vier Arbeitszimmer im ersten Stock. Kraft seines Amtes gehörte Bausen natürlich das größte, mit Schreibtisch und Bücherregalen in dunkler Eiche, einem abgesessenen Ledersofa und dem Blick über den Markt. Die Inspektoren Moerk und Kropke hatten beide jeweils ein kleineres Zimmer zum Hof hin, während die Polizeianwärter Bang und Mooser sich das vierte teilten.

»Darf ich Hauptkommissar Van Veeteren vorstellen, er soll den Fall hier für uns lösen«, erklärte Bausen.

Moerk und Kropke erhoben sich.

»Es ist Bausen, der die Fäden in der Hand hat«, wehrte Van Veeteren ab. »Ich bin nur als Unterstützung herbeigerufen worden … wenn die denn nötig sein sollte.«

»Das ist sie ganz bestimmt«, sagte Bausen. »Das hier ist nämlich das ganze Team. Plus die Anwärter natürlich, aber auf die würde ich nicht allzu große Hoffnungen setzen, wenn ich dir einen Tip geben darf.«

»Inspektor Kropke«, sagte Kropke und nahm Haltung an.

Idiot, dachte Beate Moerk und begrüßte Van Veeteren.

»Inspektor Moerk hat die Bereiche Charme und Intuition unter sich«, fuhr Bausen fort. »Ich möchte dem Hauptkommissar raten, sie nicht zu unterschätzen.«

»Das würde mir nie im Traum einfallen«, sagte Van Veeteren.

»Na, dann mal los!« Bausen krempelte seine Hemdsärmel hoch. »Gibt's Kaffee?«

Beate Moerk nickte zu einem Tablett hin, das auf einem Tisch in der Ecke stand. Kropke fuhr sich mit der Hand durch sein blondes, kurzgeschnittenes Haar, während die andere am Knopf unter dem Krawattenknoten fummelte. Offensichtlich war er es, der das Gespräch leiten sollte.

Er ist wahrscheinlich an der Reihe, dachte Van Veeteren. Vielleicht geht er bei Bausen ja gerade in die Lehre...

Was auch nötig zu sein schien, wenn er ehrlich war.

5

»Ich denke, wir sollten uns den Eggers-Fall zuerst vornehmen«, begann Kropke und schaltete den Overhead-Projektor ein. »Um den Kommissar ins Bild zu setzen und die Situation für uns selbst noch einmal zu rekapitulieren. Um das zu vereinfachen, habe ich ein paar Dias vorbereitet...«

Er warf Bausen und Van Veeteren schnell einen beifallheischenden Blick zu.

»Schön«, sagte Beate Moerk.

Kropke hustete.

»Am 28. Juni, frühmorgens, wurde also ein gewisser Heinz Eggers tot auf dem Platz hinter dem Bahnhof aufgefunden. Er war durch einen Hieb mit irgendeiner Art von Axt getötet worden... die Klinge war direkt durch die Wirbel, Pulsadern und so weiter gegangen. Ein Zeitungsausträger hatte ihn kurz nach sechs Uhr gefunden, und da war er bereits seit mehr als vier oder fünf Stunden tot gewesen.«

»Was für ein Typ war Eggers?« unterbrach ihn Van Veeteren.

Kropke legte eine Folie unter den Projektor, so daß Van Veeteren selbst lesen konnte, daß das Opfer vierunddreißig Jahre alt war, als sein Leben ein so jähes Ende nahm. Daß er geboren und polizeilich gemeldet war in Selstadt, keine hundert Kilometer landeinwärts, aber sich seit April diesen Jahres in Kaalbringen aufhielt. Daß er keine feste Arbeit hatte, weder in Kaalbringen noch in Selstadt noch sonstwo, und daß er ein schillerndes kriminelles Vorleben vorzuweisen hatte: Drogenmißbrauch, Körperverletzung, Einbruch, Sittlichkeitsverbrechen, Betrug... Insgesamt hatte er ungefähr zehn Jahre in verschiedenen Gefängnissen und Institutionen verbracht, das erste Mal bereits als Sechzehnjähriger. Den hiesigen Behörden war nicht bekannt gewesen, daß er sich in Kaalbringen aufhielt; Eggers hatte in einer Zweizimmerwohnung in der Andrejstraat gewohnt, die einem guten Freund von ihm gehörte, der im Augenblick eine kürzere Strafe wegen Körperverletzung und Gewaltandrohung verbüßte. Er hatte Pläne gehabt, hier in Kaalbringen ein wenig zur Ruhe zu kommen, mit dem Arbeiten anzufangen und so weiter, aber wie sich zeigte, war ihm das nicht gerade gelungen...

»Woher habt ihr diese Informationen?« fragte Van Veeteren.

»Aus verschiedenen Quellen«, antwortete Beate Moerk. »Die meisten von einer Freundin.«

»Einer Freundin?«

»Ja, so nannte sie sich selbst«, erklärte Bausen. »Hat auch in der Wohnung gewohnt. Aber sie war es nicht, die ihn umgebracht hat, auch wenn sie nicht gerade Krokodilstränen um ihn zu vergießen schien.«

»Das tat ja wohl niemand«, warf Moerk ein.

»Jedenfalls hat sie ein Alibi«, erklärte Bausen. »Und zwar ein wasserdichtes.«

»Wie seid ihr vorgegangen?« fragte Van Veeteren und spielte mit dem Zahnstocher herum.

Kropke schaute Bausen fragend an, bekam aber nur ein aufmunterndes Nicken zur Antwort.

»Wir haben mehr als fünfzig Personen verhört«, fuhr er also fort, »die meisten ungefähr von gleichem Schrot und Korn wie Eggers. Seine Freunde und Bekannten... meistens Eierdiebe, Junkies und so. Er hatte nicht soviel Kontakt hier in der Stadt, war ja erst seit ein paar Monaten hier. Mehr als ein Dutzend Leute waren es nicht – und die altbekannten Kandidaten. Der übliche Haufen, kann man wohl sagen – solche, die im Park sitzen und sich vollaufen lassen. Die sich gegenseitig das Leben zur Hölle machen und ihre Frauen unten an der Hafenesplanade und auf dem Fischmarkt verkaufen. Ja, und dann haben wir noch eine Unmenge vollkommen belangloser Menschen verhört aufgrund irgendwelcher anonymer Hinweise...«

Van Veeteren nickte.

»Wie viele Leute leben hier in der Stadt?«

»Ungefähr fünfundvierzigtausend«, sagte Beate Moerk. »In den Sommermonaten ein paar tausend mehr.«

»Und wie steht's mit der Kriminalität?«

»Schlecht«, meinte Bausen. »Ein paar Gelegenheitsverbrechen hier und da, vier, fünf Bootsdiebstähle im Sommer. Die eine oder andere Prügelei und ein paar Drogengeschäfte... tja, ich gehe davon aus, daß du nicht die Finanzverbrechen meinst?«

»Nein«, bestätigte Van Veeteren. »Jedenfalls jetzt noch nicht. Also, was habt ihr für Theorien, diesen Eggers betreffend?«

Beate Moerk beschloß, das Wort zu ergreifen.

»Gar keine«, sagte sie. »Wir wissen überhaupt nichts. Haben uns schon überlegt – bis das mit Simmel passierte –, ob es sich vielleicht um eine Art interne Abrechnung handeln könnte. Ein Junkie, der einen anderen aus irgendeinem Grund umbringt. Aus Haß oder aufgrund von Geldschulden oder so was in der Art...«

»Man bringt niemanden um, der einem Geld schuldet«, erklärte Kropke. »Dann sieht man es ja nie wieder.«

»Ganz im Gegenteil, Inspektor«, seufzte Moerk. Kropke runzelte für einen Augenblick die Stirn.

Sieh mal einer an, dachte Van Veeteren.

»Kaffee?« fragte Bausen rhetorisch und gab die Becher in die Runde.

»Wenn es stimmt«, sagte Van Veeteren, »was Inspektor Moerk sagt, dann habt ihr den Täter wahrscheinlich bereits verhört. Wenn ihr eure Pappenheimer alle angesehen habt, nicht wahr?«

»Vermutlich«, nickte Bausen. »Aber jetzt ist die Sache mit Simmel dazugekommen. Ich denke, das verändert die Situation ziemlich.«

»Mit Sicherheit«, sagte Moerk.

Kropke legte ein neues Bild auf. Offenbar stellte es den Ort dar, wo Eggers gefunden worden war ... Allem Anschein nach war er auf den Hinterhof eines Abbruchhauses hinter ein paar Mülltonnen geworfen worden.

»Wurde er an diesem Ort ermordet?« fragte Van Veeteren.

»Im großen und ganzen«, sagte Kropke. »Er ist höchstens ein paar Meter weggeschleppt worden.«

»Was hatte er da zu suchen?«

»Keine Ahnung«, sagte Bausen. »Wahrscheinlich Drogengeschäfte.«

»Wie spät war es?«

»So gegen eins oder zwei ... nachts, meine ich.«

»War er angeturnt?«

»Nicht besonders.«

»Warum stehen auf dem Abbruchsgelände eigentlich Mülltonnen herum?«

Bausen überlegte eine Weile.

»Das weiß ich nicht ... da habe ich, ehrlich gesagt, keine Ahnung.«

Van Veeteren nickte. Kropke goß Kaffee ein, und Beate Moerk öffnete ein Kuchenpaket, das bis zum Rand gefüllt war mit Kopenhagenern.

»Ausgezeichnet«, sagte Van Veeteren.

»Aus Sylvies Luxusbäckerei«, erklärte Bausen. »Ein Besuch empfiehlt sich. Du kriegst zwanzig Prozent Rabatt, wenn du sagst, daß du Bulle bist... liegt hier gleich um die Ecke.«

Van Veeteren brach seinen Zahnstocher ab und langte zu.

»Nein«, sagte Kropke. »Was Eggers betrifft, da stecken wir irgendwie fest. Anders kann man es nicht sagen.«

»Was ist mit der Waffe?« fragte Van Veeteren mit vollem Mund. »Was sagt der Arzt?«

»Einen Moment.«

Kropke suchte ein neues Dia hervor – eine Skizze, wie die Axtklinge, oder was es auch immer gewesen sein mochte, sich durch Eggers Nacken gearbeitet, Halswirbel, Pulsader, Speiseröhre und alles mögliche andere quer durchtrennt hatte.

»Kräftiger Hieb?« fragte Van Veeteren.

»Nicht unbedingt«, antwortete Beate Moerk. »Das hängt von der Qualität des Blattes ab, und das scheint mir sehr scharf geschliffen gewesen zu sein... und sehr dünn.«

»Dann ist keine außergewöhnliche Kraft notwendig«, fügte Kropke hinzu.

»Man sieht auch«, fuhr Moerk fort, »daß der Hieb sehr schräg geführt wurde, aber das bedeutet eigentlich gar nichts. Es kann sich um eine sehr kleine oder um eine sehr große Person gehandelt haben. Wobei es davon abhängt, wie sie die Waffe gehalten hat... und wie diese aussieht natürlich.«

»Man braucht sich ja nur vorzustellen, wie viele Möglichkeiten es gibt, einen Tennisball zu schlagen«, verdeutlichte Kropke.

Van Veeteren griff nach einem weiteren Kopenhagener.

»Und es ist anzunehmen, daß es sich um eine Axt handelt?« fragte er.

»Irgend etwas in der Art«, sagte Bausen. »Ich denke, wir sollten jetzt zu Simmel übergehen. Kann Inspektor Moerk da übernehmen?«

»Ja, da sind wir noch nicht sehr weit gekommen... es war ja erst vorgestern morgen, so gegen acht Uhr, da hat ein Jogger ihn im Stadtwald gefunden. Zuerst hat er Blut auf dem Weg gesehen, und als er stehen geblieben ist, hat er kurz darauf den Körper entdeckt. Es sah nicht so aus, als hätte der Mörder sich viel Mühe gegeben, ihn zu verstecken. Er... der Jogger also, hat uns direkt benachrichtigt, der Kommissar und ich sind gleichzeitig am Tatort eingetroffen, und wir konnten feststellen, daß... nun, daß es wohl der gleiche Täter gewesen ist, der schon einmal zugeschlagen hat.«

»Von hinten erschlagen«, sagte Bausen. »Ein bißchen kräftiger, und der Kopf wäre ab gewesen. Es sah schrecklich aus.«

»Die gleiche Waffe?« fragte Van Veeteren.

»Mit neunzigprozentiger Sicherheit«, sagte Kropke.

»Hundert Prozent wären mir lieber«, erwiderte Van Veeteren.

»Höchstwahrscheinlich«, erklärte Bausen, »haben wir es hier nicht mit einer normalen Axt zu tun. Das Blatt ist vermutlich breiter, als es lang ist. Vielleicht fünfzehn, zwanzig Zentimeter. Weder bei Eggers noch bei Simmel hat sich eine Ecke reingeschoben. Sagt jedenfalls der Gerichtsmediziner... und zumindest Simmel hatte einen richtigen Stiernacken.«

»Vielleicht eine Machete?« schlug Van Veeteren vor.

»Die Idee ist mir auch schon gekommen«, sagte Bausen. »Daß es ein Messer oder eine Art Schwert sein könnte mit sehr kräftiger Klinge, aber die Schneide ist gerade, nicht gebogen wie bei einer Machete.«

»Nun ja«, überlegte Van Veeteren, »das ist im Augenblick vielleicht auch nicht das wichtigste. Welche Verbindungen gibt es zwischen Eggers und Simmel?«

Es blieb still am Tisch.

»Das ist eine gute Frage«, sagte Bausen.

»Bis jetzt haben wir noch keine gefunden«, erklärte Kropke. »Aber wir suchen...«

»Beide waren sie Schurken«, sagte Bausen. »Aber sie spielten in verschiedenen Ligen, wenn man so will. Simmels Geschäfte waren offensichtlich nicht unbedingt fürs Tageslicht bestimmt, sie waren eher eine Sache für die Steuerfahndung als für uns Normalsterbliche. Er ist aber nie direkt in irgendwelche kriminellen Machenschaften verwickelt gewesen.«

»Zumindest ist er nicht aktenkundig geworden«, fügte Moerk hinzu.

»Drogen?« fragte Van Veeteren. »Da treffen sich doch die unterschiedlichsten Schichten.«

»Wir haben in der Richtung keine Hinweise«, sagte Kropke.

Wäre nicht schlecht, wenn wir den Fall lösen könnten, bevor Bausen ausgewechselt wird, dachte Van Veeteren.

»Was hatte er da draußen im Wald zu suchen?«

»Er war auf dem Heimweg«, erklärte Beate Moerk.

»Von wo?«

»Vom Restaurant Blaue Barke. Er hat da ungefähr von neun bis elf gesessen ... dafür gibt es Zeugen. Hat anschließend wohl noch einen Spaziergang durch die Stadt gemacht. Die letzten, die ihn gesehen haben, waren zwei Frauen unten am Fischmarkt ... so um zwanzig nach elf, plus minus ein paar Minuten.«

»Und was sagt der Obduktionsbericht über den Todeszeitpunkt?«

»Den endgültigen kriegen wir morgen«, sagte Bausen. »Aber wie es bisher aussieht, so zwischen elf und eins ... nun ja, also wohl eher halb zwölf bis eins.«

Van Veeteren lehnte sich zurück und blickte zur Decke.

»Dann gibt es zwei Möglichkeiten«, sagte er und wartete.

»Genau«, nickte Beate Moerk. »Entweder der Mörder lauerte am Fußweg, um den Erstbesten, der vorbeikam, umzubringen, oder er hat Simmel vom Restaurant aus verfolgt.«

»Er kann doch auch unterwegs auf ihn gestoßen sein«, sagte Kropke. »So ganz zufällig, meine ich ...«

»Und hatte die Axt dabei ... so ganz zufällig?« fragte Moerk.

Gut, dachte Van Veeteren. Möchte nur wissen, ob Bausen schon mit dem Gedanken eines weiblichen Nachfolgers gespielt hat. Aber das war wohl nicht seine Sache.

6

Vier Journalisten standen unten im Foyer und warteten, doch Bausen speiste sie routiniert ab.

»Die Pressekonferenz ist morgen um elf. Vorher kein einziges Wort!«

Van Veeteren lehnte dankend das Angebot einer kleinen Mahlzeit und einer Mitfahrgelegenheit zurück zum Hotel ab.

»Ich muß mich etwas bewegen. Außerdem will ich ein paar Zeitungen kaufen.«

Bausen nickte.

»Hier ist meine Nummer, solltest du es dir anders überlegen. Ich werde sicher den ganzen Abend zu Hause sein.«

Er gab Van Veeteren eine Karte, die dieser in seiner Brusttasche verstaute.

Der Polizeichef stieg in seinen etwas verbeulten Toyota und fuhr los. Van Veeteren schaute ihm nach.

Netter Kerl, dachte er. Möchte nur wissen, ob er auch Schach spielt?

Er schaute auf die Uhr. Halb sechs. Noch ein paar Stunden Akten wühlen im Hotelzimmer und dann etwas essen... genau das richtige Programm, um die Zeit totzuschlagen. Das war wohl die einzige Eigenschaft, die er im Laufe der Jahre hatte entwickeln können: die Fähigkeit, die Zeit totzuschlagen. Ja, und natürlich eine gewisse Veranlagung, Gewaltverbrecher dingfest zu machen.

Er nahm seine Aktentasche in die Hand und ging zum Hafen hinunter.

Vierzehn Tonbandkassetten und drei Ordner.

Das war das Material des Eggers-Falls. Er kippte alles auf dem Bett aus und zögerte eine Weile.

Dann rief er in der Rezeption an und bestellte sich ein Bier. Nahm die Ordner unter den Arm und setzte sich mit ihnen auf den Balkon.

Es dauerte ein paar Minuten, bevor er sich den Sonnenschirm so hingedreht hatte, daß ihn die Abendsonne nicht blendete, aber nachdem er diese Nebensächlichkeit bewältigt hatte und nachdem das Mädchen mit dem Bier gekommen war, blieb er dort draußen sitzen, bis er jedes Wort gelesen hatte.

Das Ergebnis war einfach und ließ sich wohl am besten mit Inspektor Moerks Worten ausdrücken: Man wußte rein gar nichts.

Er freute sich nicht gerade darauf, die Tonbänder abzuhören. Unter normalen Umständen – wenn er in heimischen Gefilden gewesen wäre – hätte er natürlich zugesehen, daß sie abgetippt wurden, aber so, wie die Dinge lagen, war es wohl am besten, sich die Kopfhörer überzustülpen und keinen Aufstand zu machen... Trotzdem beschloß er, die Sache auf die Nacht oder den nächsten Morgen zu verschieben. Statt dessen nahm er sich den nächsten Mord vor und studierte die entsprechenden Zeitungsausschnitte. Er hatte vier Stück gefunden, zwei Artikel aus zwei verschiedenen Blättern und zwei Artikel aus der hiesigen Regionalzeitung.

Die Landeszeitung protzte mit reichlich großen Überschriften, aber der Text war mager. Offensichtlich hatte man noch keinen Reporter hergeschickt... aber es war anzunehmen, daß er zur Pressekonferenz auftauchen würde. Der Leiter der Untersuchung, Kommissar Bausen, hatte sich zwar geäußert, wollte aber nicht mehr sagen, als daß die Polizei verschiedenen Spuren nachging.

Ja, ja, dachte Van Veeteren.

Das heimische Blatt hieß de Journaal und war um so ergiebiger.

Bilder von Bausen, dem Fundort und dem Opfer... noch lebend. Und von Eggers. Die Überschrift auf der Titelseite lautete: »Der Henker schlägt wieder zu. Stadt in Angst und Schrecken.« Und weiter hinten in der Zeitung wurden unter anderem die Fragen gestellt: »Wer wird das nächste Opfer?« und »Ist die Polizeiführung kompetent?«

Er überflog die Artikel und las den Nachruf auf Ernst Simmel; nach allem zu urteilen, ein guter Sohn der Stadt und ein Ehrenmann – Mitglied beim Rotary Club, Vorstandsmitglied im Fußballverein und stellvertretender Vorsitzender im Zentralbankrat. Er hatte früher noch weitere Ämter innegehabt, vor seinem Spanienaufenthalt... gerade erst zurückgekommen, und nun brutal ermordet.

De mortuis... dachte Van Veeteren und warf die Zeitung auf den Boden. Was zum Teufel habe ich hier eigentlich zu suchen?

Er zog sein Hemd aus und ging ins Bad. Wie hieß dieses Restaurant noch?

Blaue Barke?

Die Vermutung, daß die überregionale Presse auftauchen würde, erwies sich als wohlbegründet. Als Van Veeteren das Hotelfoyer durchquerte, stürzten zwei Herren mittleren Alters aus der Bar, die dicke Patina ihrer Zunft stand ihnen deutlich ins Gesicht geschrieben, und Van Veeteren blieb mit einem Seufzer stehen.

»Hauptkommissar Van Veeteren! Cruickshank vom Telegraaf!«

»Müller von der Allgemejne!« fügte der andere hinzu. »Ich glaube, wir haben uns schon mal gesehen...«

»Mein Name ist Rölling«, sagte Van Veeteren. »Ich bin Reisender in Standuhren. Es muß sich um ein Mißverständnis handeln.«

»Haha«, sagte Müller.

»Wann können wir in Ruhe miteinander reden?« fragte Cruickshank.

»Die Pressekonferenz im Polizeirevier ist morgen um elf«, sagte Van Veeteren und öffnete die Tür.

»Leiten Sie oder Bausen die Untersuchungen?« fragte Müller.

»Welche Untersuchung?« meinte Van Veeteren.

Die Einrichtung in der Blauen Barke tendierte ins Rot. Die Bar war nicht einmal halbvoll, und auch im Restaurantbereich gab es noch genügend freie Plätze. Van Veeteren bekam einen Tisch ganz hinten im Raum, ziemlich abgeschirmt, aber er hatte noch nicht einmal mit dem warmen Gang begonnen, als ein dünner Herr mit feuchten Augen und einem nervösen Lächeln vor ihm stand.

»Entschuldigen Sie. Schalke von de Journaal. Sie sind doch der Hauptkommissar, nicht wahr?«

Van Veeteren antwortete nicht.

»Ich war der letzte, der mit ihm geredet hat... Bausen und Kropke haben mich natürlich vernommen, aber wenn Sie trotzdem mit mir reden wollen, stehe ich Ihnen jederzeit zur Verfügung.«

Er warf einen fragenden Blick auf den leeren Stuhl gegenüber vom Kommissar.

»Dann sagen wir, gleich in der Bar?« schlug Van Veeteren vor.

Schalke nickte und zog sich zurück. Van Veeteren begann lustlos etwas in sich hineinzuschaufeln, was unter der kryptischen Bezeichnung »Chef's Pride mit Funghi und Mozzarella« lief. Nachdem er die Mahlzeit beendet und bezahlt hatte, wußte er immer noch nicht, was er eigentlich gegessen hatte.

»Er saß genau da, wo der Herr Hauptkommissar jetzt sitzt«, berichtete Schalke. »Quicklebendig. Eine Sache ist auf jeden Fall klar. Er hatte keine Ahnung, daß er erstochen werden sollte. Er war genau wie immer.«

»Wie denn?« fragte Van Veeteren und schlürfte den Schaum vom Bier.

»Wie? Nun ja... ja, ein bißchen abwesend und etwas überheblich, wenn ich ehrlich sein soll. Schwer, mit ihm ins Gespräch zu kommen, so war er immer. Seine Gedanken waren irgendwie ganz woanders...«

Das wundert mich nicht, dachte Van Veeteren.

»Möglicherweise hat er versucht, mit einer der Bräute zu flirten, die da hinten saßen...«

Er deutete in die Richtung.

»Er hat geflirtet?«

»Na ja, das ist vielleicht zuviel gesagt... jedenfalls hat er sie eine Weile betrachtet.«

Van Veeteren nickte.

»Sie meinen, Ernst Simmel war häufiger hinter Frauen her?«

Schalke zögerte. Aber nur eine Sekunde lang.

»Nun, nicht direkt hinter ihnen her, das glaube ich nicht. Ich kannte ihn ja nicht besonders, außerdem war er ja auch einige Jahre weg gewesen... ist bestimmt ein paarmal über die Stränge geschlagen, aber da war nie was Ernstes.«

»Seine Ehe war wohl auch nicht besonders glücklich, oder?« sagte Van Veeteren.

»Nein... ja, so kann man es wohl sehen.«

»Und er ist von hier um elf weggegangen?«

»Ein paar Minuten danach.«

»Und in welche Richtung ist er gegangen?«

»Dahin...« Schalke zeigte wieder. »Zum Markt und Hafen runter.«

»Hat er nicht in der anderen Richtung gewohnt?«

»Eigentlich kann man beide Wege nehmen, übern Hafen dauert es nur etwas länger.«

»Sie haben niemanden gesehen, der ihm gefolgt sein könnte?«

»Nein.«

»Was glauben Sie, warum hat er den längeren Weg genommen?«

»Keine Ahnung. Frauengeschichten, vielleicht.«

»Huren?«

»Ja... wir haben da ein paar. Die stehen immer da unten.«

»Ist Ihnen aufgefallen, ob jemand direkt nach Simmel die Bar verlassen hat?«

»Nein... darüber habe ich auch schon nachgedacht, aber ich glaube, da gab's niemanden.«

Van Veeteren seufzte.

»Was würden Sie fragen, wenn Sie an meiner Stelle wären?«

Schalke dachte nach.

»O Scheiße, keine Ahnung. Weiß ich nicht, ehrlich.«

»Haben Sie keine eigene Theorie?«

Schalke dachte erneut nach. Es war ihm anzusehen, daß er gern irgendeine tiefschürfende Hypothese präsentiert hätte, aber nach einer Weile gab er auf.

»Nein, gar keine, wirklich«, sagte er. »Es muß einfach ein Verrückter gewesen sein ... einer, der vielleicht irgendwo aus einer Psychoanstalt ausgebrochen ist, oder?«

Psychoanstalt? dachte Van Veeteren. Sehr gewählter Ausdruck für jemanden, der dem schreibenden Gewerbe angehörte, das mußte man zugeben.

»Bausen ist dem schon nachgegangen«, sagte er. »Als einzige ist eine verwirrte Frau in den Neunzigern weggelaufen. Im Rollstuhl und mit Alzheimer ...«

»Die war es bestimmt nicht«, bekräftigte Schalke.

Van Veeteren trank sein Bier aus und beschloß, nach Hause zu gehen. Er rutschte vom Barhocker und bedankte sich für die Hilfe.

»Ach, übrigens: Sind hier immer so wenige Gäste?« fragte er.

»Nein, ganz und gar nicht!« erklärte Schalke. »Hier ist es sonst immer proppevoll. Schließlich ist ja Freitag und so ... die Leute haben ganz einfach Angst. Sie trauen sich nicht mehr, rauszugehen!«

Angst? dachte Van Veeteren, als er draußen auf dem Fußsteig stand. Ja, natürlich haben sie Angst.

Eine Stadt in Angst und Schrecken?

Von der Blauen Barke bis zum Hafen und zum See Wharf dauerte es nicht länger als zehn Minuten. Einige Autos waren unterwegs, aber tatsächlich sah er nicht mehr als ein gutes Dutzend Fußgänger, und alle in Gruppen. In den wenigen Bars und

Cafés, die geöffnet hatten, sah es auch ziemlich spärlich aus. Im Kino Palladium lief die Spätvorstellung, und er hatte den Verdacht, daß es dort drinnen genauso leer sein würde wie überall.

Der Mörder... der Henker... der Wahnsinnige mit der Axt ließ niemanden unberührt.

Kein Wunder. Vor dem Hotel blieb er stehen und überlegte, ob er noch in den Stadtwald gehen und sich die Stelle anschauen sollte, beschloß dann aber, es bleiben zu lassen. Das würde bei Tageslicht sicher mehr bringen.

Es gab noch eine ganze Menge anderer Dinge, die am nächsten Morgen auf ihn warteten, aber als er ins Bett kroch und den Kassettenrecorder anstellte, waren es nur noch Inspektor Moerks Worte, die ihm in den Ohren dröhnten.

Nichts. Wir wissen rein gar nichts. Keinen Furz.

Hübsche Frau, dachte er. Nur schade, daß man selbst nicht ein Vierteljahrhundert jünger ist.

Und noch bevor das zweite Verhör seinen Anfang nahm, schlief er bereits wie ein Stein.

7

Im Traum überfielen ihn die alten Bilder. Immer die gleichen Bilder. Die gleiche verzweifelte Ohnmacht, die gleiche sterile, weißglühende Wut – Gitte in der Sofaecke mit zerstochenen Armen und Augen wie schwarze, leere Brunnen. Dieser spindeldürre Zuhälter mit blauschwarzem, strähnigem Haar, der ihn grinsend ansah und auslachte. Der die Handflächen zur Decke hob und mit dem Kopf schüttelte... und der andere – ihr Gesicht über der Schulter des nackten Mannes. Ein verschwitzter, behaarter Rücken, dicke Arschbacken, die hart zustießen und sie an die Wand drückten, ihre gespreizten Beine und ihr Blick, in dem sich sein eigener widerspiegelte, der sieht, was er sieht... nur eine Sekunde lang, bevor er auf dem Absatz kehrt machte und sie verließ.

Die gleichen Bilder ... und direkt über ihnen, sie durchdringend, das Bild einer fröhlich lachenden Zehnjährigen mit weizenblonden Haaren, die ihm am Strand entgegenläuft. Mit ausgebreiteten Armen und funkelnden Augen. Gitte ...

Er erwachte schweißgebadet, wie immer. Es dauerte ein paar Sekunden, bis er sich erinnerte, bis er sich wieder in der Gewalt hatte ... die Waffe ... das ziehende Glücksgefühl, als er sie durch die Luft schwang, und der dumpfe Laut, als sie ins Fleisch eindrang. Die leblosen Körper und das blubbernde Blut.

All das Blut.

Wenn doch dieses Blut nur die Bilder seiner Träume überspülen könnte. Sie zudecken, sie unkenntlich machen, sie zerstören könnte. Nicht wiederzuerkennen. Bilanz ziehen und wieder bei Null anfangen ... aber eigentlich ging es ja nicht um seine Qualen. Es waren nicht die Bilder, um die es ging, es war das Motiv der Bilder ... die Wirklichkeit hinter ihnen. Die Realität.

Ihre Rache, nicht seine. Die Rache dieser Zehnjährigen, die angelaufen kam und plötzlich mitten im Leben gebremst wurde. Die mitten im Lauf angehalten und am nächsten Schritt gehindert wurde, genauso jäh und unerbittlich wie auf der Fotografie. Sie war es, um die es hier ging, und niemand sonst.

Er tastete nach den Zigaretten. Wollte kein Licht machen, die Dunkelheit war genau richtig, er wollte jetzt nichts sehen ... Es gelang ihm, ein Streichholz anzuzünden. Er zündete die Zigarette an und tat ein paar tiefe, entschlossene Züge. Spürte plötzlich, wie er wieder eine gewisse Wärme wahrnehmen konnte, ein im Körper aufsteigendes Gefühl, eine Welle, die anschwoll, sich bis in seinen Kopf ausbreitete und ihn zum Lachen brachte. Er dachte wieder an seine Waffe. Sah sie im Dunkel vor sich, ein gutgelaunter Macbeth mit einemmal, und er überlegte, wie lange er wohl warten mußte, bis es an der Zeit war, sie wieder sprechen zu lassen ...

8

Im klaren Morgenlicht und mit der frischen Brise vom Meer her schien Kaalbringen vergessen zu haben, daß sie eine Stadt in Angst und Schrecken war. Van Veeteren nahm ein spätes Frühstück auf dem Balkon zu sich, während er das Gewimmel von Menschen auf dem Fischmarkt betrachtete. Offensichtlich waren es nicht nur die Leckereien aus der Tiefe des Meeres, die an den Ständen unter den bunten Markisen gehandelt wurden, sondern eher wohl alles, was es zwischen Himmel und Erde gab. Samstagvormittag war Markttag, die Sonne schien, und das Leben ging weiter.

Die Uhr in der niedrigen Kalksteinkirche schlug zehnmal, und er mußte sich eingestehen, daß er fast elf Stunden geschlafen hatte.

Elf Stunden? Hieß das, daß er sich auf Mörderjagd befinden mußte, damit sich der richtige Nachtschlaf einstellte? Er köpfte sein Ei und dachte nach... es erschien ihm absurd. Und was waren das für hinterhältige Gefühle gewesen, die ihn an diesem friedlichen Morgen überfallen hatten? Er hatte sie bereits unter der Dusche gespürt und versucht, sie abzuschütteln, aber hier draußen in der salzgeschwängerten Luft stiegen sie mit neuer Kraft wieder nach oben. Sponnen esoterische Bänder der Faulheit um seine Seele und flüsterten ihm verführerische Worte ins Ohr.

Daß er sich überhaupt nicht anzustrengen brauchte.

Daß die Lösung dieses Falles ihm in den Schoß fallen würde. Daß ihm der Zufall das Resultat in die Hand spielen würde. Ein Geschenk des Himmels... ein deus ex machina!

Eine Gnade, die zu erflehen wäre, dachte Van Veeteren. Verdammte Scheiße!

Aber der Gedanke war da.

Cruickshank und Müller saßen unten im Foyer und warteten auf ihn. Sie hatten Gesellschaft von einem Fotografen bekommen, einem bärtigen jungen Mann, der ihm einen Blitz mitten ins Gesicht feuerte, sobald er aus dem Fahrstuhl stieg.

»Guten Morgen, Herr Hauptkommissar«, sagte Müller.

»Scheint einer zu werden«, erwiderte Van Veeteren.

»Könnten wir nach der Pressekonferenz miteinander reden?« fragte Cruickshank.

»Nur wenn ihr schreibt, was ich sage. Ein Wort zuviel, und ihr seid zwei Jahre raus aus dem Spiel!«

»Natürlich«, lachte Müller. »Die gleichen Regeln wie immer.«

»Ich werde zwischen zwölf und halb eins bei Sylvie sein«, sagte Van Veeteren und legte seinen Schlüssel in die ausgestreckte Portiershand.

»Wer ist das?« fragte der Fotograf und machte noch ein Foto.

»Das müßt ihr schon selbst rauskriegen«, sagte Van Veeteren.

Kommissar Bausen lenkte die versammelte Journaille mit eindeutiger Autorität. Es begann damit, daß er mehrere Minuten wartete, bis man in dem vollgestopften Versammlungsraum einen Schweißtropfen hätte zu Boden fallen hören können. Dann ergriff er das Wort, aber sobald jemand flüsterte oder hustete, verstummte er sofort und bohrte seinen Blick in den Betreffenden. Wenn sich jemand erdreistete, ihn zu unterbrechen, erteilte er diesem eine Verwarnung und verkündete, daß der Sünder bei nochmaligem Vergehen den Raum zu verlassen hätte.

Die Fragen, die dennoch gestellt wurden, beantwortete er ruhig und methodisch und mit einem genau berechneten Grad von Überlegenheit, die die höchst zweifelhaften logischen Fähigkeiten des Fragestellers überaus präzise bloßstellten. Falls es sie überhaupt gab.

Der Kerl muß mal Schauspieler gewesen sein, dachte Van Veeteren.

»Was denken Sie, wann werden Sie den Täter hinter Schloß

und Riegel haben?« fragte ein rotnasiger Reporter von einem der lokalen Rundfunksender.

»Ungefähr zehn Minuten nachdem wir ihn geschnappt haben«, antwortete Bausen.

»Haben Sie irgendwelche Theorien, nach denen Sie arbeiten?« wollte der Redakteur Maleciv von de Journaal wissen.

»Wie sollten wir sonst unsere Arbeit tun?« entgegnete Bausen. »Das ist doch keine Redaktion hier.«

»Wer leitet eigentlich die Untersuchungen?« fragte der Abgesandte von Neuwe Blatt. »Sind Sie das oder ist das Hauptkommissar Van Veeteren?«

»Was denken Sie?« entgegnete Van Veeteren und musterte interessiert einen ziemlich zerkauten Zahnstocher. Auf andere Fragen antwortete er nicht. Verwies alle direkten Fragen mit einem Kopfnicken an Bausen. War die Ruhe selbst.

Nach zwanzig Minuten schien das meiste gesagt zu sein, und Bausen ging dazu über, seine Direktiven zu verkünden.

»Ich möchte, daß die Lokalzeitungen und der hiesige Radiosender einen Aufruf ausarbeiten. Alle Personen, die am Dienstag abend – so von dreiundzwanzig Uhr bis ungefähr Mitternacht – im Bereich Blaue Barke, Hoistraat, die Treppen runter zum Fischmarkt, die Esplanade bis zum Stadtwald hin unterwegs waren, mögen sich bitte bis morgen bei der Polizei melden. Wir werden zwei Mann bereitstellen, um alle Informationen entgegenzunehmen, und wir werden es nicht akzeptieren, wenn jemand seiner Hinweispflicht nicht nachkommt. Schließlich haben wir es hier mit einem Gewaltverbrecher ungewöhnlich groben Kalibers zu tun.«

»Aber werden da nicht schrecklich viele Leute kommen?« wunderte sich jemand.

»Wenn man einen Mörder jagt, gute Frau Meuhlich«, erklärte Bausen, »muß man mit kleinen Unannehmlichkeiten rechnen.«

»Was meinen Sie, Herr Kommissar?« fragte Cruickshank. »So unter vier Augen.«

»Acht, wenn ich nicht irre«, entgegnete Van Veeteren. »Ich glaube gar nichts.«

»Dieser Bausen scheint ja ein Mordskerl zu sein«, sagte Müller. »Glauben Sie, daß die Zusammenarbeit mit ihm funktionieren wird?«

»Da könnt ihr einen drauf lassen«, sagte Van Veeteren.

»Haben Sie schon konkrete Vermutungen?«

»Ja, schreibt nur, daß wir die haben.«

»Aber Sie persönlich haben keine?«

»Das habe ich nicht gesagt.«

»Wie lange ist es her, daß Sie einen Fall mal nicht aufgeklärt haben?« fragte Cruickshank.

»Sechs Jahre«, antwortete Van Veeteren.

»Und was war das für eine Geschichte?« fragte der Fotograf neugierig.

»Der Fall G.« Van Veeteren hörte auf zu kauen und schaute aus dem Fenster.

»Ja, stimmt«, sagte Cruickshank. »Ich habe damals darüber geschrieben...«

Zwei junge Damen kamen herein und wollten sich zu ihnen an den Tisch setzen, aber Müller verjagte sie.

»Also«, nahm Cruickshank den Faden wieder auf, »ist es ein Verrückter, mit dem wir es hier zu tun haben, oder ist das Ganze geplant?«

»Wer hat eigentlich behauptet, daß Verrückte nicht planen?« fragte Van Veeteren.

»Gibt es eine Verbindung zwischen den Opfern?«

»Ja.«

»Und welche?«

»...«

»Woher wißt ihr das?«

»Kommen noch weitere hohe Tiere her?«

»Wenn es notwendig sein wird.«

»Habt ihr von früher her Erfahrungen mit Axtmördern?« versuchte es der Fotograf von neuem.

»Ich kenne so einige Mörder«, sagte Van Veeteren. »Und alle wissen, wie man eine Axt handhabt. Wie lange kann euch euer Käseblatt eigentlich in Kaalbringen lassen? Ein halbes Jahr?«

»Haha«, sagte Müller. »Ein paar Tage, nehme ich an. Wenn es nicht noch mal passiert, denn sonst…«

»Das wird sicher noch dauern.«

»Woher wollen Sie das wissen?«

»Vielen Dank für den Kaffee«, sagte Van Veeteren und stand auf. »Lungert nicht so lange hier herum und schreibt keine Dummheiten.«

»Haben wir jemals Dummheiten geschrieben?« konterte Cruickshank.

»Verdammt, was machen wir hier eigentlich?« wollte der Fotograf wissen, nachdem der Hauptkommissar sie verlassen hatte.

Verdammt, was mache ich hier eigentlich? überlegte Van Veeteren, als er sich auf den Beifahrersitz neben Polizeichef Bausen setzte.

»Das ist kein schöner Anblick«, sagte Bausen. »Ich glaube, ich bleibe draußen und überlege mir inzwischen unser weiteres Vorgehen.«

Van Veeteren folgte dem hinkenden Gerichtsmediziner.

»Meuritz«, sagte dieser, als sie den Raum erreicht hatten. »Mein Name ist Meuritz. Eigentlich habe ich meinen Arbeitsplatz in Oostwerdingen, aber einen Tag in der Woche bin ich immer hier… nun ja, jetzt sind es ein paar mehr geworden.«

Er zog die Liege aus der Kühlung und riß mit einer hochtrabenden Geste das Tuch herunter. Van Veeteren fiel etwas ein, was Reinhart einmal gesagt hatte: Es gibt nur einen wahren Beruf. Den des Matadors. Alles andere ist Surrogat und Schein.

Bausen hatte recht, zweifellos. Auch wenn Ernst Simmel bereits zu Lebzeiten keine Schönheit gewesen war, so hatten der Henker und Meuritz die Sache nicht gerade verbessert. Jetzt lag er auf dem Bauch, und aus irgendeinem Grund, den Van Veeteren nicht ganz verstand, der aber wahrscheinlich ein pädagogischer war, hatte Meuritz den Kopf in einem Neunzig-Grad-Winkel verdreht vom Hals abstehen lassen, so daß die Innereien zu sehen waren.

»Ein ordentlicher Hieb, das ist nicht zu leugnen«, sagte er und stocherte mit der Kugelschreiberspitze in der Wunde herum.

»Ordentlich?« wiederholte Van Veeteren.

»Schauen Sie mal!«

Meuritz hielt ein Röntgenbild hoch.

»Das hier ist Eggers... beachten Sie den Einfallswinkel! Er unterscheidet sich nur durch wenige Grad. Außerdem waren sie genau gleich lang, und außerdem...«

Van Veeteren studierte das Bild der malträtierten weißen Wirbel auf schwarzem Grund.

»... traf der Hieb schräg von oben rechts...«

»Also ein Rechtshänder?« fragte Van Veeteren.

»Vermutlich. Oder ein linkshändiger Tennisspieler. Der es gewohnt ist, die Vorhand weit außen mit seiner Rückhandseite zu schlagen, wenn Sie verstehen...«

»Ich spiele dreimal die Woche«, sagte Van Veeteren.

Wer war das, der erst kürzlich von Tennisbällen geredet hatte?

Meuritz nickte und schob seine Brille auf die Stirn.

»War es die gleiche Waffe?« fragte Van Veeteren. »Und nehmen Sie doch bitte den Kugelschreiber aus dem Kehlkopf!«

Meuritz wischte den Schreiber an seinem weißen Kittel ab und schob ihn wieder in die Brusttasche.

»Auf jeden Fall!« sagte er. »Ich möchte sogar behaupten, daß ich sie beschreiben kann – eine Axt mit einer äußerst scharfen Schneide, zweifellos spezialgeschliffen. Sechs Zentimeter tief und ziemlich breit. Vielleicht fünfzehn Zentimeter oder mehr.«

»Woher wissen Sie das?«

»Sie ist beide Male ganz genau gleich tief eingedrungen, dann hat der Schaft gebremst. Wenn das Messerblatt länger gewesen wäre, wäre der Kopf sicher abgetrennt worden. Haben Sie schon mal so ein Werkzeug gesehen, mit dem die Schlachter die Knochen zerhacken?«

Van Veeteren nickte. Langsam bereute er es, daß er in Sylvies Luxusbäckerei drei Kopenhagener gegessen hatte.

»Und der Todeszeitpunkt?«

»Ungefähr zwischen halb zwölf und halb eins.«

»Können Sie es genauer schätzen?«

»Eher gegen halb zwölf... elf Uhr vierzig, wenn der Kommissar mich drauf festnageln will.«

»Hatten Sie so was schon mal unter den Fingern?« Van Veeteren zeigte auf die blaßblaue Leiche.

»Nein, aber man lernt, solange man lebt.«

Obwohl es bereits dreieinhalb Tage her war, seit man die Leiche von Ernst Simmel gefunden hatte, fast vier, seit er ermordet worden war, hatte der Tatort immer noch nichts von seiner Anziehungskraft verloren. Die Polizei hatte ihn mit rotweißem Band und Warnschildern abgesperrt, aber außerhalb dieser Absperrung zog sich immer noch ein dünner Strom von Menschen vorbei, ein dünnes Rinnsal von Kaalbringer Einwohnern, die die Gelegenheit nicht versäumen wollten, die weißen Absperrpfosten im Gebüsch und die dunklen Flecken von Menschenblut auf dem Weg in Augenschein zu nehmen.

Polizeianwärter Erwin Bang war derjenige, den das Los getroffen hatte, für Ordnung und genügend Abstand am Tatort zu sorgen, und er hatte diesen Auftrag mit aller Akkuratesse und Sorgfalt erfüllt, die sein hundertzwanzig Kilo schwerer Körper zuließ. Sobald es mehr als zwei Besucher wurden, ermahnte er sie.

»So, so! Nun aber bitte weitergehen! Immer weitergehen!«

Van Veeteren erschien es eher wie eine Verkehrslenkungsmaßnahme als sonst etwas. Aber das war natürlich von untergeordneter Bedeutung.

»Schickst du bitte die Leute weg, damit der Hauptkommissar und ich uns in Ruhe umgucken können«, sagte Bausen.

»Weg da!« donnerte Bang los, so daß eine Wolke von Krähen und Wildtauben aufstob. »Und zwar sofort! Dies hier ist eine Tatortuntersuchung!«

»Und du kannst auch eine Tasse Kaffee trinken gehen«, sagte Bausen zu ihm, als sie unter sich waren. »Wir bleiben ungefähr eine halbe Stunde hier... und ich denke, danach sollten wir die Absperrung abbauen. Du kannst dann das Zeug ins Revier bringen.«

»Wird gemacht!« erklärte Bang und grüßte vorschriftsmäßig. Er enterte sein Dienstfahrrad und begab sich die Esplanade hinunter zum Hafencafé.

»Ja, ja«, sagte Bausen und schob die Hände in die Taschen. »Das war der Polizeianwärter Bang.«

Van Veeteren sah sich um.

Bausen zog ein Päckchen Zigaretten aus der Tasche.

»Willst du eine?«

»Nein«, sagte Van Veeteren, »aber ich nehme trotzdem eine. Können wir ein kleines Experiment machen?«

»Euer Wille ist mir Befehl«, sagte Bausen und zündete zwei Zigaretten an. Reichte Van Veeteren eine. »Um was geht's?«

»Wir gehen diesen Weg zwanzig, dreißig Meter weiter. Dann gehe ich zurück, und du folgst mir auf den Fersen, mal sehen, ob ich dich hören kann.«

»Okay«, sagte Bausen. »Aber ich habe das schon ausprobiert. Es ist ein Trampelpfad. Da hört man keinen Mucks.«

Der Versuch wurde ausgeführt und Bausens Voraussage zu hundert Prozent bestätigt. Das entfernte Rauschen des Meeres und der Wind in den Bäumen genügten, um alle anderen Geräusche zu übertönen. Es war Bausen sogar gelungen, Van Veeteren eine Hand auf die Schulter zu legen, ohne daß dieser es merkte...

»Und dann war er dran«, sagte Bausen.

Van Veeteren nickte.

»Habt ihr alles gründlich untersucht?« fragte er.

»Den Tatort? O ja, das kann man wohl sagen. Wir haben

jeden einzelnen Grashalm durchkämmt. Nicht eine Spur! Nur Blut und noch mal Blut. Es ist verdammt trocken, weißt du. Hat seit drei Wochen nicht geregnet... nirgends weicher Boden, kein einziger Abdruck. Nein, ich glaube, wir sollten uns lieber anderen Dingen zuwenden. An einer Stelle sieht es so aus, als hätte er die Waffe dort abgewischt, das ist alles.«

»Wie im Eggers-Fall?«

»Die gleiche Geschichte. Wir haben uns lange Zeit mit einem Zigarettenstummel beschäftigt, aber schließlich stellte sich heraus, daß er zwei Tage zu alt war... dabei hat er einige Leute für eine Woche in Atem gehalten.«

»Hat dieser Meuritz eigentlich Unterstützung von irgendwelchen Technikern gehabt?« überlegte Van Veeteren.

»Von vier Stück. Nicht, daß ich glaube, das wäre notwendig gewesen. Ein verflucht guter Mann, auch wenn die Zusammenarbeit mit ihm manchmal etwas nervig sein kann.«

Van Veeteren beugte sich hinunter und begutachtete das fleckige Gras.

»Kennst du Heliogabalus?« fragte er.

»Der mit dem Blut im Gras?«

»Ja, Römischer Kaiser von 218 bis 222. Hat Leute umbringen lassen, weil ihm das Rot auf dem Grün so gut gefiel. Ein Ästhet, zweifellos, und unbestechlich... obwohl das nicht besonders gut die Farbe hält, das Blut...«

»Nein«, bestätigte Bausen. »Kaum das richtige Motiv für unseren Fall hier. Am Mittwoch abend muß es hier stockfinster gewesen sein. Zwei Lampen sind kaputt.«

»Mm«, sagte Van Veeteren. »Dann schreiben wir Heliogabalus ab. Immer schön, einen Namen von der Liste streichen zu können...«

Offensichtlich mußte Bang unten am Hafen eine Art Absperrung errichtet haben, da sie bereits seit fast zehn Minuten ungestört waren. Bausen sah auf die Uhr.

»Halb fünf«, sagte er. »Ich habe einen Lammbraten im Kühlschrank. Muß nur noch in den Ofen... was meinst du?«

Van Veeteren zögerte.

»Wenn du mir vorher noch ein paar Stunden im Hotel einräumst.«

»Selbstverständlich«, sagte Bausen. »Dann so gegen sieben. Ich hoffe, wir können draußen sitzen.«

9

Beate Moerk kletterte in die Badewanne und machte das Licht aus. Sie ließ sich von dem heißen Wasser umspülen und stellte sich vor, sie läge in einer Gebärmutter. Das war ein immer wiederkehrender Gedanke. Es bedeutete sicher irgend etwas.

Sie strich sich über Taille und Hüften. Offensichtlich hielt sie ihr Gewicht. Siebenundfünfzigeinhalb. Sie war acht Kilometer gelaufen, und die letzten beiden waren schnell bewältigt gewesen. Zwar gab es Leute, die behaupteten, daß die Fettverbrennung dann am effektivsten ist, wenn man in einem gleichmäßigen Takt lief, aber verdammt noch mal, man mußte doch wohl ein paar Gramm extra verlieren, wenn man sich ordentlich anstrengte?

Genug der Eitelkeit. Sie lehnte den Kopf an den Wannenrand und erlaubte der Müdigkeit, sich in ihrem Körper auszubreiten. Ich bin einunddreißig, dachte sie. Ich bin ein einunddreißigjähriger, weiblicher Bulle. Ohne Mann. Ohne Kinder. Ohne Familie, Haus und Boot…

Das war auch so ein immer wiederkehrender Gedanke. Haus und Boot, darauf konnte sie gern verzichten. Ohne Mann zu leben, konnte sie sich auch vorstellen, zumindest im Augenblick. Das mit dem Kind war schlimmer. Viel, viel schlimmer.

Es war ganz einfach eine Frage von anderem Gewicht. Vielleicht wollte sie auch nur ihren früheren Liebhaber aus dem Kopf kriegen, wenn sie sich das von der Gebärmutter dachte. Wer weiß? Von ihren sieben, acht besten Freundinnen aus der Jugendzeit hatten mindestens fünf, sechs sich inzwischen Kinder angeschafft, das wußte sie. Männer und Boote übrigens auch. Nur ein Glück, daß sie nicht mehr in Friesen wohnte. Natürlich hing das miteinander zusammen. Es wäre unvermeidbar gewesen, wenn sie immer noch dort leben würde. Ihre Selbständigkeit und ihr freies Leben wären dahin gewesen... verbraucht wie ein benutztes Kondom. Die Eltern, die Kindheitssünden und die Fehlentscheidungen ihrer Jugend stünden ihr wie ein Kastenzeichen auf der Stirn. Wie eine unveränderliche und umfassende Warendeklaration! Nie im Leben, dachte sie.

Und dennoch. Früher oder später wollte sie ein Kind haben, früher oder später wollte sie eine Beziehung eingehen, das wußte sie. Sie wußte das jetzt bereits seit einigen Jahren, aber an jedem Geburtstag, der auch noch passenderweise Anfang Januar lag, pflegte sie sich noch ein Jahr Aufschub zu gewähren. Zwölf Monate Moratorium, dachte sie dann immer. Noch eine Runde. Das war kein schlechtes Geburtstagsgeschenk, und beim nächsten Mal stand es immer noch auf der Wunschliste...

Sie tastete nach der Seife und wechselte das Thema. Das hier war absolut der falsche Zeitpunkt, um über Mann oder Kind nachzudenken... Außerdem war es ja wohl so, daß sich weibliche Polizeibeamte eigentlich nur mit männlichen Polizeibeamten verheiraten konnten, und da war die Auswahl logischerweise erheblich eingeschränkt! Sie begann sich die Brust einzuseifen – immer noch fest und straff; noch so ein immer wiederkehrender Gedanke: daß sie ihren Busen eines Tages nicht mehr würde leiden können, ihren ganzen Körper, aber das war natürlich so ein Trauma, das sie mit allen Frauen teilte. Eine der Bedingungen des Lebens, in die man sich wohl fügen mußte... Kropke und Mooser waren übrigens beide verheiratet. Gott sei Dank. Aber sie wollte eigentlich keinem der beiden heute abend ihre Gedanken widmen. Warum auch? Es war überhaupt kein Polizeiangehöriger, über den sie in den nächsten Stunden nachdenken wollte. Ganz im Gegenteil. Da war dieser andere... der Henker. Er und sonst niemand.

Er ist es, den ich haben will.

Sie lachte bei dem Gedanken. Lachte und knipste das Licht mit einer Eile an, die ihr selbst verdächtig vorkam.

Sie hatte sich gerade erst an ihren Schreibtisch gesetzt, als das Telefon klingelte. Da saß sie mit einer Tasse russischem Tee und einem kleinen Lichtkegel, der nur das benötigte Oval über den Notizblocks erleuchtete.

Ihre Mutter, natürlich... nun ja, das Gespräch konnte sie ebensogut gleich hinter sich bringen. Dann wurde sie wenigstens später nicht mehr gestört.

Ob sie am Sonntag nach Hause kommen wollte? Papa würde sich so freuen. Er war schon die ganze Woche so niedergeschlagen, und die Ärzte haben gesagt... na ja, das könnten sie ja vielleicht dann besprechen. Was sie gerade mache? Arbeiten! Aber sie hatte doch wohl ihre Finger nicht in dieser schrecklichen Mordgeschichte, das war doch wohl eine Sache für die Männer? Oder gab es etwa keine Männer bei ihnen? Was war das nur für eine Stadt?

Nach zehn Minuten hatte sie das Gespräch beendet, und ihr schlechtes Gewissen rumorte in ihr wie ein eitriger Zahn. Sie schaute zum Fenster hinaus, starrte auf den letzten Rest des Sonnenuntergangs, der sein symbolisches Licht über den ganzen Himmel verteilte, und beschloß, jedenfalls am Sonntag abend für ein paar Stunden hinüberzufahren. Vielleicht konnte sie auch übernachten und dann den ersten Morgenzug zurück nehmen... ja, anders ließ es sich wohl nicht machen.

Sie zog den Stecker raus. Für alle Fälle. Es konnte ja auch sein, daß Janos plötzlich auf die Idee kam, bei ihr anzurufen, und mit *dem* schlechten Gewissen wollte sie sich nicht auch noch herumplagen, nicht an diesem Abend jedenfalls.

Der Henker.

Sie schlug die beiden Collegehefte auf und legte sie nebeneinander. Begann in dem linken zu lesen.

Heinz Eggers,

stand in der ersten Zeile, doppelt unterstrichen.

Geb. 23.4.1966 in Selstadt

Gest. 28.6.1998 in Kaalbringen

Das war unbestreitbar, klar. Danach folgte eine ganze Reihe von Informationen, Eltern und Geschwister. Schullaufbahn. Verschiedene Adressen. Diverse Frauennamen. Verschiedene Daten, an denen Eggers in diversen Institutionen eingeliefert und wieder entlassen worden war, zumeist Gefängnisse, die Daten der Verhandlungen und die Gerichtsurteile.

Zwei Kinder von verschiedenen Frauen. Das erste ein Mädchen, geboren am 2.8.1990 in Wodz. Die Mutter eine gewisse Kristine Lauger. Das andere, ein Junge, geboren am 23.12.1996, am Tag vor Weihnachten, hatte sie sich notiert – also noch nicht einmal zwei Jahre alt. Der Name der Mutter war Matilde Fuchs, Adresse und Aufenthaltsort unbekannt... Sie widmete der Frau ein paar Sekunden und dachte daran, daß diese Frau ja eigentlich genau das erreicht hatte, was sie selbst gern gehabt hätte. Ein Kind ohne einen Vater – aber war das wirklich das, was sie anstrebte? Außerdem konnte es sich ja auch um eine drogensüchtige Prostituierte handeln, die ihren unerwünschten Balg schon vor langer Zeit anderen überlassen hatte, besser geeigneten Pflegeeltern. Ja, das war wohl die wahrscheinlichere Hypothese.

Und? Wo hatte sie ihre Überlegungen gestern beendet? Da war doch noch eine wichtige Frage gewesen, ganz zweifellos... Sie blätterte ein paar Seiten weiter. Da!

Was hatte Heinz Eggers auf diesem Hof zu suchen gehabt? Das war der Punkt! Warum befand sich diese windige Figur, dieser Unglücksrabe der Gesellschaft, in der Nacht zum 28. Juni 1998 um ein Uhr (oder noch später) in der Burgislaan 24?

Daß das eine gute Frage war, wußte sie, und auch wenn sie bisher noch keine Antwort auf sie gefunden hatte, drängten sich ihr doch einige Schlüsse auf, ohne daß sie die Logik allzusehr strapazieren mußte oder im üblichen Spekulationssumpf unterging. Und jeder andere hätte ebensogut darauf kommen können.

Erstens: Auch wenn Eggers bekanntermaßen ein Junkie war, konnte man doch wohl eine gewisse Rationalität in seinen Handlungen voraussetzen... er hatte an dem Abend keine größeren Mengen Gift in seinen Adern gehabt, er starb fast nüchtern und sauber (was, wie man als guter Christ hoffen konnte, ihm im Jenseits zugute geschrieben werden würde). Wie dem auch sei: Es war nicht davon auszugehen, daß Eggers sich nur zufällig in der Burgislaan befand. Er mußte dort etwas zu tun gehabt haben. Mitten in der Nacht. Am 28. Juni. Allein.

Sie nippte an ihrem Tee.

Zweitens: Keiner von Eggers' zwielichtigen Bekannten, und sie hatte so einige verhört, hatte die geringste Ahnung, worum sich das Ganze gehandelt haben könnte. Nicht einmal diese sogenannte Freundin, die in der betreffenden Nacht wie ein Stein geschlafen haben dürfte, nach dem Fusel, den sie am vorangegangenen Tag oder, besser gesagt, während der vorangegangenen vierundzwanzig Stunden zu sich genommen hatte. Das einzige, was ihnen allen einfiel, nachdem sie ihnen kräftig zugesetzt hatten, war, daß Heinz irgendeinen Tip bekommen haben mußte. Einen Hinweis. Informationen, daß jemand was zu verkaufen hatte... Stoff natürlich. Drogen irgendwelcher Art... Heroin oder Amphetamine oder ganz gewöhnliches Haschisch. Egal, was. Heinz nahm alles. Und was er nicht selbst einnahm, das verkaufte er an Rotzgören.

Drittens: Ergo. Schlußfolgerung: Der Henker hat den Treffpunkt ausgewählt. Eggers war das auserwählte Opfer und niemand sonst. Die Tat war genau geplant und vorbereitet. Nichts da mit einem Wahnsinnigen, Geisteskranken und ähnlichen Bezeichnungen, mit denen einige um sich warfen... Worum es einzig und allein ging, war Mord ersten Grades! Da war nichts mit aufbrausender Wut, gab es keine mildernden Umstände, ging es nicht um irgendwelche Junkies, die einem der ihren den Schädel einschlugen... Nein, ein Mord ersten Grades war das. Da konnte es keinen Zweifel geben, und auch nicht darüber, was der Henker für ein Typ war – ein präziser, genau kalkulierender Verbrecher, der sich vollkommen klar darüber war, was er da tat. Der nichts dem Zufall zu überlassen schien und der ...

Der, viertens, ein Motiv hatte!

Sie lehnte sich auf ihrem Stuhl zurück und trank einen großen Schluck.

Ein äußerst zielbewußter Mörder.

Sie wandte sich dem zweiten Block zu.

Ernst Leopold Simmel.

Hier waren die Aufzeichnungen spärlicher. Nur ein paar Seiten. Sie hatte einfach keine Lust gehabt, diese Schwemme von Informationen aufzuschreiben, die Kropke aus Einwohnermelderegister und anderen Amtsquellen herausgefischt hatte. Firmenregister, Konkurse, Scheinfirmenaffären, Aufträge, Steuersachen, Reisen und Gott weiß was ... Schnell überflog sie ihre Notizen und ging dann zu der Fragestellung am Ende über, die sie gestern aufgekritzelt hatte, bevor sie ins Bett ging ...

Die Kunst war es, die richtigen Fragen zu stellen, wie der alte Wundermaas, ihr Lieblingslehrer in Genschen, ihnen gar nicht oft genug hatte einschärfen können. »Umformulieren!« knurrte er immer ungeduldig und bohrte dabei seinen dunklen Blick in seine Schüler. »Die Antwort kann kleiner als eine Nadel in einem Heuhaufen sein. Also sorgt zumindest dafür, daß ihr im richtigen Heuhaufen sucht.«

Wie lauteten die Fragen zu Ernst Simmel? Die richtigen? Sie trank noch einen Schluck und fing an.

Warum war er am Dienstag abend unterwegs? Das wußte sie.

Warum ging er über den Fischmarkt? Das konnte man sich denken ...

Wann nahm der Henker die Verfolgung auf? Vielleicht ein guter Ausgangspunkt? Wie sah die Antwort hierauf aus?

Schon oben bei der Blauen Barke? Mit größter Wahrscheinlichkeit, ja. Dann muß er ja durch die ganze Stadt hinter ihm hergeschlichen sein, ja, wie hätte er es sonst machen sollen?

Was bedeutete das?

Sie hob den Blick und schaute aus dem Fenster. Da unten lag die Stadt. Sie knipste die Schreibtischlampe aus, und plötzlich lag Kaalbringen im Licht da... die verstreute punktuelle Beleuchtung der Nacht, die erleuchteten Bereiche – Bungeskirche, Hoistraat, der Hauptmarkt und die Fassade des Rathauses, das Hochhaus hinten bei Dünningen... Fisherman's Friend, ja, das mußte das Restaurant sein, das da in der Ferne hoch oben an den Klippen hing, es war ihr bisher nur nie aufgefallen. Hier war er entlanggegangen, der Mörder, den ganzen Weg von der Blauen Barke hinter seinem Opfer her in sicherem Abstand, und es mußte...

Es mußte Zeugen geben.

Das war ja wohl sonnenklar. Irgendwelche Leute mußten den Henker doch gesehen haben, wie er sich an den Häuserwänden die Lange Straße und die Hoistraat entlanggeschlichen hatte, wie er die Treppen hinuntergehuscht war, wie er den Fischmarkt überquert hatte... alles andere wäre äußerst unwahrscheinlich; wer immer er auch sein mochte, unsichtbar war er nicht. Und was bedeutete das?

Das war genauso sonnenklar: Morgen würde man die Tore öffnen, und Kommissar Jedermann würde ins Polizeirevier einfallen, und früher oder später würde jemand auftauchen... ein Mann oder eine Frau, der oder die ihn gesehen hatte. Der natürlich nicht wußte, daß es der Mörder gewesen war, aber der ihn nichtsdestotrotz gesehen hatte und jetzt darüber etwas sagen konnte. Der ihm direkt ins Gesicht gesehen hatte, der ihn vielleicht – gegrüßt hatte?

So war es. Sie machte das Licht wieder an. In ein paar Tagen würde sich der Name des Henkers in der Menge der vielen unbedeutenden Aussagen eingeschlichen haben, und keiner würde wissen, welcher es war, und es gab keine Methode, den richtigen herauszufischen... Oder würde es sich lohnen, sie alle einzeln durchzukauen? Würde das jemand als der Mühe wert ansehen? Kropke?

Scheiße! dachte sie. Ein typischer Fall für Kropke. Dann konnte sie sich eigentlich gleich geschlagen geben …

Aber es mußte doch irgendwelche Abkürzungen geben?

Schummelzettel. Eselsbrücken. Ein Schritt quer durch das Meer uninteressanter Informationen? Irgend so etwas mußte es geben.

Wie lautete also die Frage, die sie auf die nächste Seite schreiben und vierfach unterstreichen konnte?

Sie stand schon da.

Verbindung??? stand da. Sie starrte sie eine Weile an. Dann zeichnete sie ein Dreieck. Schrieb die Namen Eggers und Simmel in zwei Ecken. Zögerte eine Weile, bis sie den Henker in die dritte kritzelte. Betrachtete das Bild.

Was mache ich hier eigentlich? kam ihr in den Sinn. Was ist das für ein Quatsch? Was für ein Kinderkram!

Aber die Zeichnung sah zweifellos beeindruckend aus. Wenn ich einen Computer hätte, dachte sie, bräuchte ich nur Simmel in die eine Spalte und Eggers in die andere einzutippen … und in dem Muster, das dann den Schirm herunterrollen würde, würde früher oder später ein Punkt auftauchen, ein Linienbündel, das irgend etwas Lesbares ergeben würde. Aus dem Wirrwarr, dem Gitter oder wie man das nun nannte, würde ein Name hervortreten, und das wäre der Name des Henkers. So einfach würde das sein!

Verdammt, dachte Beate Moerk. Jetzt fange ich schon an zu spinnen! Wenn es etwas gibt, wovon ich auf dieser Welt absolut keine Ahnung habe, dann sind es Computer.

Sie klappte die Hefte zu. Sah auf der Uhr, daß es zu spät geworden war für den italienischen Film im Fernsehen, den sie ja sowieso nicht hatte sehen wollen … nein, das Quantitative war nicht ihre Methode. Nicht dieses mühselige Durchdreschen eines Heuhaufens nach dem anderen, dazu eignete Kropke sich besser, zusammen mit Mooser und Bang. Hier waren andere Dinge gefragt.

Sie hob wieder ihren Blick, gerade rechtzeitig, um zu sehen, wie die Mondscheibe in ihr Fensterrechteck glitt. Ganz rund ... Juno! Das war ein Zeichen, ganz klar. Hier galten andere Voraussetzungen. Andere Bedingungen. Intuition! Die Frau! Nicht diese verfluchte linke Gehirnhälfte! Yin, nicht Yang! Sie merkte, daß sie den Mond anlachte ... Ich bin doch wirklich zu komisch, dachte sie plötzlich. Eine verfluchte Närrin! Es wird Zeit, daß ich ins Bett gehe. Zweifellos. Nur gut, daß keiner weiß, wozu ich mein Gehirn benutze. Der reine Mißbrauch!

Sie stand auf und ging auf den Flur. Ließ den Bademantel heruntergleiten und blieb eine Weile vor dem Spiegel stehen. Eigentlich gar nicht so schlecht, dachte sie. Könnte glatt für fünfundzwanzig, sechsundzwanzig durchgehen. Schade, daß kein Kerl im Bett liegt.

Aber als sie eine Viertelstunde später einschlief, kamen ihr aus dem Dunkel nur imaginäre Bilder des Mörders entgegen. Soweit imaginäre Bilder überhaupt existieren.

Der Henker?

Konnte man überhaupt sicher sein, daß es sich wirklich um einen Mann handelte?

Die Frage stellte sich ihr gerade in dem Moment, als sie die letzten Barrikaden aufgab und sich der grenzenlosen Fürsorge des Schlafs überließ, und inwieweit Wundermaas diese Frage zu den ergiebigen Heuhaufen zählen würde oder nicht, das zu bedenken, blieb ihr keine Zeit mehr.

10

»Manchmal kommt mir doch der Gedanke, daß es eine lenkende Hand hinter allem gibt, trotz allem«, sagte Bausen, während er Van Veeteren ein Glas reichte.

»Gottes Finger?«

»Oder der eines anderen. Prost! Der hier ist leicht, ich will deine Geschmacksknospen nicht ruinieren. Ich denke, die edlen Tropfen heben wir uns für später auf ...«

Sie tranken, und die Rohrstühle knackten auf sympathische Weise. Van Veeteren zündete sich eine Zigarette an. Er hatte klein beigegeben und sich am Kiosk vor dem Hotel eine Packung gekauft. Das war die erste, seit Erich ihn verlassen hatte, also würde es doch wohl erlaubt sein.

»Also«, fuhr Bausen fort und zog einen abgegriffenen Tabaksbeutel hervor, sich vage daran erinnernd, was Van Veeteren in Ernst Simmels Kehle gesehen hatte. »Da schiebt man friedlich seinen Dienst. Sperrt betrunkene Autofahrer ein, klärt die eine oder andere Schlägerei, beschlagnahmt den Schnaps von Booten aus dem Osten ... und dann hat man plötzlich das hier am Hals. Gerade wenn man im Begriff ist, die Bilanz zu ziehen. Nun komm mir bloß nicht damit, daß das nichts zu bedeuten hätte!«

»Es gibt bestimmte Muster«, sagte Van Veeteren.

Bausen sog an seiner Pfeife.

»Sogar den Rassisten habe ich eins auf die Nuß gegeben!«

»Ihr habt hinten in Taublitz eine Asylantensiedlung?« erinnerte sich Van Veeteren.

»Ja, genau. Diese Pappnasen haben vor ein paar Jahren angefangen, herumzukrakeelen, und im November letzten Jahres gab es eine Bande, die Feuer legte ... zwei Baracken haben sie abgefackelt. Acht Stück habe ich zu fassen gekriegt.«

»Gut«, sagte Van Veeteren.

»Vier von denen sind jetzt dabei, die Hütten wieder aufzubauen, kannst du dir das vorstellen? Mit den Flüchtlingen zusammen. Sie konnten es sich aussuchen – entweder zwei Jahre Knast oder gemeinnützige Arbeit ... ein verflucht guter Richter. Heinrich Heine heißt er, genau wie der Dichter. Und jetzt haben sie ihre Lektion gelernt.«

»Beeindruckend«, sagte Van Veeteren.

»Finde ich auch. Vielleicht ist es doch möglich, aus allen vernünftige Leute zu machen, wenn man sich nur Mühe gibt, obwohl – vier von ihnen sind tatsächlich lieber in den Knast gegangen.«

»Hast du vor, unter allen Umständen zum ersten Oktober aufzuhören?« fragte Van Veeteren. »Die haben noch nicht wegen einer Verlängerung angefragt, oder?«

Bausen schnaubte.

»Keine Ahnung. Ich habe jedenfalls in der Richtung nichts mitbekommen... wahrscheinlich hoffen die, daß du das hier im Handumdrehen erledigst, so daß sie mich in der üblichen Art und Weise verabschieden können, wenn es soweit ist. Was ich übrigens auch hoffe.«

Ich auch, dachte Van Veeteren. Er hob sein Glas und schaute sich um. Bausen hatte den Tisch abgeräumt und eine Decke aufgelegt, aber sonst sah es aus wie beim letzten Mal – Bücher, Zeitungen und Gerümpel, die rankenden Kletterrosen und der zugewachsene Garten, der alle Geräusche und Eindrücke schluckte, bis auf die eigenen. Man konnte fast glauben, man wäre auf irgendeinem Greeneschen oder Conradschen Außenposten gelandet. Im Mangrovensumpf einer Flußmündung auf einem bisher noch unerforschten Kontinent. Vielleicht im Herzen der Finsternis. Ein paar Tropenhelme, ein Glas mit Chinintabletten und ein paar Moskitonetze hätten das Bild nicht gestört... dabei saß er hier mitten in Europa. Ein kleiner Spielzeugdschungel an einem europäischen Meer. Van Veeteren schnupperte an dem leicht nach Zimt duftenden Getränk, und ihn überlief ein kurzer Schauer der Zufriedenheit.

»Deine Frau...?« fragte er. Irgendwann mußte er diese Frage ja stellen.

»Ist vor zwei Jahren gestorben. Krebs.«

»Kinder?«

Bausen schüttelte den Kopf.

»Und du?« fragte er.

»Geschieden. Auch seit ungefähr zwei Jahren.«

»Aha«, sagte Bausen. »Bist du bereit?«

»Wozu?«

Bausen lachte.

»Zu einer kleinen Wanderung in die Unterwelt. Ich wollte dir gern meine Schatzkiste zeigen.«

Sie leerten ihre Gläser, und dann stieg Bausen mit Van Veeteren im Schlepptau hinunter. Eine Treppe hinab, durch den Heizkeller und ein paar Vorratsräume voller Gerümpel – Fahrräder, Möbel, ausgediente Haushaltsgeräte, verrostetes Gartenwerkzeug, gebündelte und nicht gebündelte Zeitungen, Flaschen, abgetragene Schuhe und Stiefel …

»Ich kann mich so schlecht von etwas trennen«, erklärte Bausen. »Paß auf deinen Kopf auf! Hier ist die Decke niedrig.«

Über ein paar Treppenstufen und durch einen engen Gang, der nach Erde roch, kamen sie zu einer massiven Holztür mit doppelter Verriegelung und Hängeschloß.

»Hier!« sagte Bausen. Er schloß auf und machte Licht. »Hier kriegst du was zu sehen.«

Er zog die Tür auf und ließ Van Veeteren als erster über die Schwelle treten.

Wein. Ein ganzer Keller voll.

In der Dunkelheit konnte er die matten Lichtreflexe der Flaschen erkennen, die die Wände hoch gestapelt lagen. Ordentlich nebeneinandergelegt, vom Boden bis zur Decke. Tausende von Flaschen zweifellos. Er sog den schweren Duft tief in die Nasenflügel ein.

»Aah!« sagte er. »Sie steigen in meiner Achtung, Herr Dienststellenleiter. Das ist doch wohl das beeindruckendste Zeichen von Zivilisation.«

Bausen gluckste.

»Ganz genau! Vor dir siehst du, womit ich mich in erster Linie nach meiner Pensionierung zu beschäftigen gedenke. Ich habe ausgerechnet, daß es zehn Jahre reichen müßte, wenn ich mich mit drei Flaschen in der Woche begnüge. Und ich glaube nicht, daß ich Lust habe, noch länger dabeizubleiben.«

Van Veeteren nickte. Wie konnte ich das nur versäumen? dachte er. Sobald ich wieder zu Hause bin, muß ich mit dem Graben anfangen! Was natürlich etwas problematisch werden könnte, da er in einem Mietshaus wohnte, aber vielleicht wäre mit dem Einkaufen schon einmal ein Anfang gemacht. Vielleicht konnte man einen Schrebergarten mieten oder etwas in der Art? Er beschloß, die Sache mit Reinhart oder Dorigues zu besprechen, sobald er wieder zu Hause war.

»Du kannst zwei für uns aussuchen«, sagte Bausen. »Ich denke, wir sollten einen roten und einen weißen nehmen...«

»Mersault«, sagte Van Veeteren. »Weißen Mersault, hast du den?«

»Einige Dutzend, denke ich. Und welchen roten?«

»Das überlasse ich dem Chef der Untersuchung«, erklärte Van Veeteren.

»Meinetwegen, dann schnappe ich mir einen Saint Emilion von 71. Wenn der Herr Hauptkommissar nichts dagegen haben?«

»Werd ich schon runterkriegen«, sagte Van Veeteren.

»Insgesamt ein gelungener Abend«, stellte er zwei Stunden später fest. »Ich wollte, das Leben hätte mehr von dieser Sorte zu bieten – gutes Essen, intelligente Gespräche, erlesene Weine, um nur einiges zu erwähnen, und dann noch dieser Käse.« Er leckte sich die Finger ab und biß in eine Birnenscheibe. »Was bin ich eigentlich schuldig?«

Bausen gluckste zufrieden.

»Hast du immer noch nicht kapiert? Schnapp den Henker, verflucht noch mal, damit ich in Würde altern kann!«

»Ich wußte doch, daß die Sache einen Haken hat«, sagte Van Veeteren.

Bausen verteilte die letzten Tropfen des Bordeaux.

»Immer mit der Ruhe«, sagte er. »Wir genehmigen uns doch noch einen Whiskysoda, um das Ganze abzurunden, oder?«

»Hrrm«, knurrte Van Veeteren. »Vielleicht sollten wir deine Überlegungen lieber vorher durchgehen. Schließlich bist du ja von Anfang an dabeigewesen...«

Sein Gastgeber nickte und lehnte sich im Stuhl zurück, zog

sich die Schuhe aus und legte die Füße auf eine Kiste mit alten Einmachgläsern. Wippte eine Weile mit den Zehen und schien in Gedanken zu versinken.

»Hol's der Teufel«, sagte er nach einer Minute. »Ich habe so viele Ideen und lose Fäden im Kopf, daß ich nicht einmal weiß, mit welchem ich anfangen soll. Heute habe ich vor allem darüber nachgedacht, ob es wirklich einen Zusammenhang gibt, wenn man alle Fakten betrachtet.«

»Erklär mir das!« forderte Van Veeteren ihn auf.

»Natürlich haben wir es wieder mit dem gleichen Täter zu tun, davon gehe ich schon aus ... und sei es auch erst einmal nur der Einfachheit halber. Der gleiche Mörder, die gleiche Methode, die gleiche Waffe. Aber die Verbindung zwischen den Opfern, das ist es, was mir Sorgen macht ... ich fürchte, daß wir auf etwas stoßen werden, an dem wir uns dann festbeißen, nur weil wir überhaupt etwas gefunden haben. Daß sie 1988 dieselbe Reise nach Sizilien gemacht haben oder im Oktober 1970 im gleichen Krankenhaus gelegen haben, oder weiß der Teufel was.«

»Die Wege zweier Menschen kreuzen sich immer irgendwann einmal«, sagte Van Veeteren.

»Ja, ungefähr so ... und diese Tatsache allein muß noch überhaupt nichts zu bedeuten haben. Das kann etwas bedeuten, muß es aber nicht zwingendermaßen.«

»Vergißt du dabei nicht, daß es drei Spuren sind«, hakte Van Veeteren nach, »die des Mörders auch noch.«

»Doch, doch, natürlich müssen wir nach dieser dritten suchen, wenn wir den Schnittpunkt gefunden haben. Ich habe nur einfach das Gefühl, daß es in diesem Fall hier um etwas anderes geht ...«

»Daß Eggers und Simmel nach Gutdünken ausgesucht wurden?«

»Kann sein«, sagte Bausen und starrte in die Dunkelheit.

»Natürlich hat er sich Eggers und Simmel herausgesucht, aber woher wollen wir wissen, ob es wirklich etwas mit den beiden zu tun gehabt hat? Es kann sich ja um vieles gehandelt haben, sozusagen ...«

»Eine Zufallsliste aus dem Telefonbuch?« schlug Van Veeteren vor. »Da gibt es Beispiele, weißt du ... Harridge, wenn du dich noch an ihn erinnerst. Er hat einfach die Augen zugemacht und auf zehn Namen im Coventrybezirk getippt. Ist dann losgegangen und hat einen nach dem anderen erwürgt ...«

»Ich weiß«, sagte Bausen. »Immer am Samstag ... fünf Stück hat er geschafft, bevor man ihn geschnappt hat. Und weißt du, worüber er gestolpert ist?«

Van Veeteren schüttelte den Kopf.

»Eine der Personen, die er angekreuzt hat, Emerson Clarke, wenn ich mich nicht irre, war ein alter Boxchampion. Harridge ist einfach nicht mit ihm fertig geworden.«

»Pech«, sagte Van Veeteren. »Er hätte den Boxer aussortieren sollen, bevor er in Aktion trat.«

»Ist ihm recht geschehen«, sagte Bausen.

Sie zündeten sich beide eine Zigarette an und saßen eine Weile schweigend da. Lauschten dem leisen Rascheln in dem Rosengestrüpp. Ein paar Igel waren herangekommen, schnupperten und tranken von dem Milchteller, der an der Wand stand, und immer wieder flogen Schwalben unter den losen Dachziegelpfannen ein und aus ... vielleicht nicht gerade die Geräusche des Dschungels und seiner Bewohner, aber das Gefühl einer gewissen Erotik überfiel Van Veeteren dennoch.

»Natürlich werden wir in eine andere Lage kommen, wenn er wieder zuschlägt«, sagte Bausen.

»Zweifellos«, bestätigte Van Veeteren.

Plötzlich fuhr ein kalter Wind durch den Garten.

»Willst du reingehen?« fragte Bausen.

»Nein.«

»Und du hast keinen Verdacht?«

Bausen schüttelte den Kopf. Probierte den Whisky.

»Zuviel Wasser?«

»Nein, nein. Keine ... Ahnungen, gar nichts?«

Der Polizeichef seufzte.

»Ich sitze jetzt seit mehr als fünfundzwanzig Jahren auf diesem Posten. Die Hälfte aller Leute, die hier wohnen, kenne ich mit Namen und Geschichte ... den Rest zumindest vom Ansehen her. Es gibt vielleicht ein paar tausend Neuzugezogene und so, die mir nichts sagen, aber sonst ... ich glaube, ich habe über jede einzelne Seele nachgedacht, und mir drängt sich nicht das Geringste auf. Nichts!«

»Es ist immer schwer, sich Leute als Mörder vorzustellen«, sagte Van Veeteren. »Bevor man es nicht sicher weiß, meine ich. Und er muß ja nicht einmal von hier sein.«

Bausen überlegte eine Weile.

»Kann schon sein, aber das glaube ich nicht. Ich wette, er ist von hier. Nun ja, wie dem auch sei, es wäre wunderbar, endlich weiterzukommen. Mit diesem verfluchten Eggers haben wir ja schon Tausende von Stunden verbracht!«

Bausen kratzte seine Pfeife aus. Es sah aus, als würde er mit sich selbst zu Rate gehen.

»Spielst du eigentlich Schach?« fragte er.

Van Veeteren schloß glücklich die Augen. Das Tüpfelchen auf dem i, dachte er.

11

Nicht nur der Rundfunksender und die lokale Presse hatten die Worte des Polizeichefs Bausen ernst genommen. Auch mehrere Landeszeitungen brachten am Sonntag einen ernsthaften Aufruf an die verantwortungsbewußten Kaalbringener Bürger, sich mit jedem kleinsten Hinweis, der zum schnellen Ergreifen des Henkers führen könnte, unverzüglich an die Polizei zu wenden.

Als Inspektor Kropke und Anwärter Mooser später am

Abend die Ergebnisse von Kommissar Jedermanns erstem Tag zusammenstellten, wurde einiges bereits deutlich. Zwar hatte Kropke es nicht mehr geschafft, vor der Zusammenkunft im Konferenzraum irgendwelche Overheadfolien zu bemalen, aber alles war fein säuberlich in seinem Notizbuch mit herausnehmbaren Seiten und einem Umschlag aus dunkelblauem Leder notiert:

1) Während des Tages haben sich 48 Personen im Polizeirevier eingefunden und eine Zeugenaussage über den Mordabend gemacht. Von diesen waren 11 bereits vorher verhört worden. Von den übrigen 37 wurden 6 als uninteressant eingestuft, da sie sich offensichtlich im falschen Bereich der Stadt befanden (3), zum falschen Zeitpunkt dort waren (2) oder sich im Datum getäuscht hatten (1 – die alte Witwe Frau Loewe, die am Montagmorgen Katzenfutter kaufte und bereits zu der Zeit eine ganze Menge verdächtiger Personen mit Äxten unter dem Mantel entdeckt hatte).

2) Die 42 Zeugen, alte wie neue, haben sich alle im Gebiet Lange Straße – Hoistraat – Michel-Treppen – Fischmarkt – Hafen-Esplanade – Stadtwald aufgehalten, und zwar irgendwann zwischen 23.00 und 24.00 Uhr. Die Namen, Adressen und Telefonnummern aller Zeugen wurden genau notiert, und außerdem wurde ihnen auf Kropkes Veranlassung hin verboten, in der nächsten Woche zu verreisen, da man sie möglicherweise für ein intensiveres Verhör vorladen müßte. (Eine Maßnahme, die natürlich reichlich nach Amtsmißbrauch stank, aber Van Veeteren schluckte seine Einwände hinunter. Schließlich war er nicht der Ermittlungsleiter ...)

3) Alle Zeugen hatten sich an verschiedenen Orten und zu verschiedenen Zeitpunkten gegenseitig gesehen, das ergab sich aus einem ungemein komplizierten und immer weiter angewachsenen Muster, das Kropke, trotz mehrfachen Versuchs,

nicht in seinen PCB 4000 einprogrammieren konnte. (Daß sich daraus eine gewisse Frustration ergab, hatte vor allem Mooser während der späten Nachmittagsstunden erfahren müssen, da die Dienstrang- und somit auch die Hackordnung bei der Polizei nun einmal so war, wie sie war.)

4) Die erste Zeugenaussage, abgegeben von Frau deWeutz und Frau Alger, die in der Dooms Gasse gestanden und sich dort unterhalten und gesehen hatten, wie Ernst Simmel quer über den Platz gegangen war... diese Zeugenaussage wurde jetzt von vier weiteren Beobachtern unterstrichen. Zwei Paare, die beide gegen 23.20 Uhr den Platz überquert hatten, wenn auch in unterschiedliche Richtungen, hatten den einsamen Spaziergänger ebenfalls bemerkt, der nach näheren Überlegungen als der verstorbene Immobilienhändler identifiziert werden konnte.

5) Zwei mopedfahrende Jugendliche (was gewiß etwas außerhalb der Grenzen des Gesetzes vor sich gegangen war) waren ein paar Minuten später über den Marktplatz in Richtung Esplanade gefahren und hatten eine Person überholt, die allem Anschein nach Simmel gewesen sein mußte.

6) Ein Liebespaar, bei dem die Frau lieber anonym bleiben wollte, so daß sie es vorzog, die Aussage des Mannes per Telefon zu bestätigen, statt sich selbst auf der Wache einzufinden, hatte sich zwischen ca. 23.00 Uhr und 01.00 Uhr in einem Auto sitzend – oder eher halbliegend – in der Nähe des Bootshafens befunden, und gegen 23.30 Uhr hatten die beiden einen Mann beobachtet, der direkt am Kai stand und eine Zigarette rauchte, nicht mehr als zehn Meter von ihrem Auto entfernt. Beide waren ziemlich überzeugt davon, daß es sich dabei um Ernst Simmel gehandelt haben mußte.

7) Oben in der Hoistraat hatten drei neue Zeugen (zu den bisherigen zwei) den Ermordeten auf seinem Weg von der Blauen Barke kommen sehen. Alle drei hatten außerdem noch ein oder zwei andere Männer gesehen, die allein unterwegs waren, höchstwahrscheinlich handelte es sich hierbei um die Zeugen, die sich gegenseitig gesehen hatten.

8) Ein einzelner Zeuge hatte einen allein gehenden Mann gesehen, der zwischen 23.10 und 23.15 Uhr von der Hoistraat zu den Michel-Treppen abbog, einen Mann, der ganz offensichtlich nicht mit Simmel identisch war. Der Abstand zwischen dem Zeugen und dem besagten Objekt machte wahrscheinlich fast zwanzig Meter aus, aber da letzterer genau in dem Augenblick unter einer Straßenlaterne hindurchging, hatte der Zeuge ihn ziemlich deutlich sehen können. Das interessanteste Detail hierbei dürfte wohl sein, daß der Betreffende eine Kopfbedeckung trug, einen Hut mit breiter Krempe, die sein Gesicht beschattete. Unter anderem diese Tatsache konnte wohl darauf hinweisen, daß es sich hier wirklich um den Mörder gehandelt hatte – was dann die bis jetzt einzige direkte Beobachtung wäre. In den Schilderungen aller anderen Abendspaziergänger tauchte nirgendwo ein Mann mit Hut auf.

Der Zeuge hieß Vincent Peerhoovens und schien im Moment seiner Beobachtung leider nicht ganz nüchtern gewesen zu sein und damit nicht ganz zuverlässig – eine Tatsache, die er selbst bereitwillig einräumte und die von anderen Zeugen bestätigt wurde. Dennoch mußte seine Aussage natürlich als äußerst interessant für die weiteren Ermittlungsarbeiten angesehen werden.

9) Die vielleicht wichtigste Zeugenaussage an diesem Sonntag – zumindest nach Meinung von Kommissar Bausen – kam von vier Jugendlichen, die unten vom Hafen durch den Stadtwald nach Rikken hin zu Fuß gegangen waren... also genau den betreffenden Fußweg, und die den Tatort selbst kurz nach

23.40 Uhr passiert haben mußten. Nachdem Ernst Simmel laut Zeugenaussage Nr. 6 ungefähr zehn Minuten zuvor unten am Hafenbecken gestanden und eine Zigarette geraucht hatte, und da keiner der Jugendlichen ihn gesehen hatte, konnte man ziemlich sicher den Schluß daraus ziehen, daß der Mörder gerade zugeschlagen hatte, als sie den Tatort passierten und vermutlich mit seinem Opfer in den Büschen wartete, bis sie vorbei waren. (Als das klar wurde, brach eines der Mädchen in hysterisches Weinen aus ... das gleiche Mädchen übrigens, deretwegen die Jugendlichen sich nicht früher gemeldet hatten. Ihr Vater war Pastor in der Freien Synode, und sie hätte zu dem betreffenden Zeitpunkt im sicheren Mädchenzimmer ihrer Freundin schlafen sollen [eine der anderen Jugendlichen], statt sich draußen mit Jungs im Wald herumzutreiben.)

Wie dem auch sei, aufgrund dieser Zeugenaussage konnte der Zeitpunkt des Mordes mit großer Sicherheit auf 23.40 Uhr festgelegt werden – plus minus ein paar Minuten.

»Das war wohl so ungefähr alles«, erklärte Kropke und klappte sein Notizbuch zu.

»Meuritz hat sich eine Zigarre verdient«, sagte Van Veeteren. »Es scheint, als hätte er auf die Sekunde genau richtig gelegen. Aber wie ist der Mörder über den Marktplatz gekommen, das wüßte ich gern. Während der kritischen Minuten befanden sich dort ... laß mal sehen ... sechs oder sieben Personen.«

»Acht«, korrigierte Kropke, »mindestens acht. Wahrscheinlich ist er unter den Arkaden lang gegangen, ganz einfach ... an der linken Seite, am Walska Haus, gibt es eine Säulenreihe, ich weiß nicht, ob der Herr Kommissar die schon bemerkt hat. Die ist außerdem noch schlecht beleuchtet. Und keiner von unseren Zeugen ist dort entlanggegangen.«

»Wie geschaffen für einen Mörder«, seufzte Bausen. »Tja, was meinen Sie, meine Herren? War der Tag erfolgreich?«

Mooser kratzte sich mit einem Bleistift hinterm Ohr und gähnte.

Kropke studierte seine Aufzeichnungen. Van Veeteren trank die letzten Tropfen aus dem Pappbecher und stellte fest, daß ein himmelweiter Unterschied zwischen altem, lauwarmem Kaffee und weißem Mersault bestand.

»Schwer zu sagen«, erklärte er dann. »Jedenfalls sind wir weitergekommen ... und morgen ist ja auch noch ein Tag.«

»Montag, ja«, erdreistete Mooser sich, einzuwerfen.

»Falls er nicht schon im Wald auf der Lauer gelegen hat«, sagte Kropke, der offensichtlich einen Gedanken für sich weiterverfolgt hatte. »Vielleicht sollten wir diese Möglichkeit nicht ganz ausschließen.«

»Auf jeden Fall gedenke ich, ein paar kleine Befragungen durchzuführen«, fuhr Van Veeteren fort. »Wenn der Ermittlungsleiter keine anderen Aufgaben für mich hat, natürlich.«

»Ganz und gar nicht«, sagte Bausen. »Nur gut, wenn die Polizei sich ihre eigenen Aufgaben stellt.«

Mooser gähnte wieder.

12

»Sie waren sein juristischer Berater?« fragte Van Veeteren und zog einen Zahnstocher aus der Brusttasche.

»Eher ein guter Freund der Familie«, lachte der Rechtsanwalt. »Aber das eine schließt doch das andere nicht aus?«

»Ganz und gar nicht.«

Eugen Klingforts Büro hatte den Touch einer Luxuskajüte. Helle Teakholzverkleidung mit groben Messingbeschlägen hier und da. Eingelassene Bücherregale mit Reihen von Halblederbänden, jeder einzelne so ungelesen, wie er die Druckerei verlassen hatte. Ein lederbezogener Aktenschrank, ein Bartisch, der in den Schreibtisch eingefügt werden konnte, ein Tresor der Marke Wassermann & Frisch.

Die Inkarnation schlechten Geschmacks, dachte Van Veeteren. Je mehr Geld sie haben, um so schlimmer wird es.

»Und wie lange schon?« fragte er.

»Wie lange? Ach so, Sie meinen... nun ja, so ungefähr seit fünfundzwanzig, dreißig Jahren. Ich glaube, man kann sagen, seit ich mich hier in der Stadt niedergelassen habe. Möchte der Herr Kommissar eine Zigarre?«

»Nein danke«, sagte Van Veeteren. »Welche Geschäfte hat er gemacht?«

»Welche Geschäfte? Wie meinen Sie das?«

»Ich möchte wissen, von welcher Art Ernst Simmels Geschäfte waren. Sie waren doch sein finanzieller Berater, ich dachte, darin wären wir uns einig?«

Anwalt Klingfort lehnte sich in seinem Stuhl zurück und ließ sein Kinn auf die Brust fallen. Ein Hauch von Fettleibigkeit, dachte Van Veeteren.

»Seine Geschäfte waren vollkommen in Ordnung.«

»Und sein Testament?«

»Es gibt kein Testament. Das war nicht notwendig. Grete und die Kinder bekommen ihren Erbteil, da ist nichts Außergewöhnliches.«

»Um wieviel handelt es sich denn?«

»Nun hören Sie mal, Kommissar Veeteren...«

»Van Veeteren.«

»... Van Veeteren. Ich habe schon reichlich viel Zeit mit diesem Inspektor Kropke vergeudet. Wenn Sie sich einbilden, ich würde jetzt alles noch einmal herunterbeten, nur weil Sie eine Stufe höher stehen, dann...«

»Dann?« unterbrach Van Veeteren.

»Dann täuschen Sie sich.«

»Danke, Herr Rechtsanwalt. Da liegt also der Hund begraben, aber wir werden ihn auch ohne Ihre Hilfe ausbuddeln.«

Eugen Klingfort schnaubte und zündete sich eine Zigarre an.

»Lassen Sie mich eine Sache klarstellen«, sagte er, nachdem er ein paar dicke Rauchwolken ausgestoßen hatte. »Es gibt nicht die geringste Ungenauigkeit, weder was Ernsts Geschäfte, noch was seine Hinterlassenschaft betrifft.«

»Sie schließen also aus, daß der Mörder ein finanzielles Motiv gehabt haben könnte?« fragte Van Veeteren.

»Ja.«

»Aber gab es denn nicht Leute, die ihm Geld schuldeten?«

»Natürlich hatte er gewisse Forderungen. Aber nicht von der Art, wie Sie sie andeuten.«

»Was deute ich denn an?« fragte Van Veeteren und legte den Zahnstocher auf die Armlehne. »Erzählen Sie mal!«

Der Rechtsanwalt antwortete nicht, aber seine Gesichtsfarbe wurde intensiver.

»Was denken Sie über den Mord?« fragte Van Veeteren.

»Ein Wahnsinniger«, antwortete Klingfort sofort. »Das habe ich die ganze Zeit gesagt. Kümmern Sie sich lieber darum, ihn zu schnappen, damit gesetzestreue Mitbürger abends wieder gefahrlos spazierengehen können.«

»Sind Sie öfters gemeinsam zu Huren gegangen?« fragte Van Veeteren.

Die Frage traf den Anwalt mitten in einem Lungenzug, und er bekam einen ziemlich unangenehmen Hustenanfall. Er wankte ans Fenster. Kam zurück und nahm einen großen Schluck Selter in der Barecke.

»Was, zum Teufel, wollen Sie damit sagen?« versuchte er zu brüllen, als er sich wieder gefangen hatte. »Das riecht verdammt nach Amtsmißbrauch und nach sonst gar nichts!«

»Es ist allgemein bekannt, daß Simmel zu Prostituierten gegangen ist«, erklärte Van Veeteren ungerührt. »Ich wollte nur wissen, ob Sie mir vielleicht ein paar Namen nennen könnten?«

»Ich möchte Sie bitten, mich jetzt in Ruhe zu lassen ...«

»Das fällt mir gar nicht ein. Setzen Sie sich und beantworten Sie meine Fragen! Das hier ist eine Morduntersuchung, und ich habe die Befugnis, Sie mit ins Revier zu schleppen, wenn ich will. Nun blasen Sie sich bloß nicht so auf, Herr Rechtsanwalt! Ich habe schon größere Bomben platzen lassen als diese ...«

Eugen Klingfort blieb mitten im Zimmer stehen, mit dem Kinn auf der Brust.

Er sieht aus wie ein krankes Walroß, dachte Van Veeteren.

»Sie streuen Ihre Asche auf den Teppich«, sagte er. »Nun? Die Namen der Frauen wollte ich.«

»Ich habe... ich habe mit dieser Seite von Ernsts Leben nichts zu tun«, fing der Anwalt an und ging zurück zu seinem Schreibtischstuhl. »Nichts! Sicher, er hat manchmal welche besucht... die üblichen... ab und zu. Ich bin mir sicher, daß die Polizei die Namen hat.«

»Ich will die haben, die nicht polizeibekannt sind«, erklärte Van Veeteren. »Sie sind doch glücklich verheiratet, Herr Klingfort. Frau, Kinder, Villa... ist Ihnen nicht klar, daß ich Ihnen das Leben ziemlich sauer machen kann, wenn Sie so störrisch sind?«

Der Anwalt fummelte an einer Schreibtischschublade. Zog einen Zettel heraus und kritzelte etwas darauf... schob ihn dann zu Van Veeteren hinüber.

»Aber ich garantiere Ihnen, daß das hier nicht das geringste mit dem Mord zu tun hat.« Er wischte sich einen Schweißtropfen von der Stirn. »Nicht das geringste.«

Das habe ich auch nie geglaubt, dachte Van Veeteren, als er wieder auf die Straße trat. Aber einen Schweinehund muß man ab und zu daran erinnern, daß er ein Schweinehund ist.

»Bist du nüchtern heute?« fragte Bausen und setzte sich mit seinem Kaffeetablett hin.

»Montags bin ich immer nüchtern«, sagte Peerhovens. »Da muß ich ja meinen Job machen.«

»Einkaufswagen zusammenschieben bei Maercks?«

»Genau. Man muß ja heutzutage nehmen, was man kriegt...«

Bausen hielt ein Päckchen Zigaretten hin, und Peerhovens nahm, was er kriegte.

»Kaffee und Zigaretten... man sollte sich immer gut stellen mit der Ordnungsmacht, das habe ich immer gesagt.«

»Es könnte nicht sein, daß du dir das nur ausgedacht hast... um irgendwelche Vorteile herauszuschlagen?« fragte Bausen und beugte sich dabei über den Tisch. Peerhovens zuckte zusammen und machte einen nervösen Eindruck.

»Nein, nein, garantiert nicht, Herr Kommissar! Es würde mir nie einfallen, der Polizei etwas vorzulügen! Ich habe ihn genauso deutlich gesehen, wie ich jetzt den Kommissar vor mir sehe... kam hinten von Klaarmann's... ich selbst, meine ich. Da hatte ich gesessen und ein bißchen mit Wauters und Egon Schmidt geplaudert, wenn der Kommissar weiß, wer...«

Bausen nickte.

»Erzähl, was du gesehen hast!« sagte er.

»Also, ich war gerade an dem Buchladen vorbei, auf dem Heimweg nämlich. Ich wohne hinten in Pampas, wenn der Kommissar weiß...«

»Ich weiß«, sagte Bausen.

»... na ja, und als ich da um die Ecke komme, auf die Hoistraat, meine ich, na ja, ich wollte ja nach links, wissen Sie, da sehe ich, wie eine Gestalt die Treppen runterrennt. Er kam von da hinten, ja dahinten aus der Richtung der Blauen Barke, so könnte man sagen, und er schien es verdammt eilig zu haben...«

»Eilig?«

»Ja, er ist die Treppen fast runtergesprungen, sozusagen...«

»Beschreib ihn!« sagte Bausen.

»Nun ja, das ging ja ziemlich schnell, aber er hatte so einen dünnen Mantel an, der etwas schlackerte... und dann einen Hut, irgendwie ein Schlapphut, und den hatte er so runtergezogen, daß ich keinen Fetzen vom Gesicht sehen konnte.«

»Welche Farbe hatte der Mantel?«

»Farbe? Nun ja, braun oder blau, so irgendwie... jedenfalls ziemlich dunkel.«

»Und der Hut?«

»Noch dunkler... aber nicht schwarz. Das alles ging so verdammt schnell, müssen Sie wissen, und ich habe es damals ja nicht so wichtig genommen... erst als Kovan mir erzählt hat, daß jemand Simmel totgeschlagen hat, ja, dann erst.«

»Kovan?«

»Kowalski... Radon Kowalski, er wohnt unter mir. Ein prima Kumpel.«

»Wann hast du es erfahren?«

»Wann? Ja, am nächsten Tag wohl – ja, dann muß es wohl gewesen sein, spät am Abend. Wir sind uns zufällig im Treppenhaus begegnet, und da hat er das gesagt. ›Hast du gehört, daß der Henker Ernst Simmel umgebracht hat?‹ hat er gesagt.«

»Und trotzdem hast du so lange gewartet und bist erst gestern zur Polizei gegangen?« fragte Bausen streng. »Warum?«

Peerhovens schwieg und schaute in die Kaffeetasse.

»Ja... ich...«, stammelte er, »ich weiß nicht, wirklich nicht. Ich dachte wohl, es wäre nicht so wichtig. ...ein bißchen beschwipst war ich ja auch gewesen, aber dann habe ich es im Radio gehört...«

»Wieviel hattest du am Dienstagabend getrunken?«

»Schwer zu sagen, schwer zu sagen«, überlegte Peerhovens. »Ich war ja 'n paar Stunden bei Klaarmann's, da ist wohl schon einiges zusammengekommen. Und Wauters hatte auch noch eine Flasche von zu Hause mitgebracht.«

»Ich verstehe«, sagte Bausen. »Und du würdest die Person nicht wiedererkennen, wenn du ihr irgendwo begegnen würdest?«

Peerhovens schüttelte den Kopf.

»Wie sah er übrigens aus? Groß oder klein... kräftig oder dünn?«

»Nein, nein... das konnte ich so auf die Schnelle gar nicht feststellen. Irgendwas dazwischen, glaube ich. Nein, ich würde ihn nicht wiedererkennen.«

Bausen nickte.

»Dann den Mantel und den Hut? Oder die auch nicht?«

Peerhovens zögerte eine Weile und bekam noch eine Zigarette.

»Man dankt. Nein«, beschloß er schließlich, »ich kann mit Sicherheit sagen, daß ich die nicht wiedererkennen würde.«

Bausen seufzte tief auf. Stand auf und überließ Vincent Peerhovens seinem Schicksal. Jedenfalls ist er schlau genug einzusehen, daß es ein gewisses Risiko bedeutet, dachte er. Den Henker gesehen zu haben.

»Marie Zelnik?« fragte Beate Moerk.

Ihr war klar, daß die Frau auf dem roten Sofa einige Jahre jünger sein mußte als sie selbst, und das erfüllte sie mit einem sonderbaren Gefühl der Unsicherheit. Auf der einen Seite wurde dadurch eine Art schlummernder Beschützerinstinkt in ihr geweckt, auf der anderen Seite war sie gezwungen, ihren Widerwillen und ihre Verachtung zurückzuhalten. Den Ekel hinunterzuschlucken.

Die Animosität war übrigens gegenseitig, wie es schien. Marie Zelnik saß zurückgelehnt da, das eine Bein über das andere geschlagen, so daß ihr Lederrock demonstrativ hochrutschte. Sie rauchte und betrachtete ihre Fingernägel.

»Ich möchte nur ein paar Fragen stellen.«

»Bitte schön.«

»Sie leben davon, daß Sie sich prostituieren?«

»Unter anderem, ja ...«

»Was machen Sie sonst noch?«

Keine Antwort.

»Ich möchte, daß Sie mir etwas über Ernst Simmel erzählen. Er war doch einer Ihrer Kunden, nicht wahr?«

»Was wollen Sie wissen?«

»Alles kann für die Ermittlungen von Interesse sein. Wie lange hatten Sie bereits ... Kontakt mit ihm, zum Beispiel?«

»Ungefähr seit einem halben Jahr – seit er wieder zurück ist.«

»Wie oft?«

Sie zuckte mit den Schultern.

»Nicht so oft. Einmal im Monat oder noch seltener ... er war häufiger bei Katja.«

»Katja Simone?«

»Ja.«

»Das ist uns schon bekannt... Inspektor Kropke hat mit ihr gesprochen.«

»Ich weiß.«

Sie drückte ihre Zigarette aus und zündete sich sofort eine neue an. Widerlich, dachte Beate Moerk.

»Wie war er?«

»Simmel? Ein normaler Freier.«

»Wie pflegte er den Kontakt herzustellen?«

Marie Zelnik überlegte eine Weile.

»Meistens rief er am gleichen Tag an«, sagte sie. »Er hat nie eine Uhrzeit abgemacht, rief einfach aus der Kneipe an und fragte, ob er hochkommen könnte.«

»Und das konnte er.«

»Manchmal.«

Beate Moerk suchte nach weiteren Fragen. Ihr wurde bewußt, daß sie sich diesmal besser hätte vorbereiten sollen. Hätte überlegen sollen, worauf sie eigentlich hinaus wollte.

»Wann haben Sie ihn das letzte Mal gesehen?«

»Ungefähr eine Woche, bevor er gestorben ist.«

»Wie wirkte er da?«

»Wie immer... geil und nicht besonders geduldig.«

Beate Moerk spürte zu ihrer Verzweiflung, daß sie rot wurde.

»Hat er Ihnen ab und zu mal was erzählt?«

»Was denn?«

»Von seinem Leben, seiner Familie, zum Beispiel? Von seiner Frau?«

»Nie.«

»Sie haben auch nicht gefragt?«

»Warum sollte ich?«

»Und er... hat er bezahlt, was er sollte?«

Was für eine idiotische Frage! Beate Moerk spürte, wie sie die Kontrolle verlor. Sie sollte lieber zusehen, wie sie von hier wegkam, bevor sie etwas Unüberlegtes tat.

»Natürlich hat er bezahlt.«

Marie Zelnik betrachtete sie mit einem spöttischen Lächeln.

Die Inspektorin nahm noch einmal Anlauf.

»Und Ihnen ist nichts Besonderes an ihm aufgefallen. Etwas, das... Ihrer Meinung nach mit dem Mord zu tun haben könnte? Was wir wissen sollten?«

»Was sollte das denn sein?«

»Ich weiß es nicht«, gab Beate Moerk zu. »Wieviel nehmen Sie denn so?« rutschte es ihr heraus, bevor sie sich selbst bremsen konnte.

»Das kommt drauf an«, sagte Marie Zelnik.

»Kommt worauf an?«

»Na, wie man bumst natürlich. Da gibt es verschiedene Variationen, aber davon weiß die Frau Inspektor vielleicht nichts – und außerdem mache ich's nur mit Männern.«

Du widerliches Schwein! dachte Beate Moerk. Sei bloß froh, daß ich dir nicht Bausen auf den Hals gehetzt habe. Sie saß eine Weile schweigend da und versuchte weitere Fragen zu finden, die sie dieser arroganten Hure stellen konnte, aber ihr fielen keine ein.

»Vielen Dank«, sagte sie und stand auf. »Das war ein interessantes Gespräch. Sehr interessant. Wenn ich nicht im Dienst wäre, würde ich wahrscheinlich auf diesen billigen Teppichfetzen hier kotzen...«

Und damit, sagte sie sich, hatte sie zumindest in gewisser Weise die Ordnung wiederhergestellt.

13

Am Dienstag schlief er aus.

Das hatte er sich wirklich verdient. Eine Woche war jetzt vergangen, seit er Ernst Simmel dort im Stadtwald ein Ende bereitet hatte, und es gab keinerlei Anzeichen dafür, daß die Polizei irgendeine Spur hatte. Überhaupt keine.

Das hatte er auch nicht erwartet. Daß ihm die ersten beiden Morde relativ wenig Probleme bereiten würden, das hatte er bereits von Anfang an gewußt. Aber mit Nummer drei bekam die Sache notwendigerweise eine andere Qualität. Den Leuten war eins klargeworden. Hier handelte es sich nicht um eine einmalige Tat, wie sie sich eingebildet hatten, als man Eggers fand. Kein Zufallsmörder, der sich ein weiteres armes Opfer suchte ... sondern einer mit mehreren auf seiner Liste.

Mehrere, denen der Kopf abgeschlagen werden mußte, bevor die Gerechtigkeit wiederhergestellt worden war.

Im Traum überfielen ihn die Bilder immer noch, und genau wie er es erwartet hatte, trat jetzt der dritte in den Vordergrund. Er, der noch lebte und der jetzt an der Reihe war ... doch es war kein deutliches Bild; es gab keine derartige Erinnerung an ihn, keine Momentaufnahme. Vielleicht diese Sofaecke, und wie er dort in dieser kühlen, leicht überlegenen Haltung gesessen hatte ... dieser junge, gut gekleidete Oberklassenschnösel, der aufgrund seiner Geburt und seiner gesellschaftlichen Stellung immer eine Hintertür fand. Der oben schwamm, wenn andere hinuntergezogen wurden. Trockenen Fußes und glatt gekämmt.

Der immer wieder auf die Beine kam, während andere zu Boden fielen und starben. Dieser Teufel, oh, wie er diese Aristokratie haßte, die für alles eine Entschuldigung wußte. Wenn er ihn mit den anderen verglich, war er der schlimmste von allen. In Feuerschrift stand es an der Wand. Er war der Anstifter. Er trug die größte Schuld, er sollte die schwerste Strafe erleiden ... Auch aus diesem Grund war dieses Mal ein besonders sorgfältiges Vorgehen erforderlich. Daß er ein Fanal setzen wollte, etwas Besonderes, das war von Anfang an Teil seiner Pläne gewesen. Nicht, damit die Leute es verstanden, das würden sie sowieso nicht ... erschrecken vielleicht, aber nicht verstehen ... sondern um seiner selbst willen.

Und um ihretwillen.

Am Vormittag erledigte er praktische Dinge. Überprüfte seine Waffe. Putzte die Schneide, bis ihre Schärfe fast unvergleichlich war ... wickelte sie danach in ein Stück Musselinstoff und versteckte sie an der gewohnten Stelle. Verbrannte den Mantel und den Hut im Kamin, jetzt waren andere Verkleidungen nötig. Er saß eine ganze Weile rauchend am Küchentisch und dachte über die Vorgehensweise nach, schließlich entschied er sich für den künstlerischen Moment, der zwar ein gewisses Risiko beinhaltete, aber eigentlich nur ein äußerst kleines, wie er sich selbst beruhigte. Er zweifelte keine Sekunde daran, daß er diesmal die Schlagzeilen im Fernsehen wie auch in den Zeitungen beherrschen würde, einen Tag lang auf jeden Fall, vielleicht sogar ein paar Tage lang.

Überraschend eigentlich. Denn das war ja in keiner Weise seine Zielsetzung gewesen, aber vielleicht stimmte es ja doch, was man sagte: Wieviel öfter sterben doch die Menschen auf dem Kampfplatz als zu Hause im Bett! Und wieviel bedeutet dabei doch der Kampf selbst! Die Geschehnisse und das Spiel.

Oder hatte er da etwas mißverstanden? Wie dem auch sei, man konnte nicht leugnen, daß alles eine Dimension bekommen hatte, die er anfangs nicht vorausgesehen hatte, mit der er nicht gerechnet hatte. Eine unerwünschte Richtung und die Süße der Verlockung, die natürlich mit dem Grundproblem selbst nichts zu tun hatte.

Mit dem Leben. Mit dem Tod.

Mit der Notwendigkeit.

Am Abend ging er spazieren. Teilweise, um die betreffende Gegend ein wenig zu erkunden, teilweise, um einen dumpfen Drang, sich in der Stadt zu bewegen, zu befriedigen. In seiner Stadt.

Kaalbringen. Ein Ort, der langsam von der flachen Ebene bis zur Steilküste im Osten hochkletterte. Der die Bucht umrundete, die Landzunge, die wie ein mahnender Finger ins offene Meer hinauszeigte, das städtische Hafenbecken mit den Landestegen und der Mole, den Bootshafen mit den unbeweglichen Luxusbooten, die sich an Poldern und Stegen scheuerten...

Eine ganze Weile verbrachte er oben zwischen den Klosterruinen von St. Hans bei Wind, mit tanzenden und kreischenden Möwen um sich herum; er schaute auf die Gassen hinunter, auf den Marktplatz und das Gedränge der Häuser. Auf die Kirchen: Bunge, Sancta Anna und Pieter, Kupfer, Kupfer und rote Ziegel – die beiden Hotels, die mit dem Rücken zum Land dem Meer die Stirn boten – See Wharf und das alte Bendix, den Stadtwald wie eine grüne, spaltende Klinge, die Einfamilienhäuser in Rikken und Werdingen. Auf der anderen Seite, kaum zu sehen im Nachmittagsdunst: die Mietskasernen in Pampas, Vrejsbakk und das Industriegebiet wie eine Miniaturanlage hinten am Fluß.

Sein Kaalbringen. Plötzlich durchfuhr ihn, daß er schon lange keine so intensive Beziehung mehr gespürt hatte wie jetzt. Vielleicht lag darin eine Bedeutung und ein Trost... er war der Henker. Da unten lag die Stadt in seinem Eisengriff. Da unten gingen die Menschen jetzt abends nur noch in Gruppen hinaus, oder sie schlossen sich ein. Sein Schatten ruhte schwer und finster auf der Stadt. Wenn man den Namen des Ortes draußen im Land in den Mund nahm, dann war er der Grund dafür...

Und gerade darin lag die unerwartete Dimension. Die so fern von der Triebkraft lag. Vom Motiv.

Ob sie etwas dagegen einzuwenden gehabt hätte? Er glaubte es nicht. Vielleicht würde es sie auch auf eine unergründliche Art freuen.

Brigitte. Gitte.

Erst als unten die Lichter angezündet wurden, merkte er, daß die Dunkelheit über ihn gekommen war. Er schob seine Hände in die Taschen und machte sich langsam auf den Rückweg in die Stadt. Dachte noch einmal über den Zeitplan nach... zwei Tage gab er sich, mehr nicht. Morgen abend oder am Abend danach, der Rhythmus war nicht unwichtig.

Es hatte einen Sinn, der inneren Stimme zu folgen.

14

»Es gibt einen ganz kleinen Zusammenhang«, sagte Beate Moerk, »aber darauf darf man natürlich nicht allzuviel geben.«

»Und welchen?« fragte Kropke, ohne den Blick vom Bildschirm zu wenden.

»Beide, Eggers und Simmel, waren neu in der Stadt... na ja, Simmel ist ja zurückgekommen. Aber auf jeden Fall waren beide beispielsweise vor einem Jahr noch nicht hier.«

Van Veeteren faltete die Zeitung zusammen und verließ seinen Platz in der Fensternische.

»Wann ist Eggers aufgetaucht?« fragte er. »Im Mai, oder...?«

»Eher Anfang April, aber zuerst ist er noch diverse Male hin und zurück gefahren. Simmel ist im Februar in sein Haus gezogen.«

»Und welche Schlußfolgerungen ziehst du daraus?« fragte Kropke.

»Überhaupt keine«, erwiderte Beate Moerk. »Ich dachte nur, es wäre sinnvoll, sich das zu notieren.«

Van Veeteren suchte vergeblich in seiner Jackentasche nach Zahnstochern.

»Vielleicht gar keine dumme Idee«, murmelte er. »Ich glaube, ich mache jetzt mal einen Hausbesuch.«

Hausbesuch? dachte Kropke, als die Tür hinter dem Hauptkommissar ins Schloß fiel. Was für einen verdammten Hausbesuch?

Van Veeteren räusperte sich und drückte auf die Türklingel.

Wenn ich weiterhin herumrenne und auf gut Glück die Leute verhöre, dachte er, dann muß ich doch früher oder später auf ihn stoßen.

Natürlich nur, wenn es einer der Einheimischen war, und Bausen bestand mit einer gewissen Hartnäckigkeit darauf, daß dem so war – und wenn er es recht betrachtete, dann müßte es schon mit dem Teufel zugehen, wenn dem nicht so wäre. So lief es ja meistens; das war schließlich seine Stärke und sein Vorteil – die Fähigkeit, zu spüren, wenn er dem Täter gegenübersaß. Seine fast weibliche Intuition, die selten fehlschlug.

Selten...

Er drückte noch einmal auf den Klingelknopf. In dem neugebauten Haus waren Schritte zu hören, und eine Gestalt wurde hinter der halbtransparenten Glastür sichtbar.

»Einen Moment!«

Die Tür ging auf. Doktor Mandrijn hatte sich allem Anschein nach einen Mittagsschlaf gegönnt. Oder er war mitten am Nachmittag in irgendwelche Liebesspiele verwickelt gewesen. Das schwarze Haar stand ihm zu Berge, der Bademantel war zur Seite gerutscht, die Füße trampelten nackt auf dem weinroten Marmorfußboden herum.

Fünfunddreißig Jahre, rief Van Veeteren sich ins Gedächtnis. Erfolgreicher praktischer Arzt und Familienvater. Intelligente Augen. Nicht besonders sportlich, ein wenig krumme Haltung. Vielleicht kurzsichtig? Er schob dem Mann seinen Ausweis unter die Nase.

»Hauptkommissar Van Veeteren. Haben Sie zehn Minuten Zeit?«

»Worum geht's?«

Er fuhr sich mit der Hand durchs Haar und knotete seinen Gürtel fest.

»Mord«, sagte Van Veeteren.

»Was... ach so«, hustete Mandrijn. »Es geht wieder um den Henker, nicht wahr? Eine widerliche Geschichte. Kommen Sie rein.«

Van Veeteren sah sich in dem hohen, mit hellem Holz verkleideten Zimmer um. Ein großes Panoramafenster führte den Blick auf einen jungfräulichen Rasen hinaus. Staubflusen tanzten in schräg hereinfallenden Sonnenstrahlen. Ihm war klar, daß das einmal sehr schön werden würde.

»Sie bauen selbst?«

Mandrijn nickte.

»Habe es jedenfalls entworfen und richte es ein. Wie man sehen kann, ist es noch nicht fertig, aber jedenfalls bewohnbar. Ich habe die ganze Nacht das Dach gestrichen. Deshalb habe ich mich jetzt kurz hingelegt. Heute nacht habe ich Dienst im Krankenhaus. Worum geht es? Ich habe bereits letzte Woche mit einem anderen Polizisten gesprochen ...«

»Mit dem Leiter der Untersuchung, Bausen, ja. Ich wollte nur noch ein paar zusätzliche Auskünfte.«

Mandrijn bedeutete ihm, Platz zu nehmen, und Van Veeteren ließ sich auf dem einen der zwei im Zimmer vorhandenen Möbelstücke nieder.

»Sie haben also Simmels Haus in der Zeit gemietet, als er sich in Spanien befand?« begann er. »Warten Sie ... ab 1993, stimmt das?«

»August 93, ja. Wir haben damals gleichzeitig eine Stelle im Krankenhaus bekommen, Catrine und ich – das ist meine Frau. Waren beide gerade mit der Ausbildung fertig, und wir wußten ja damals noch nicht, ob wir hier bleiben wollten oder nicht. Da paßte es uns ausgezeichnet, ein Haus zu mieten, statt eins zu kaufen oder zu bauen.

»Haben Sie Kinder?«

»Zwei ... die sind jetzt im Kindergarten«, fügte er fast entschuldigend hinzu. »Catrine arbeitet heute tagsüber. Möchten Sie etwas trinken?«

Van Veeteren schüttelte den Kopf.

»Und jetzt haben Sie beschlossen, hier wohnen zu bleiben?«

»Ja. Es gefällt uns hier ausgezeichnet. Nur daß wir damit gerechnet hatten, noch ein halbes Jahr in Simmels Haus bleiben zu können.«

»Die sind also früher zurückgekommen als geplant?«

»Ja, eigentlich war gar nicht geplant, daß sie überhaupt zurückkommen, aber auf jeden Fall hieß es, wir könnten fünf Jahre lang über das Haus verfügen. Ich nehme an, daß er geplant hat, es zu verkaufen, wenn er sich da unten richtig eingelebt hatte.«

»Wo da unten?«

»Wo? Na, in Spanien natürlich.«

»Hatten Sie Simmels Adresse in Spanien?«

»Nein, nein, der Kontakt lief immer über den Anwalt, über Klingfort. Warum wollen Sie das wissen?«

Van Veeteren antwortete nicht. Statt dessen stellte er eine neue Frage.

»Was hatten Sie für einen Eindruck von Herrn und Frau Simmel?«

Mandrijn schaute aus dem Fenster.

»Das bleibt aber unter uns?« fragte er nach einer Weile.

»Ja.«

»Keinen besonders guten, muß ich gestehen. Sicher waren sie nicht wirklich unangenehm, aber unsympathisch, ja irgendwie ordinär. Reich und billig … keine Klasse, wenn man so etwas überhaupt sagen darf. Vor allem er natürlich.«

»Warum sind sie zurückgekommen?«

Mandrijn zuckte mit den Schultern.

»Keine Ahnung. Anfang Dezember ließen sie uns mitteilen, daß sie nach Hause zurückkommen wollten und das Haus am ersten Februar zurückhaben wollten. Ziemlich kurze Frist natürlich, eine reichlich fiese Art das Ganze, aber wir wollten keinen Ärger. Wir hatten ja schon das Grundstück gekauft, und so mußten wir eben schneller loslegen …«

Van Veeteren überlegte.

»Sie haben nicht vielleicht eine Theorie, warum Ernst Simmel umgebracht wurde?«

Wenn er jetzt »Wahnsinniger« oder »Keine Ahnung« antwortet, ist er der fünfzigste, dachte Van Veeteren. Mandrijn zögerte eine Weile, während er sich das Ohrläppchen rieb.

»Doch«, erklärte er dann überraschenderweise. »Ich habe darüber nachgedacht. Ich glaube, es war einfach jemand, der es nicht ertragen konnte, ihn wieder hier in der Stadt zu sehen. Er war ein Arschloch, Herr Hauptkommissar. Ein richtiges Arschloch.«

Wirklich? dachte Van Veeteren.

Auf dem Rückweg machte er einen Umweg. Er brauchte Bewegung und einen gewissen Abstand, das lag auf der Hand, vielleicht wäre er am liebsten geflohen … das war keine besonders überraschende Feststellung. Nichts, über das man sich wundern mußte. Er schlug ein paar unbekannte Wege ein, was natürlich nicht schwer war, ging durch neue Gegenden und Außenbezirke, und schließlich befand er sich oben auf dem Hügel, mit der Stadt in Vogelperspektive unter sich.

Hier herrschte die Natur, es gab keine Bebauung. Er folgte dem schmalen Waldstreifen nach Osten hin bis zu dem Restaurant, von dem Bausen gesprochen hatte. Ging hier oben in der Abgeschiedenheit langsam spazieren, die Hände auf dem Rücken, den Wind im Gesicht. Einige Bäume ließen nach dem trockenen Sommer bereits ihre Blätter fallen, und er dachte … plötzlich dachte er, daß eine Art Ankündigung in der Luft lag, ein Vorzeichen. Natürlich alles reine Einbildung, aber Vorahnungen sind nun einmal so. Bei der Klosterruine setzte er sich mit einer Zigarette und nicht ausformulierten Fragen hin, und erst als er in der Ferne Hundegebell hörte, stand er auf und begann die in den Fels gehauenen Treppenstufen hinunterzuklettern. Sie waren direkt in den Kalkstein geschlagen, glatt und rutschig.

Das wäre der ideale Platz, um jemanden verunglücken zu lassen, dachte Van Veeteren.

Unten kam er direkt beim Friedhof an, dem der Pieterskirche, wenn er sich recht erinnerte … direkt am Meer lagen die Gräber, man hatte den Bereich, bevor er als Friedhof benutzt werden konnte, sicher einst eingeebnet und stufenweise angelegt. Er dachte eine Weile darüber nach, wie es da unten in dieser losen, herangekarrten Erde zwischen all den Särgen und Unterhöhlungen wohl aussah. Schräg über den Gräbern sah er plötzlich die Umrisse von See Wharf, und da beschloß er, eine Abkürzung zu nehmen.

Er ging quer über den Friedhof, im Zickzack, den kiesbelegten Wegen folgend. Las zerstreut eine Jahreszahl hier, einen Namen dort, aber erst als er am Ende angekommen war und eine Hand auf die Torklinke aus Eisen gelegt hatte, entdeckte er ihn – den kräftigen Rücken von Kommissar Bausen, der mit gesenktem Kopf an einem Grabstein stand.

Was hatte er gesagt? Vor zwei Jahren?

Er konnte nicht genau sehen, ob der Polizeichef tatsächlich betete, er nahm es kaum an, aber auf jeden Fall lag etwas Feierliches und Vergeistigtes über seiner Person, etwas fast Friedvolles, und für einen kurzen Moment spürte er einen Stich von Neid. Hastig beschloß er, sich nicht zu erkennen zu geben. Den Kommissar an dem Grab in Ruhe zu lassen.

Wie kann man auf einen Mann neidisch sein, der um seine Ehefrau trauert? dachte er und trat durch das Tor hinaus. Manchmal verstehe ich mich selbst nicht mehr.

Im Hotelzimmer legte er sich aufs Bett, die Füße auf das Fußende. Dort lag er und starrte die Decke an, ohne etwas anderes zu tun, als zu rauchen und die Gedanken frei wandern zu lassen.

Wieder war es zur Gewohnheit geworden, das Rauchen, wie immer, wenn die Arbeit ihm widerstrebte. Wenn eine Ermittlung nicht in die Bahnen floß, die er gegraben oder sich gewünscht hatte. Wenn sich alles nur verhakte – wenn der Durchbruch nie zu kommen schien.

Aber noch war nicht alles verloren.

Er dachte an Bausens Zwei-Wochen-Regel. Wenn sie stimmte, hatten sie noch fünf Tage Zeit. Er selbst hatte bis jetzt eine Woche in Kaalbringen verbracht, und wenn er seinen Einsatz bis zum heutigen Tag addierte, so kam er nicht weiter als bis zu der unangenehmen glatten, runden Zahl Null.

Null und nichts.

Ich will nicht noch fünf Tage warten, dachte er. Am Sonntag fahre ich nach Hause! Soll Hiller doch jemand anders schicken... Rooth oder deBries oder weiß der Kuckuck, wen. Auf jeden Fall hat niemand Freude daran, wenn ich hier noch länger herumfaulenze!

Wohne im Hotel, trinke dem Polizeichef den Wein weg und bekomme beim Schach eins auf die Nase! Der berühmte Hauptkommissar Van Veeteren!

Das einzige, sagte er sich, was die Situation verändern könnte, wäre wohl das, worüber Bausen schon vor ein paar Tagen spekuliert hatte.

Daß er es nämlich wieder tat. Der Henker.

Nicht gerade ein frommer Wunsch, aus der Sicht des angeforderten Gutachtens her gesehen. Laß ihn noch einem den Kopf abschlagen, dann kriegen wir ihn!

Und gleichzeitig... gleichzeitig spürte er, wie sich ein merkwürdiges Gefühl in ihm breit machte. Daß die Zeit für sie arbeitete. Sie brauchten nur zu warten. Daß sich dieser Fall in einer Form lösen oder auflösen würde, die allen Regeln widersprach, und die weder er noch jemand sonst verhindern konnte oder auf die sie einwirken konnten.

Nach diesen sich im Kreis bewegenden Gedanken und nach der vierten oder sogar fünften Zigarette legte Van Veeteren sich in die Badewanne. Während der folgenden Stunde durchdachte er dort alle denkbaren Folgen einer russischen beziehungsweise einer Nimzowitschen Spieleröffnung. Sehr viel handfestere Dinge also, aber auch hier kam er zu keinem abschließenden Ergebnis.

15

Als Beatrice Linckx ihr Auto unten in der Leisner Allee abstellte und abschloß, schlugen die Glocken der Bungeskirche dreiundzwanzigmal. Sie war seit vier Uhr gefahren, hatte die letzte Runde der Konferenz geschwänzt, und jetzt sehnte sie sich nur nach drei Dingen.

Einem Glas Rotwein, einem heißen Bad und Maurice.

Sie warf einen Blick zur Wohnung im dritten Stock hinauf, sah, daß Licht in der Küche war, und zog daraus den Schluß, daß er dort oben saß und auf sie wartete. Zwar hatte sie ihn nicht erreicht, als sie versucht hatte, ihn von unterwegs anzurufen, aber er hatte ja gewußt, daß sie heute abend zurückkommen würde ... sicher hatte er schon eine Flasche geöffnet, vielleicht hatte er auch ein paar warme Toasts vorbereitet. Zwiebelringe, Champignons, frisches Basilikum und Käse ... Sie hob ihre Taschen aus dem Kofferraum, überquerte die Straße, noch steif von der Autofahrt, aber eifrig in den Bewegungen, eifrig, nach oben zu kommen. Nach Hause zu kommen.

Was Beatrice Linckx nicht wußte, war, daß die Küchenlampe nun schon seit mehr als einem Tag brannte und daß sich Maurice zwar dort oben befand, aber ganz und gar nicht in der Verfassung, wie sie sich das dachte. Es gab auch keine warmen Toasts, und niemand hatte eine Flasche entkorkt ... und in die Badewanne würde sie in den folgenden Stunden auch nicht kommen – und als sie es endlich durfte, war es die Badewanne einer Nachbarin und sie selbst in einem Zustand, den sie sich nie hätte vorstellen können.

Die Tür war unverschlossen. Sie drückte die Klinke herunter und trat ein.

Später gab es viele, die sich über ihr Verhalten wunderten. Sie selbst gehörte auch dazu. Aber was war schon normal in einer solchen Situation ...

Sie machte das Licht im Flur an. Ein paar Sekunden lang

betrachtete sie Maurice, packte dann wieder die Tasche, die sie abgestellt hatte, und ging rückwärts zur Tür hinaus. Zog sie hinter sich zu und ging die Treppen hinunter. Draußen auf dem Fußweg zögerte sie einen kurzen Moment, überquerte dann die Straße und setzte sich wieder ins Auto.

Dort blieb sie sitzen, umklammerte das Steuer und versuchte den schweren Felsblock des Vergessens über die immer wieder aufblitzende Erinnerung zu wälzen. Sie versuchte, das Rad der Zeit zurückzudrehen, nur um ein paar Stunden, zurück zu der glücklichen Unwissenheit, zu den Stunden davor, der vollkommenen Normalität, der Straße, den Autos, den Scheinwerfern, die ihr entgegenkamen, der Waldsteinsonate aus den Lautsprechern, dem Regen, der gegen die Windschutzscheibe prasselte, den Pfefferminzpastillen in einer Tüte auf dem leeren Sitz neben ihr ... zur Vorfreude auf Zuhause.

Sie hatte nichts gesehen. War noch nicht oben in der Wohnung gewesen. Hatte hier nur eine Zeitlang gesessen und sich ausgeruht, bevor sie zu Maurice hochgehen wollte ... zu den Toasts und dem Wein, zu dem warmen roten Bademantel, dem Sofa mit den Decken, Heymans Streichquintett, Kerzen in den hohen Leuchtern von Patmos ... Sie saß nur da und wartete ...

Fast zwei Stunden später kurbelte sie das Seitenfenster hinunter. Die Abendluft und ein dünner Regenschleier drangen herein, und mit ihnen die Wirklichkeit. Zum zweiten Mal nahm sie ihre Tasche und überquerte die Straße. Diesmal warf sie keinen Blick auf die Wohnung. Sie wußte, daß nichts außer Maurice dort oben auf sie wartete, und zehn Minuten nach eins konnte sie die Polizei anrufen und ihnen mitteilen, daß der Henker ein weiteres Opfer gefunden hatte.

II

10. – 24. September

16

»Der Läufer steht falsch«, sagte Bausen.

»Das sehe ich«, sagte Van Veeteren.

»F6 wäre besser gewesen. Da, wo er jetzt steht, kriegst du ihn nie frei. Warum hast du dich nicht an Nimzowitsch gehalten, wie ich dir geraten habe?«

»Davon habe ich noch nie was verstanden«, murmelte Van Veeteren. »In der russischen Eröffnung ist mehr Schwung...«

»Schwung, ja«, sagte Bausen. »Und jetzt schwingt es überall... reißt große Löcher in deine eigenen Reihen. Gibst du auf?«

»Nein«, sagte Van Veeteren. »Ich bin noch nicht tot.« Er sah auf die Uhr. »Mein Gott, es ist ja schon Viertel nach eins!«

»Kein Problem. Die Nacht ist die Mutter des Tages.«

»Schließlich hast du nicht gerade ein Übergewicht an Figuren, wenn man es genau betrachtet...«

»Das ist in dieser Situation auch gar nicht nötig. Der H-Bauer schlägt die Dame in spätestens drei, vier Zügen.«

Das Telefon klingelte, und Bausen verschwand durch die Tür.

»Was, zum Teufel?« murmelte er. »Dann ist es also soweit...«

Van Veeteren beugte sich vor und studierte das Spielbrett. Es gab keinen Zweifel. Bausen hatte recht. Die Lage war hoffnungslos. Schwarz konnte den Turm und die Zentrumsbauern schlagen, und dann war die H-Reihe frei. Sein verbleibender

Läufer stand auf dem Königsflügel, von den eigenen Bauern eingemauert. Schlechtes Spiel, verflucht schlechtes Spiel… er hätte eine Niederlage mit Schwarz akzeptieren können, aber da er mit den weißen Steinen russisch hatte eröffnen können, gab es keine Entschuldigung. Überhaupt keine.

Bausen kam hereingestürzt.

»Remi, zum Teufel!« rief er. »Er hat es wieder getan!«

Van Veeteren sprang auf die Beine.

»Wann?«

»Weiß ich nicht. Vor fünf Minuten kam der Anruf. Los doch, es ist eilig!«

Er kämpfte sich durch den Garten, blieb dann aber am Tor plötzlich stehen.

»Verdammt! Die Autoschlüssel…«

»Willst du jetzt etwa Auto fahren?« fragte Van Veeteren. »Du hast doch mindestens einen Liter getrunken!«

Bausen zögerte.

»Wir gehen«, entschied er. »Sind ja auch nur ein paar hundert Meter von hier.«

»Dann aber los«, sagte Van Veeteren.

Polizeianwärter Bang war als erster in der Leisner Allee gewesen, und innerhalb nur weniger Minuten war es ihm gelungen, das ganze Haus zu wecken. Als Bausen und Van Veeteren um die Ecke bogen, leuchteten ihnen alle Fenster entgegen, und auf den Treppen und den Wohnungsabsätzen wimmelte es nur so von Menschen.

In der entscheidenden Wohnungstür hatte Bang sich selbst postiert, so daß zumindest kein Risiko bestand, daß Unbefugte am Tatort herumtrampelten. Freundlich, aber entschieden, begann Bausen die Nachbarn in ihre jeweiligen Wohnungen zurückzuschieben, während sich Van Veeteren der jungen Frau annahm, die zitternd auf dem Boden neben dem Polizeianwärter saß und die allem Anschein nach das Opfer gefunden und die Polizei angerufen hatte.

»Mein Name ist Van Veeteren«, sagte er. »Möchten Sie etwas zu trinken?«

Sie schüttelte den Kopf. Er ergriff ihre Hände und stellte fest, daß sie eiskalt waren und zitterten.

»Wie heißen Sie?«

»Beatrice Linckx. Wir wohnen zusammen. Er heißt Maurice Rühme.«

»Ich weiß«, sagte Bausen, der mit der Befragung der Nachbarn fertig war. »Sie können solange zu Frau Clausewitz reingehen, die gibt Ihnen auch etwas Heißes zu trinken.«

Eine rundliche Frau lugte hinter ihm hervor.

»Komm her, kleine Beatrice«, sagte sie und hielt eine gelbe Decke hoch. »Komm her, dann wird Tante Anna sich um dich kümmern.«

Frau Linckx erhob sich auf unsicheren Beinen und ging folgsam hinterher.

»Es gibt auch noch Güte auf der Welt«, sagte Bausen. »Das sollten wir nicht vergessen. Wollen wir mal nachsehen? Ich habe Bang gesagt, er soll hier draußen aufpassen.«

Van Veeteren schluckte und schaute durch die Türöffnung hinein.

»O Scheiße«, sagte Kommissar Bausen.

Maurice Rühmes Leiche lag direkt hinter der Tür, und auf den ersten Blick sah es so aus, als hätte auch der letzte Blutstropfen seinen Körper verlassen. Der Auslegteppich im Flur, vier, fünf Quadratmeter groß, war so durchtränkt, daß sich seine ursprüngliche Farbe kaum erraten ließ. Van Veeteren und Bausen blieben auf der Türschwelle stehen.

»Wir müssen auf die Spurensicherung warten«, sagte Van Veeteren.

»Da sind ein paar Abdrücke.« Bausen deutete auf sie.

»Ich sehe sie.«

»Ungefähr der gleiche Hieb ...«

Das schien zu stimmen. Rühme lag auf dem Bauch, die Arme

unter dem Körper, als wäre er nach vorn gefallen, hätte sich aber nicht richtig abstützen können. Der Kopf hing zwar noch am Hals, aber es fehlte auch diesmal vermutlich nicht viel, daß er abgefallen wäre. Das Gesicht war zur Seite gedreht, schaute ein wenig nach oben, und die weitaufgerissenen Augen schienen auf einen Punkt in Höhe von Kommissar Bausens Knie zu starren. Aus der Halsöffnung war nicht nur Blut geströmt, sondern auch Essensreste, wie es schien ... und da war ein fleischiges Teil, das irgendwo dranhing, und von dem Van Veeteren annahm, daß es die Zunge sein mußte.

»Er muß schon eine Weile hier gelegen haben«, sagte Bausen. »Riechst du es?«

»Mindestens vierundzwanzig Stunden«, stimmte Van Veeteren zu. »Kommt die Spurensicherung nicht bald?«

»In fünf Minuten, nehme ich an«, sagte Bausen und schaute auf die Uhr. »Jedenfalls hatte ich hinsichtlich der Waffe recht ...«

Denn das war das Neue diesmal. Bei Maurice Rühme hatte der Mörder sich nicht mit einem Hieb begnügt ... der erste Hieb war zwar tödlich gewesen, aber er hatte noch einen weiteren ausgeteilt. Diesmal ins Steißbein, wo er seine Waffe zurückgelassen hatte.

Sie schien immer noch festzustecken. Der Griff zeigte schräg nach oben. Er erinnerte an eine Art grotesken, auf dem Kopf stehenden Phallus, und an dem wenigen, was von der Klinge zu sehen war, konnte man erkennen, daß sie ungefähr so geschaffen war, wie Bausen und Meuritz es sich vorgestellt hatten.

Ein kurzer Schaft. Breite, solide Klinge. Ein Schlachterwerkzeug offenbar, eines von höchster Qualität.

»Verdammte Scheiße!« wiederholte Polizeichef Bausen. »Erträgst du es wirklich, dir das hier anzugucken?«

»Nein«, sagte Van Veeteren.

17

Die Autobahn war endlos.

Endlos und unveränderlich grau. Zwar waren es nur noch sechzig Kilometer bis zur Abfahrt Bokkenheim und Kaalbringen, aber er wünschte sich immer noch, er könnte die letzte halbe Stunde aus seinem Leben streichen. Hätte nicht hinterm Steuer sitzen und einen Kilometer nach dem anderen herunterreißen müssen, eine Minute nach der anderen verstreichen lassen müssen ... während die Traurigkeit und die Müdigkeit wie eine dunkle Wolkenbank hinter seinen Augen lauerte. Dunkel und hinterhältig.

Er war früh aufgestanden. Synn und die Kinder hatten noch geschlafen, als er losfuhr. Der Streit vom Vorabend hatte ihn davon abgehalten, Synn zu wecken. Doch schon als er rückwärts aus der Garageneinfahrt fuhr, wußte er, daß das ein Fehler gewesen war.

Aber vielleicht war es ihr ja genauso gegangen ... vielleicht hatte sie nur so getan, als schliefe sie, als er im Schlafzimmer herumschlich und seine Tasche packte. Woher sollte er das wissen?

Auf jeden Fall war ihm klar, daß er anrufen mußte, sobald er angekommen war. Er wollte das nicht so stehen lassen. Konnte es einfach nicht ertragen, daß sie sich überworfen hatten, dieses schlechte Gewissen und all die unausgesprochenen Widersprüche ... nicht zwischen Synn und ihm. Bei anderen konnte so etwas geschehen, aber doch nicht bei ihnen! Darin waren sie sich immer einig gewesen. Er und seine schöne Synn ...

Wenn man es recht bedachte, hatte sie vielleicht sogar recht. Vielleicht hätte er wirklich die Möglichkeit gehabt, nein zu sagen.

»Sie haben noch einen in Kaalbringen gefunden«, hatte Hiller gesagt. »V. V. braucht jemanden, den er beschimpfen kann, sonst löst er den Fall nie. Du mußt hinfahren, Münster!«

Dagegen hatte er keine direkten Einwände gehabt, und genau da drückte der Schuh. Die hätte er haben sollen. Es gab schließlich drei gleichwertige Kriminalbeamte, allesamt Junggesellen – Reinhart, Rooth und Stauff –, die Hiller an seiner statt hätte hinschicken können.

Aber er hatte Münster ausgesucht.

Der ohne mit der Wimper zu zucken akzeptiert hatte. Ohne daran zu denken, daß er sich von Synn und den Kindern trennen mußte für ... ja, für wie lange eigentlich? Das wußte niemand – ein paar Tage? Eine Woche? Noch länger? Bis dieser Henker endlich hinter Schloß und Riegel saß?

Und nachdem er akzeptiert hatte, war es natürlich nicht mehr so einfach, sich zurückzuziehen, das hatte Synn auch verstanden, aber schließlich hätte er gleich von Anfang an dran denken sollen. An dem Punkt hatten sie am gestrigen Abend aufgehört, dort waren sie ins Stocken geraten. Synn war ins Bett gegangen, er war noch aufgeblieben ... und jetzt wußte er, daß sie recht hatte. Zumindest jetzt wußte er das, während er hier saß, es ihm schlechtging und er viel zu schnell in diese unerträgliche graue Sinnlosigkeit hineinfuhr.

Ich will nicht von ihr wegfahren, dachte er. Ich will zu ihr hinfahren. Will mich ihr nähern, nicht entfernen.

Wenn es nun tatsächlich Van Veeteren gewesen sein sollte, der ausdrücklich nach ihm verlangt hatte, so würde er sich natürlich unter anderen Bedingungen leicht geschmeichelt fühlen, aber im Augenblick war das nur ein geringer Trost.

Ich weiß, daß ich ein guter Polizist bin, dachte er. Ich wünschte nur, ich wäre ein ebenso guter Ehemann und Vater ... Das klang zugegebenermaßen etwas pathetisch, und er zog sein Taschentuch aus der Hosentasche und putzte sich die Nase.

Bokkenheim, Kaalbringen 49, las er auf dem Schild. Wieder hatte er zehn Kilometer hinter sich gebracht.

Er fand zum See Wharf, ohne anhalten und nach dem Weg fragen zu müssen. Hauptkommissar Van Veeteren war im Augenblick nicht da, wie ihm gesagt wurde, aber es war ein Zimmer für ihn reserviert.

Sobald er oben war, stürzte er ans Telefon. Mußte unendlich lange warten, bis die Zentrale ihn freischaltete, aber als die Signale endlich durchkamen, spürte er zu seiner Überraschung, daß sein Herz heftig pochte ... fast wie als Jugendlicher, als er die rothaarige Marie vom Apotheker angerufen hatte, um sie nach den Französischhausaufgaben zu fragen. Wie merkwürdig – oder war es eigentlich nur allzu verständlich?

Bart nahm den Hörer ab. Mama war unterwegs, erfuhr er. Nein, er wußte nicht, wo sie war, und auch nicht, wann sie zurückkommen würde. Tante Alice war bei ihnen ... Wann würde denn Papa nach Hause kommen?

»Sobald ich kann«, antwortete er. »Grüße Marieke und Mama. Und sag Mama, daß ich später noch mal anrufe und daß ich sie liebe.«

»Wie albern«, stellte sein sechsjähriger Sohn fest und legte den Hörer auf.

Münster seufzte, fühlte sich aber etwas besser. Zeit, sich in die Höhle des Löwen zu begeben, dachte er.

Aber ich wäre viel besser zu gebrauchen, wenn ich erst ein paar Stunden Mittagsschlaf halten könnte, die Arme um meine Frau gelegt, dachte er.

18

»Wenn Mooser die Tür zumacht, können wir anfangen«, stellte Bausen fest.

Kropke knipste den Overheadprojektor an.

»Ich denke, es wird das einfachste sein, wenn wir versuchen, den Handlungsablauf so weit wie möglich nachzuvollziehen ... um die Situation zusammenzufassen und Kommissar Münster ein wenig ins Bild zu setzen.«

»Danke«, sagte Münster.

»Der Ermordete«, fuhr Bausen fort, »ist also ein gewisser Maurice Rühme, einunddreißig Jahre alt, Arzt hier am Krankenhaus, Spezialist für Orthopädie und Rückenprobleme. Er arbeitet seit März hier. Für unsere Gäste«, er nickte Van Veeteren und Münster zu, »möchte ich unterstreichen, daß der Name Rühme hier in der Stadt nicht gerade unbekannt ist. Oder, Kropke?«

»Jean-Claude Rühme ist Oberarzt am Krankenhaus«, berichtete Kropke. »Außerdem hat er eine Privatklinik in seinem Haus oben auf dem Hügel. Soweit ich weiß, arbeitet er auch für das Gesundheitsamt...«

»Maurice ist einer von zwei Söhnen«, übernahm Bausen wieder. »Der andere ist im Seldonheim in Kirkenau untergebracht, nach einem Unfall in der Kindheit geistig retardiert.«

»Was für ein Unfall?« fragte Münster, und Van Veeteren schrieb etwas auf seinen Block.

»Er ist kopfüber von der Kanzel in der Pieterskirche gefallen«, erklärte Beate Moerk. »Vier Meter tief direkt auf den Steinboden. Das weiß sogar ich. Das gehört zu den regionalen Sensationen, wenn man so will.«

»Hrrm«, sagte Bausen. »Maurice Rühme wurde also in seiner Wohnung in der Leisner Allee 6 tot aufgefunden von seiner Lebensgefährtin Beatrice Linckx, dreißig Jahre alt, Psychologin, beschäftigt dort draußen in Kirkenau.«

»Aha«, sagte Van Veeteren.

»Sie fand ihn am Donnerstag abend irgendwann kurz nach elf Uhr, also vorgestern, als sie von einem dreitägigen Seminar in Kiel zurückkam. Sie scheint einen ziemlichen Schock abbekommen zu haben, jedenfalls ging sie wieder raus, setzte sich in ihr Auto und wartete zwei Stunden, bevor sie uns benachrichtigte. Bang, der Dienst hatte, nahm das Gespräch um 01.11 Uhr entgegen.«

»Das stimmt«, sagte Bang.

»Van Veeteren und ich, wir kamen gut zwanzig Minuten später dort an«, fuhr Bausen fort, »und konnten feststellen, daß unser Freund, der Henker, wieder einmal zugeschlagen hatte. Möchte der Herr Hauptkommissar weitermachen?«

»Allright«, sagte Van Veeteren und nahm den Zahnstocher aus dem Mund. »Das Interessanteste ist sicher die Waffe, wie ich annehme. Die Techniker sind immer noch mit ihr beschäftigt, aber daß er sie diesmal zurückgelassen hat, könnte darauf hindeuten, daß er jetzt fertig ist, daß er nicht gedenkt, noch weitere Köpfe abzuschlagen. Aber das ist natürlich nur eine Hypothese. Wie dem auch sei, es handelt sich hier um eine verflucht effektive Waffe... leicht und handlich und mit einer phantastischen Schärfe.«

»Ein Kind könnte damit töten«, sagte Bausen.

»Rühme hatte schon ziemlich lange im Flur gelegen, als wir kamen«, fuhr Van Veeteren fort. »Ist das da ein Tablett mit Kopenhagenern, was ich hinter Polizeianwärter Bang sehe?«

»Mooser, gehst du und kümmerst dich um Kaffee«, bat Bausen, und der Angesprochene verschwand durch die Tür. Bang öffnete das Paket und schnupperte gehorsam.

»Treffer«, entschied er.

»Also«, fuhr Van Veeteren fort, »auch wenn Meuritz noch nicht das letzte Wort gesprochen hat, so können wir doch davon ausgehen, daß Rühme seit mindestens vierundzwanzig Stunden dort gelegen hat, bevor wir kamen.«

»Seit dem späten Mittwochabend«, sagte Bausen. »Ich glaube, wir können davon ausgehen, daß das der Zeitpunkt war, an dem er zugeschlagen hat. Außerdem haben wir ja noch diesen Zeugen...«

»Herrn Moen«, sagte Beate Moerk, »der in Anbetracht der Umstände recht klar zu sein schien...«

»Können wir erst das Technische hinter uns bringen«, sagte Bausen. »Kropke, du hast mit dem Labor geredet?«

Mooser kam mit einem Kaffeetablett zurück und reichte die Becher in die Runde.

»Ja«, sagte Kropke. »Die sind auch noch nicht fertig... mit der Waffe, meine ich. Alle blutigen Abdrücke auf dem Boden stammen mit größter Wahrscheinlichkeit von Frau Linckx. Die Fußabdrücke, der Abdruck der Tasche ... sie haben nichts gefunden, das nicht von ihr oder ihm stammt. Was die Waffe betrifft, so haben wir es hier mit einer Art Spezialwerkzeug zum Fleischzerteilen zu tun, das schon ein paar Jahre auf dem Buckel hat. Es war nirgends ein Firmenzeichen oder ähnliches zu finden, offensichtlich hat er das weggeschliffen, aber wenn wir Glück haben, können wir doch noch herauskriegen, woher sie stammt ... in ein paar Tagen, glauben sie.«

»Warum, zum Teufel, hat er sie dagelassen?« fragte Bausen. »Kann mir das jemand sagen?«

»Hybris«, sagte Beate Moerk. »Er will uns zeigen, daß er schlauer ist als wir ... daß wir ihn nie zu fassen kriegen.«

»Das ist vermutlich richtig«, sagte Van Veeteren, und Münster fragte sich, auf welchen Teil von Inspektor Moerks Behauptung sich diese Äußerung bezog.

»Ein paar mehr Fakten bitte, bevor wir anfangen zu spekulieren«, sagte Bausen. »Wie ging die Tat vonstatten, Herr Hauptkommissar?«

»Der Hieb hat ihn von oben getroffen, jedenfalls mit höchster Wahrscheinlichkeit«, sagte Van Veeteren. »Ist ungefähr wie bei den früheren Fällen abgelaufen ... mit dem gleichen Resultat. Er war sofort tot.«

»Von oben?« fragte Kropke. »Klingt das nicht ziemlich unwahrscheinlich? Es gab doch keinerlei Zeichen von Streit ... oder Widerstand, soweit ich verstanden habe?«

Bausen wechselte einen Blick mit Van Veeteren. Er räusperte sich und beugte sich über den Tisch.

»Wir, der Hauptkommissar und ich, glauben, daß es ungefähr folgendermaßen vor sich gegangen ist – urteilt selbst. Eins: der Mörder klingelt an der Tür. Zwei: Rühme geht und öffnet. Drei: Er kennt den Mörder und bittet ihn herein. Vier: Der Mörder tritt über die Schwelle und verliert etwas auf dem Boden ...«

»Einen Zettel, eine Münze oder was auch immer«, ergänzte Van Veeteren.

»Fünf: Rühme bückt sich, um das aufzuheben, und sechs: Der Mörder schlägt zu!«

Es war still am Tisch. Nur Polizeianwärter Bangs verdrossenes Kauen an einem Kopenhagener war zu hören. Inspektor Kropke rückte seinen Schlipsknoten gerade und schaute zweifelnd in die Runde.

»Gut«, sagte Beate Moerk schließlich. »Ich glaube, ihr habt recht ... aber es war keine Münze. Die hätte in die falsche Richtung kullern können.«

»Stimmt«, gab Van Veeteren zu. »Keine Münze. Und was es auch immer war, er hatte Zeit, es aufzuheben, bevor er ging.«

»Außerdem hat er die Axt noch festgekeilt«, sagte Bausen. »Er scheint es nicht gerade eilig gehabt zu haben.«

»Hat er kein Blut abgekriegt?« fragte Mooser.

»Möglicherweise schon, aber er hat es jedenfalls nicht weiter verteilt«, antwortete Bausen. »Es gibt keine Spuren auf den Treppen oder sonstwo ...«

»Hm«, sagte Van Veeteren. »Insgesamt ein ziemlich professioneller Typ, aber ich glaube nicht, daß wir uns zu sehr darauf verlassen sollten, daß Rühme ihn wirklich kannte. Es gibt diverse andere denkbare Möglichkeiten ...«

»Er kann ihn mit einer Pistole auf die Knie gezwungen haben, zum Beispiel«, sagte Beate Moerk.

»Zum Beispiel«, nickte Van Veeteren.

»Kommen wir zum Zeugen«, sagte Bausen. »Laßt uns Herrn Moens Aussagen einmal näher betrachten. Ich glaube, es ist verdammt wichtig, daß wir jetzt keinen Fehler machen ...«

»Zweifellos«, sagte Van Veeteren.

»Wir haben ja beide mit ihm geredet, Inspektor Moerk und ich«, erklärte Bausen, »sind aber zu unterschiedlichen Ergebnissen gekommen, wenn man so will ... Also, er heißt Alexander Moen, und er wohnt in der Wohnung über der von Rühme und Linckx. Er behauptet, er hätte eine Person beobachtet, die kurz vor elf Uhr am Mittwoch abend ins Haus ging und die zirka fünfzehn Minuten später das Gebäude im Laufschritt wieder verließ. Während des gesamten Zeitraums saß Moen an seinem Küchentisch und schaute durchs Fenster auf den Leisnerpark und die Allee, während er auf die Elf-Uhr-Nachrichten im Radio wartete und sie dann auch hörte.«

»Es gibt keinen Grund, das anzuzweifeln«, sagte Beate Moerk.

»Es gehört zu seiner abendlichen Routine. Offensichtlich macht er das seit dreißig Jahren so...«

»Vor 1972 gab es noch keine Elf-Uhr-Nachrichten«, warf Kropke ein.

»Wirklich?« sagte Van Veeteren. »Nun ja, das spielt wohl kaum eine größere Rolle. Können wir uns jetzt seine Beschreibung des Mannes vornehmen. Denn das ist es doch, was interessant ist, nicht wahr? Bausen zuerst!«

»Ich habe mit ihm noch in der gleichen Nacht gesprochen«, erklärte der Polizeichef. »Er ist aus dem gleichen Grund wie alle anderen Mieter im Haus aufgewacht... Hrrm.« Er warf einen Blick auf Bang, der immer noch mit seinem Kopenhagener beschäftigt war.

»...und konnte nicht wieder einschlafen. Deshalb stand er also um halb vier in Bademantel und Pantoffeln auf der Treppe und wollte eine Zeugenaussage machen.«

»Er ist vierundneunzig Jahre alt«, warf Beate Moerk ein, als Information für Münster.

»Jedenfalls«, fuhr Bausen fort, »behauptete er, daß er einen Mann dabei beobachtet hätte, wie er aus dem Park kam und durch die Tür das Haus betrat.«

»War die Tür abgeschlossen?« fragte Münster.

»Seit ein paar Tagen kaputt«, sagte Kropke.

»Er ging also durch die Haustür hinein. Er trug eine Art Trainingsoverall, dunkel mit hellerem Muster, er war groß und dünn und trug ein Paket, ein Bündel... ja, er entschied sich für den Begriff Bündel. Er sagte nichts von dem Gesicht, da es die ganze Zeit im Schatten gelegen hatte, aber er glaubt, daß der Mann einen Bart hatte... und ziemlich lange Haare. Ja, dann verging also ungefähr eine Viertelstunde, und dann kam er wieder heraus und lief in den Park. Das war wohl im großen und ganzen alles, aber es dauerte mehr als eine halbe Stunde, bis ich es aus ihm heraus hatte.«

»Das Bündel?« fragte Kropke. »Hatte er auf dem Rückweg das Bündel nicht mehr dabei?«

»Daran kann Moen sich nicht mehr erinnern. Überhaupt war er bei fast jedem Detail unsicher, anfangs sogar, an welchem Tag das Ganze war, aber als wir es mit den Nachrichten verknüpften, fiel es ihm wieder ein, daß es sich auf jeden Fall um den Mittwoch abend handeln mußte. Ja, die Frage ist also, ob das der Mörder war, den er gesehen hat. Ich muß sagen, daß ich da starke Zweifel habe.«

»Und selbst wenn es der Henker war«, wandte Van Veeteren ein, »wird uns das wahrscheinlich auch nicht viel weiterhelfen. Inspektor Moerk?«

»Ja«, sagte Beate Moerk, während sie an ihrem Bleistift sog, »ich weiß nicht. Ich habe ja mit ihm heute morgen noch einmal geredet. Zwar erschien er mir auch etwas verwirrt in seinen Gedanken zu sein, aber als wir aufs richtige Gleis gekommen waren, wurde er klarer... ist das nicht immer so? Die alten Leute sind sich doch meistens sicherer, was die Details betrifft, als was das Gesamte angeht, sozusagen. Mein Vater hat inzwischen so eine Art frühzeitiger Demenz bekommen, deshalb kann ich da mitreden.«

»Ja, ja«, sagte Kropke. »Was hatte er denn nun zu berichten?«

»Anfangs das gleiche, was er dem Kommissar schon erzählt hatte«, sagte Beate Moerk. »Die Zeitpunkte stimmen überein, das Bündel ebenso... nur die Beschreibung weicht ab.«

»Was hat er denn diesmal gesagt?« wollte Mooser wissen.

»Daß es sich um eine ziemlich kleine, gedrungene oder kräftige Person gehandelt hat. An dem Trainingsanzug hält er fest, aber von dem Haar sagt er nichts, weil die betreffende Person eine Mütze tief über die Ohren gezogen hatte.«

»Hast du ihn an seine frühere Aussage erinnert?« fragte Kropke.

»Ja, aber er erinnerte sich nicht mehr so recht daran, was er damals gesagt hatte. Es war mitten in der Nacht, und er war müde. Ja, ich denke, der Hauptkommissar hat recht... besonders viel Nutzen können wir aus seiner Aussage wohl nicht ziehen.«

»Was uns nicht daran hindern sollte, die Augen nach Joggern mit oder ohne Bündel offen zu halten«, sagte Van Veeteren.

»Kleine und große. Übrigens hat Meuritz ja den Todeszeitpunkt noch nicht genau festgelegt, wir werden dann sehen, ob er während der Nachrichten starb oder nicht. Was Simmel betraf, hat er ja bis auf die Minute ins Schwarze getroffen, vergeßt das nicht!«

Er brach einen Zahnstocher in der Mitte durch und warf einen sehnsüchtigen Blick auf Bausens Zigarettenschachtel.

»Nun gut«, sagte Bausen. »Wer hat eine Idee? Immer raus damit. Wir werden die Strategie nach der Mittagspause besprechen, jetzt laßt uns erst einmal frei spekulieren. Nun, was denkt ihr?«

Bang rülpste. Kropke warf ihm einen Blick zu, der eine sehr deutliche Vorstellung davon gab, wie es dem Polizeianwärter ergehen würde, wenn Bausens Regime beendet war – falls dann wirklich Kropke an der Reihe war, heißt das. Van Veeteren lehnte sich auf dem Stuhl zurück, daß dieser knackte. Münster seufzte.

»Eine Sache ist jedenfalls klar«, sagte Inspektor Moerk schließlich. »Was das Motiv betrifft, meine ich. Maurice Rühme ist das dritte Opfer des Henkers, und er ist der dritte, der dieses Jahr nach Kaalbringen gezogen ist. Da soll mir keiner kommen und behaupten, das hätte nichts zu sagen.«

19

Es hatte eigentlich vielversprechend angefangen, aber nach zehn Minuten war es wieder die alte Leier. Die 5:1-Führung des Hauptkommissars verwandelte sich in 6:6 und 7:10 bis zu normalen, beruhigenden 9:15. In den folgenden Sätzen kamen Münsters größere Beweglichkeit und seine präzisere Plazierung zu ihrem Recht. Seine kurzen, schrägen Bälle im Wechsel mit seinen langen, hohen feierten ihre Triumphe. Es war wie immer... Vielleicht stand es ja auch mit der Kondition des Hauptkommissars nach den Wein- und Zigaretten-Exzessen der letzten Tage nicht gerade zum besten. Nach weiteren 6:15, 8:15, 5:15 hatte er jedenfalls genug, und man überließ den Platz zwei Jugendlichen, die die beiden während der letzten Minuten bereits mit einem gewissen Lächeln betrachtet hatten.

»Schlechtes Licht hier in der Halle«, murmelte Van Veeteren, als sie zum Umkleideraum trotteten.

»Stimmt«, sagte Münster.

»Und nicht der richtige Boden. Man stolpert.«

»Genau«, sagte Münster.

»Außerdem ist es schwer, mit geliehenen Schlägern zu spielen.«

»Bringt gar nichts«, sagte Münster.

»Aber übermorgen probieren wir es trotzdem noch mal«, beschloß Van Veeteren. »Wir müssen in Bewegung bleiben, wenn wir den Fall hier lösen wollen.«

»Kann sein, ja«, sagte Münster.

Der Speisesaal des See Wharf war fast leer, als sie sich an einem der Fenster niederließen. Nur Cruickshank und Müller lümmelten an einem Tisch weiter hinten herum, jetzt in Gesellschaft eines Mannes und einer Frau von TV6. Van Veeteren hatte schon mit allen vieren im Zusammenhang mit der Pressekonferenz vor ein paar Stunden gesprochen, und keiner von ihnen machte irgendwelche Anstalten, die Mittagsruhe der beiden Kriminalbeamten zu stören.

»Außerhäuslichen Vergnügungen scheint man in dieser Stadt nicht mehr nachzugehen«, stellte Van Veeteren fest, als er sich umschaute. »Die Leute denken nicht logisch. Das letzte Mal hat er doch in der Wohnung zugeschlagen ... in Rühmes nämlich.«

Münster nickte.

»So langsam fange ich an zu glauben, daß es sich hier um eine ganz sonderbare Geschichte handelt«, fuhr Van Veeteren fort und nahm sich von dem Salat. »Die haben ausgezeichneten Fisch hier, vor allem Steinbutt, falls du Vorlieben in dieser Richtung hast.«

»Sonderbar in welcher Beziehung?« fragte Münster wohlerzogen.

»Weiß der Teufel«, sagte Van Veeteren kauend. »Es ist nur so ein Gefühl, aber ich habe ja immer so meine Ahnungen.«

Münster lehnte sich dicht an die Glasscheibe, um hindurchschauen zu können. Das Meer sah dunkel und unruhig aus. Bereits am Vormittag war das Wetter umgeschlagen. Wolkenbänder waren von Nordosten im reinsten Pendelverkehr hereingekommen, und ein Regenschauer hatte den ganzen Tag über den nächsten abgelöst. Die Boote im Jachthafen schaukelten in den hohen Wellen, und Münster kam es plötzlich so vor, als gerieten die Elemente in Wut, als protestiere die Natur höchstpersönlich gegen das Tun und Treiben der Menschen ... gegen Mörder, die frei herumliefen, und noch gegen das eine und andere sonst.

Oder ging es eher um Synns und sein Verhalten? Er hatte sie immer noch nicht sprechen können und verspürte langsam eine Aversion gegenüber den selbstgefälligen Äußerungen des Hauptkommissars. Obwohl er ja eine gewisse Erfahrung damit hatte, so lief es doch immer ab ... und er hoffte, daß es auch wieder wie immer sein würde, wenn er nur endlich Synn an die Strippe kriegen würde. Es erschien ihm etwas unsolidarisch, um es einmal höflich auszudrücken, hier herumzusitzen und sich über sein Privatleben Sorgen zu machen, während die Leute von ihm erwarteten, daß er sein Bestes tat, um dem Henker Fallen zu stellen – oder dem Wahnsinnigen mit der Axt, wie er im Augenblick meistens genannt wurde.

»Ich steige durch das Motiv nicht durch«, sagte Van Veeteren. »Schließlich muß er doch einen guten Grund dafür gehabt haben, drei Menschen den Kopf abzuschlagen.«

»Du glaubst nicht an einen Wahnsinnigen?«

»Das habe ich keine Sekunde lang«, sagte Van Veeteren. »Im Gegenteil, ich glaube, es handelt sich um äußerst sorgfältig geplante Taten. Er hatte die Absicht, genau diese drei umzubringen: Eggers, Simmel und Rühme, und das hat er auch gemacht. Wir kriegen ihn nicht zu fassen, wenn wir nicht das Motiv finden, Münster. Das Motiv!«

»Und es stehen keine weiteren mehr auf der Liste?«

Der Hauptkommissar trank von seinem Bier und schaute aufs Meer.

»Weiß der Teufel«, meinte er. »Wir müssen uns einfach hinsetzen und alles noch einmal genau betrachten. Es gibt einige unterschiedliche Varianten, und ich möchte, daß wir überlegen, welche Prioritäten wir setzen sollen.«

»Welche Varianten?« fragte Münster pflichtschuldigst.

»Tja«, überlegte Van Veeteren, »so aus dem Ärmel geschüttelt, komme ich auf zwei. Die erste ist natürlich, daß es einen klaren, offensichtlichen Zusammenhang zwischen den Opfern gibt, daß er einen triftigen Grund dafür hatte, gerade diese drei umzubringen. Bisher wissen wir ja noch nicht, um welches Glied es sich hierbei handelt, aber gut möglich, daß es uns ganz selbstverständlich erscheint, sobald wir es finden. Und dann haben wir ihn.«

Münster nickte.

»Moerks Idee?« fragte er.

»Ja, genau«, sagte Van Veeteren. »Das ist doch das einzige, was wir bisher haben. Alle drei sind in diesem Jahr nach Kaalbringen gezogen, das ist unbestreitbar. Das kann natürlich ein Zufall sein, aber das glaube ich nicht. Es ist ein Hinweis, aber was, verdammt noch mal, können wir damit anfangen?«

»Nicht besonders viel«, sagte Münster.

»Nein«, seufzte Van Veeteren. »Wir brauchen mehr. Aber vielleicht verbindet sie auch nichts außer ihrer Beziehung zu dem Mörder. Man sollte ja meinen, daß die hiesige Polizei den Knoten eher lösen kann als wir, aber wenn es nichts als diese Verbindung gibt, tja, dann bedeutet das...«

»...daß wir alles glasklar vor Augen haben, sobald wir ihn geschnappt haben«, ergänzte Münster. »Aber nicht vorher.«

»Keinen Furz früher«, verdeutlichte Van Veeteren. »Willst du eine Nachspeise oder nur Kaffee?«

»Nur Kaffee«, sagte Münster.

»Wenn man die Mühlen nur mahlen läßt«, sagte Münster und versuchte, nicht zu ungeduldig zu klingen, »werden wir früher oder später über irgend etwas stolpern. Oder er schlägt doch noch einmal zu. Wie viele Neuzugezogene gibt es eigentlich? Vielleicht ist er hinter allen her...«

»Um die fünfzig pro Jahr laut Bausen. Aber laß uns hoffen, daß das Motiv etwas spezifischer ist. Ich glaube, wir können froh sein, daß die Zeitungen Moerks These bisher noch nicht an die große Glocke gehängt haben. Es könnte etwas schwierig werden, allen Neubürgern Polizeischutz zu gewähren. Die Panik, die wir jetzt haben, reicht mir schon. Nein. Laß uns das hier so schnell wie möglich hinter uns bringen, Münster, ich glaube, das ist das beste für alle Beteiligten! Und außerdem will ich bald wieder nach Hause.«

Ganz meine Meinung, dachte Münster. Für einen Moment spielte er mit dem Gedanken, einen Austausch vorzuschlagen, darum zu bitten, daß Reinhart und Rooth herkämen und ihn ablösten, aber das war natürlich keine besonders realistische Idee. Es war wohl besser, davon auszugehen, daß er in der nächsten Zeit zum Einwohnerkreis von Kaalbringen zählen würde, und es gäbe Schlimmeres, wenn er nur endlich Synn ans Telefon bekäme.

»Und wie lautet die andere Variante?« erinnerte er sich.

»Tja«, sagte Van Veeteren und kratzte sich im Nacken. »Daß das Ganze ein Bluff ist, ganz einfach. Der ABC-Mord – sagt dir das was?«

Münster schüttelte den Kopf.

»Der Mörder begeht eine Reihe von Morden, um zu vertuschen, daß er nur hinter einem einzigen Opfer her war. Er mordet in alphabetischer Reihenfolge, aber nur das C-Opfer ist wichtig – von seinem Blickwinkel aus, natürlich.«

»Ach so«, sagte Münster. »Dann wären Eggers und Simmel nur eine Art Ablenkungsmanöver gewesen? Und es geht eigentlich um Rühme ... ziemlich starker Tobak, finde ich.«

»Die Hauptperson kann auch Eggers oder Simmel gewesen sein, vergiß das nicht! Dann wird es noch stärkerer Tobak.«

»Du meinst, er hätte hinterher noch weitergemacht? Nein, das ist, glaube ich, psychologisch unmöglich.«

»Keinesfalls«, sagte Van Veeteren. »Nicht so schnell denkbar, vielleicht. Es kann sich ja auch um Nummer sechs oder Nummer dreizehn handeln ... aber ich neige dazu, davon auszugehen, daß es sich hier um keine ABC-Geschichte handelt.«

»Um was dann?« traute Münster sich nach mehreren Minuten des Schweigens zu fragen.

Van Veeteren rührte langsam mit einem Zahnstocher in seinem Kaffee herum.

»Um einen Mörder«, sagte er zögernd, »der ein ganz normaler Bewohner dieser Stadt ist und der einen verdammt guten Grund dafür hat, Heinz Eggers, Ernst Simmel und Maurice Rühme umzubringen. Alles Männer, alle neu hinzugezogen.«

Gut, dachte Münster. Dann wissen wir also das.

»Wie viele Kandidaten haben wir?« fragte er.

»Ich habe das mal überschlagen«, sagte Van Veeteren. »Wenn wir die Frauen beiseite lassen ...«

»Können wir das?«

»Nein«, sagte Van Veeteren, »aber wir tun es trotzdem. Wie auch die Alten und die Kinder, wozu wir auch kaum berechtigt sind. Ja, dann müßte es sich um ungefähr fünfzehntausend Personen handeln.«

»Ausgezeichnet«, sagte Münster. »Können wir nicht alle männlichen Einwohner zwischen fünfzehn und fünfundsiebzig bitten, sich bei der Polizei einzufinden und ihr Alibi anzugeben?«

»Na klar«, nickte Van Veeteren. »Kropke würde bestimmt nichts dagegen haben, sie in den Computer einzugeben. Dann könnten wir so zu Weihnachten damit fertig sein, nehme ich an.«

»Wäre nicht schlecht, eine Abkürzung zu nehmen«, sagte Münster.

»Genau die müssen wir finden«, sagte Van Veeteren und leerte seine Kaffeetasse. »Darum sind wir hier.«

»Ach so«, sagte Münster. »Und ich habe mich schon gewundert...«

»Was meinst du, auf wen wir uns stürzen sollten?« fragte der Hauptkommissar, als Münster bereits die Hand auf die Türklinke gelegt hatte.

»Wie meinst du das?«

»Nun ja, auch wenn es keine ABC-Geschichte ist, so wäre es sicher nicht schlecht, sich zunächst nur auf den einen zu konzentrieren, so zu tun, als hätten die anderen nie stattgefunden... Klären wir einen auf, dann klären wir sicher auch die anderen auf. Drei Fliegen mit einem Streich...«

Münster nickte.

»Dann Maurice Rühme«, sagte er. »Dumme Idee, in alten Leichen herumzuwühlen, wenn es eine neue gibt.«

»Ganz meine Meinung«, sagte Van Veeteren. »Der Herr Kommissar wird es noch einmal weit bringen.«

»Im Augenblick reicht es mir, wenn ich es bis zum Bett schaffe«, erwiderte Münster. »Gute Nacht, Herr Hauptkommissar!«

20

Sobald sie aufgewacht war, ging sie zum Kiosk hinunter und kaufte die Zeitungen.

Das gehörte zu ihren sonntäglichen Ritualen, und normalerweise schaffte sie es, hinunterzulaufen und wieder zurückzukommen, bevor das Teewasser kochte. Aber heute brauchte sie viermal so lange. Frau Sorensen hielt sie vor der Tür auf und wollte beruhigt werden, Herr Markovic hatte so seine Ansichten, die er von seinem Balkon aus mitteilen wollte, und Frau deMaar aus dem Kiosk weigerte sich, ihr irgendwelche Zeitungen zu geben, bevor sie nicht offen und klar darüber informiert worden war, wie die Mörderjagd so lief. Eine neu eingezogene Familie, Mann und Frau mit zwei kleinen heulenden Kindern, begannen eine Diskussion über die Kompetenz der Polizei und deren Pflicht, normale, anständige Mitbürger zu schützen, und als es ihr endlich gelang, davonzukommen, kam es nur durch ihren Hinweis auf gewisse wichtige Vernehmungen zustande, die sie nach dem Essen in Angriff nehmen mußte.

»Vernehmungen! Ach, wirklich?« brummte der Hausmeister Geurtze, der aus dem Nichts aufgetaucht war. »Immer das gleiche. Und wann rechnet ihr damit, das nächste Opfer zu finden?«

Die scharfe Ironie war nicht zu überhören.

Aber der alte Geurtze war andererseits noch nie besonders freundlich gewesen. Nicht mehr, seit jemand vor ein paar Jahren seinen Kaninchenstall im Schrebergarten angezündet hatte. An und für sich konnte sie ihn ja verstehen, in seiner Welt war das Gute ganz unter den Teppich gekehrt worden. Es gab keinen Grund, etwas anderes als Probleme und Scherereien zu erwarten... dann wurde man jedenfalls nicht enttäuscht.

Vielleicht gar keine so schlechte Haltung, wenn man es genau besah – zumindest nicht, wenn man ein einsamer alter

Herr geworden war, mit Harndrang, grauem Star und Nervenzittern.

Obwohl man, solange man noch eine Frau in ihren besten Jahren war, vielleicht nach etwas anderem streben sollte, zumindest nach einem ausgewogeneren Blick auf die Dinge.

Scheißkerl, entschied Beate Moerk und schloß die Tür hinter sich.

Der Tenor der Zeitungen war insgesamt so ziemlich der gleiche bei allen. Zweieinhalb Monate waren seit dem ersten Mord vergangen, zwölf Tage seit dem zweiten, drei seit dem letzten... Jetzt wurde es aber langsam Zeit für die Polizei, mit der Sprache herauszurücken. Welche Spuren gab es? Welchen Thesen ging man nach? Gab es konkrete Verdachtsmomente? Die Allgemeinheit hatte ein Recht, informiert zu werden!

Immerhin war die Kritik noch nicht so scharf wie die unten am Kiosk gewesen war. Das Vertrauen in Bausen und die beiden herbeigeholten Experten schien irgendwie unerschütterlich. Offensichtlich waren dem hiesigen Polizeichef seine Dompteurtricks während der gestrigen Pressekonferenz wieder einmal gelungen.

Um so mehr stürzte man sich auf Spekulationen und Thesen.

Wer war der furchterregende Gewalttäter eigentlich?

Ein Wahnsinniger? Ein psychopathischer Schlächter? Ein ganz normaler Bürger von Kaalbringen mit Frau, Kindern und geordneten Verhältnissen?

Letzteres war natürlich aus dem Blickwinkel der Journalisten die anziehendste Theorie – daß es Herr Jedermann hätte sein können! Jemand, mit dem man in einem Bus saß. Jemand, mit dem man sich in der Schlange vor dem Postschalter unterhielt. Einer der Referendare am Gymnasium... Eine Reihe von Psychologen unterschiedlicher Schattierung gaben ihre Kommentare ab; eine Zeitung hatte in ihrer Sonntagsbeilage eine Reihe ähnlicher Fälle ausgegraben, die meisten waren aus dem Ausland und hatten schon diverse Jährchen auf dem Buckel. Rolliers – der Nizzamörder; Günther Katz – der Sensenmann aus Vermsten; Ernie Fischer, der in den Dreißigern in Chicago Frauen abgestochen hatte – wie auch der Würger von Boston und andere Größen aus der Unterwelt.

Mangels klarer Informationen seitens der Ermittlungsleitung blühte auch eine reichhaltige Flora von Tips. Entsprechend plaziert, präsentierte das Neuwe Blatt die sogenannte Leisner-Park-Theorie, die auf der Tatsache beruhte, daß der Täter zumindest bei zwei der Taten (Simmel und Rühme) höchstwahrscheinlich gerade aus diesem Park herausgekommen war und daß sein Unterschlupf deshalb in der Gegend um den Park herum zu suchen sei. C. G. Gautienne von den Poost schrieb, daß »das sich steigernde Tempo des Mörders ohne Zweifel darauf hindeutet, daß Anfang der kommenden Woche ein neues Opfer zu erwarten ist. Am Dienstag oder allerspätestens am Mittwoch ...« Und im Telegraaf konnte man sich über die effektivsten Möglichkeiten, sich vor dem Mörder mit der Axt zu schützen, informieren, sowie über die Weissagung der Hellseherin Ywonne, daß das nächste Opfer sicherlich ein 42jähriger Mann aus der Baubranche sein würde.

Beate Moerk seufzte.

Und schließlich de Journaal, Kaalbringens eigene Stimme in die Welt hinaus, das war natürlich die Zeitung, die den Morden den größten Platz einräumte – insgesamt achtzehn von zweiunddreißig Seiten – und die möglicherweise die allgemeine Unruhe und Stimmung in der Stadt am besten in ihren Schlagzeilen interpretierte und zusammenfaßte, achtspaltig und in Übergröße:

WER WIRD DAS NÄCHSTE OPFER?

Beate Moerk warf die Zeitungen auf den Boden. Sie lehnte sich zurück in die Kissen und schloß die Augen.

Wenn sie nur nach den Signalen ihres Körpers gegangen

wäre, hätte sie sich jetzt am liebsten die Decke über den Kopf gezogen und wäre wieder eingeschlafen.

Aber es war schon elf. Höchste Zeit, eine Runde zu drehen. Drei Kilometer Richtung Westen am Meer entlang, und dann vier, fünf durch den Wald zurück. Das Wetter war immer noch etwas böig, aber der Regen schien nachgelassen zu haben. Auf der freien Fläche würde sie Rückenwind haben, das war das wichtigste. Im Wald war es gleich, da war es meistenteils windgeschützt.

»Geh nicht allein raus, was immer du auch tust!« hatte ihre Mutter ihr beim gestrigen Telefongespräch befohlen. »Glaub nur nicht, daß er sich nicht an Frauen ranmacht, und bilde dir bloß nicht ein, daß es dir etwas nützt, daß du bei der Polizei bist!«

Wenn es irgend jemand anders gewesen wäre, der ihr diesen Rat gegeben hätte, hätte sie vielleicht zugehört und etwas von den Ratschlägen angenommen, aber so... Es war Jahre her, seit sie gelernt hatte, die guten Ratschläge ihrer Mutter durchs eine Ohr rein- und durchs andere wieder rauszulassen.

Eine Viertelstunde später war sie angezogen und bereit. Sie zog den Reißverschluß ihrer Trainingsanzugsjacke bis oben hin zu und band sich das breite, rote Band ums Haar.

Sah sich im Spiegel an. So.

Fürchtete weder Tod noch Teufel.

Wind, Wetter oder Gewaltverbrecher...

Die Dämmerung setzte schnell ein. Sie fiel fast wie ein Vorhang, und als sie in die Wohnung zurückkam, war es fast schon ganz dunkel, obwohl es noch nicht später als sieben war. Die Müdigkeit konnte sie jetzt in den Knochen spüren. Zwei Stunden Jogging und Stretching, danach vier Stunden Krisensitzung in der Dienststelle... Natürlich hinterließ das seine Spuren. Wer konnte etwas anderes verlangen, auch von einer Frau, die im besten Alter war, wie es hieß?

Dennoch weigerte sie sich, sofort ins Bett zu gehen. Sie überwand sich, ein Abendessen mit Omelett, Gemüse und Käse zu bereiten. Deckte den Tisch und setzte Kaffee auf. Zwei Stunden am Schreibtisch in aller Ruhe, das war es, was sie sich jetzt wünschte. Zwei Stunden in einsamer Würde, mit der Dunkelheit und der Stille wie eine schützende Kuppel um die Gedanken und Überlegungen... um das Collegeheft, die Aufzeichnungen und Spekulationen, denn sie hatte geplant, während dieser Abendsitzungen den Fall zu lösen. Hier, beim konzentrierten Nachdenken an ihrem Schreibtisch, würde die Polizeiinspektorin Beate Moerk den Henker aus dem Ärmel ziehen, identifizieren und überlisten.

Wenn nicht heute abend, dann auf jeden Fall schon bald...

Ob es wohl irgendeinen anderen Bullen in diesem Land gab, überlegte sie, der eine romantischere Einstellung zu seiner Arbeit hatte als sie? Wohl kaum. Wie dem auch sei, es gab noch eine andere Regel, von der sie ungern abwich, auch wenn sie gar nicht so genau wußte, woher sie sie eigentlich hatte:

Der Tag, an dem man sich nicht einmal für kurze Zeit mit dem beschäftigen kann, was einem wirklich am Herzen liegt, der Tag ist ein verlorener Tag.

Wie wahr.

Das Dreieck sah spektakulärer aus als je. Drei Namen, einer in jeder Ecke. Eggers – Simmel – Rühme. Und dann ein Fragezeichen in der Mitte.

Ein Fragezeichen, das ausgelöscht und durch den Namen des Mörders ersetzt werden sollte... ein Name, der dann für alle Zeit in aller Leute Munde sein würde. Zumindest in dem der Einwohner von Kaalbringen. Denn einen Verbrecher vergißt man nicht. Staatsmänner, Künstler, gefeierte Artisten verlieren sich im Dunkel der Zeit, aber der Name eines Mörders bleibt in der Erinnerung haften.

Drei Opfer. Drei neu hinzugezogene Männer. So unterschiedlich, wie man es sich nur denken konnte. War es überhaupt möglich, sich größere Extreme vorzustellen?

Ein ausgestoßener Junkie und Knastbruder.

Ein etablierter, gutsituierter, aber nicht besonders sympathischer freier Unternehmer.

Ein junger Arzt, Sohn eines der prominentesten Bürger der Stadt.

Und je länger sie auf diese Namen starrte und auf ihre Notizen, ihre Vermutungen und ihre Kritzeleien, um so klarer wurde ihr, daß sich durch das Auftauchen des dritten Opfers in keiner Weise irgendein Weg geöffnet hatte.

Im Gegenteil. Je mehr, um so schlimmer, so hatte es den Anschein.

Um Viertel vor elf spürte sie, daß sie kaum noch die Augen offenhalten konnte. Sie löschte das Licht, putzte die Zähne und ging ins Bett.

Morgen würde sie arbeiten. Ein neuer Tag. Die übliche Leier von Fragen und Antworten, Fragen und Antworten ... und vielleicht war es gerade dieses Einerlei, das letztendlich ein Ergebnis bringen würde. Aus der Unmenge der Fakten, Protokolle und Tonbandaufzeichnungen würde sich langsam ein Punkt herauskristallisieren, ein Muster ergeben, aus dem heraus es möglich war, die wichtigste aller wichtigen Fragen zu stellen.

Wer ist er?

Und von dem aus auch eine Antwort möglich war.

Aber um wieviel lieber wäre es ihr gewesen, das Gesicht des Mörders wäre ihr im Traum erschienen ... mit immer deutlicheren Konturen, ein Gesichtszug nach dem anderen. Daß die dunklen Stunden der Nacht ein Portrait herausgemeißelt hätten, fix und fertig, um es morgens dem Polizeichef auf den Tisch zu legen.

Eine Abkürzung. Eine Eselsbrücke, die über all diese trostlosen Ermittlungen reichte.

Wieviel schöner das doch wäre!

21

Jean-Claude Rühme entsprach seinem Prototyp. Ein breitschultriger Mann in den Sechzigern mit weißer Löwenmähne und scharfen, aber erstarrten Gesichtszügen. Ein Zwischending zwischen Mensch und Monument, dachte Van Veeteren. Oder war es nur die Trauer, die ihn versteinern ließ?

Er empfing sie in seinem Arbeitszimmer. Saß hinter seinem dunklen Schreibtisch mit den Intarsienarbeiten in Rot und Ocker. Er erhob sich zu voller Größe und begrüßte Van Veeteren.

»Der Herr Hauptkommissar muß entschuldigen. Aber mein Nachtschlaf ist seit dem Unglück nicht der beste. Bitte, setzen Sie sich doch. Möchten Sie etwas trinken?«

Tiefe, entgegenkommende Stimme.

»Ein Glas Selters«, sagte Van Veeteren. »Wenn es keine Umstände macht. Mein aufrichtiges Beileid, Doktor Rühme.«

Der Doktor sprach in die Gegensprechanlage, und nach dreißig Sekunden tauchte ein farbiges Mädchen mit zwei Flaschen auf einem Tablett auf.

»Ich bin Ihnen dankbar, daß Sie mir bis heute Zeit gelassen haben«, erklärte Rühme. »Jetzt bin ich bereit, Ihre Fragen zu beantworten.«

Van Veeteren nickte.

»Ich will mich kurz fassen, Herr Doktor«, sagte er. »Ich habe eigentlich nur ein paar Fragen, die Details betreffend, aber darüber hinaus möchte ich Sie bitten… und zwar auf das eindringlichste… daß Sie Ihre Intelligenz und Ihre Intuition benutzen, um uns zu helfen. Also, ich ziehe es vor, den Mord an Ihrem Sohn als einen isolierten Fall zu betrachten, getrennt von den anderen.«

»Warum?«

»Aus mehreren Gründen, vielleicht in erster Linie aus ermittlungstechnischen. Es ist einfacher, sich auf eine Sache zu konzentrieren.«

»Ich verstehe.«

»Wenn Sie also irgendeine Vorstellung davon haben, welches Motiv dahinterstecken könnte, wer einen Anlaß gehabt haben könnte, Ihren Sohn aus dem Weg zu räumen, dann zögern Sie bitte nicht. Sie können mich Tag und Nacht erreichen. Vielleicht haben Sie schon jetzt irgendwelche Vermutungen?«

»Nein, nein – gar nichts.«

»Ich weiß, daß Trauer lähmend wirken kann, aber falls Ihnen irgend etwas einfällt, dann ...«

»Natürlich, Herr Hauptkommissar, aber ich versichere Ihnen ... Sie haben ein paar Fragen zu Details, sagten Sie?«

Van Veeteren trank einen Schluck Selters. Tastete nach einem Zahnstocher, beschloß dann aber, nicht weiter zu suchen.

»Wie würden Sie das Verhältnis zwischen sich und Ihrem Sohn bezeichnen?«

Doktor Rühme reagierte, indem er die Augenbrauen einen Millimeter hochzog. Das war alles.

»Danke«, sagte Van Veeteren. »Ich verstehe.«

Er kritzelte etwas Unleserliches auf seinen Block und ließ einige Sekunden verstreichen.

»Nein«, sagte der Arzt schließlich, »ich glaube nicht, daß Sie das verstehen. Maurice und ich hatten ein Verhältnis zueinander, das auf großem gegenseitigen Respekt beruhte.«

»Genau das habe ich gerade notiert«, sagte Van Veeteren. »Sind Sie verheiratet, Doktor Rühme?«

»Seit zwölf Jahren geschieden.«

»Damals muß Ihr Sohn ... neunzehn Jahre alt gewesen sein?«

»Ja. Wir haben damit gewartet, bis er von zu Hause ausgezogen ist. Haben uns im gleichen Monat getrennt, in dem er seine Medizinstudien in Aarlach begann.«

»Und seitdem hat er in Aarlach gewohnt, ist das richtig?«

»Ja, bis er in diesem März seine Stelle hier antrat.«

»Ich verstehe«, sagte Van Veeteren. Er stand auf und begann langsam im Zimmer herumzulaufen, die Hände auf dem Rücken. Blieb vor dem Bücherregal stehen und las einige Titel, ging dann weiter zum Fenster und schaute auf den gepflegten Rasen und die Büsche hinaus. Doktor Rühme schaute auf seine Armbanduhr und hüstelte.

»Ich habe in zwanzig Minuten einen Patienten«, sagte er. »Wenn Sie jetzt Ihre restlichen Fragen stellen könnten... falls Sie noch welche haben?«

»Wann waren Sie zum letzten Mal zu Besuch in der Leisner Allee?«

»Ich bin niemals dort gewesen«, sagte Rühme.

»Ihre Meinung über Beatrice Linckx?«

»Gut. Sie hat mich ein paarmal besucht... ohne Maurice.«

»Als Vermittlerin?«

Doktor Rühme antwortete nicht.

»Ihr Sohn hat sein Medizinstudium 1987 begonnen... vor elf Jahren. Wann hat er Examen gemacht?«

»Vor zwei Jahren.«

»Neun Jahre Studium? Das ist eine ziemlich lange Zeit, oder, Doktor Rühme?«

»Es gibt Beispiele noch längerer Ausbildungszeiten.«

»Wie lange haben Sie selbst gebraucht?«

»Fünf Jahre.«

»Gibt es einen besonderen Grund, warum Maurice so lange gebraucht hat?«

Doktor Rühme zögerte, aber nur kurz.

»Ja«, sagte er.

»Wären Sie so freundlich, mir zu sagen, welchen?« fragte Van Veeteren.

»Kokainmißbrauch«, sagte Doktor Rühme und faltete die Hände vor sich auf dem Schreibtisch. Van Veeteren nickte und machte sich wieder Notizen.

»Wann hat er damit aufgehört?«

»Es kam 1989 zu meiner Kenntnis. Und hörte zwei Jahre später endgültig auf.«

»Irgendwelche rechtlichen Folgen?«

Der Doktor schüttelte den Kopf.

»Nein, nichts dergleichen.«

»Ich verstehe«, sagte Van Veeteren. »Das ließ sich so regeln, nicht wahr?«

Rühme antwortete nicht.

»Und diese Stelle hier am Krankenhaus, die doch ziemlich begehrt war, soweit ich gehört habe, die ließ sich wohl auch... regeln?«

Rühme stand auf.

»Das haben Sie gesagt, nicht ich. Vergessen Sie das nicht.«

»Ich vergesse nichts so schnell«, sagte Van Veeteren.

»Danke, Herr Hauptkommissar. Ich fürchte, meine Zeit reicht nicht mehr für weitere Fragen...«

»Das macht nichts«, sagte Van Veeteren. »Die sind auch nicht mehr nötig.«

»Ich bin gekommen, um mit Ihnen ein wenig über Ihren Sohn zu sprechen«, sagte Bausen. »Maurice...«

»Er ist tot«, sagte Elisabeth Rühme.

Bausen nickte und hakte sie unter.

»Würde es Ihnen gefallen, wenn wir ein wenig im Park spazierengehen?«

»Mir gefällt das Laub«, sagte Frau Rühme. »Vor allem, wenn es nicht mehr an den Bäumen sitzt, aber bis jetzt ist ja noch nicht viel heruntergefallen. Wir haben immer noch September, das stimmt doch?«

»Ja«, sagte Bausen. »Haben Sie Maurice oft gesehen?«

»Maurice? Nein, nicht sehr oft. Doch, manchmal schon, aber sie, diese Beatrice, sie kommt oft mit Blumen und Obst. Was meinen Sie, sie wird mich doch auch weiter besuchen kommen, oder?«

»Aber bestimmt«, versicherte Bausen.

»Manchmal fühle ich mich einsam. Ich bin ja eigentlich gern allein, aber es ist doch schön, wenn ab und zu jemand vorbeikommt... merkwürdigerweise ist es hinterher am schönsten. Wenn jemand zu Besuch war und wieder gegangen ist, meine ich. Dann fühle ich mich irgendwie richtig gut... erfüllt, es ist schwer zu beschreiben.«

»Wann haben Sie Maurice das letzte Mal gesehen?« fragte Bausen.

Elisabeth Rühme blieb stehen und nahm ihre Brille ab.

»Ich muß sie saubermachen«, sagte sie. »Ich kann so schlecht sehen. Haben Sie ein Taschentuch?«

»Leider nicht«, sagte Bausen.

Sie setzte sie wieder auf.

»Wann haben Sie Maurice das letzte Mal gesehen?« wiederholte Bausen.

»Schwer zu sagen. Sie sind von der Polizei, nicht wahr?«

»Mein Name ist Bausen. Ich bin Polizeichef hier in Kaalbringen. Erkennen Sie mich nicht wieder?«

»Doch, doch«, versicherte Elisabeth Rühme. »Sie heißen Bausen.«

Er drehte sie vorsichtig um, und die beiden gingen zurück zu dem nikotingelben Pavillon.

»Es ist schön hier«, sagte er.

»Ja«, sagte sie. »Besonders, wenn die Blätter fallen.«

»Ihr zweiter Sohn... Pierre?«

»Er ist krank. Wird nie gesund werden. Es ist damals was in der Kirche passiert, wissen Sie das nicht?«

»Doch, doch«, versicherte Bausen.

»Ich habe ihn lange nicht gesehen«, sagte sie nachdenklich.

»Vielleicht kann er ja jetzt Arzt werden, anstelle von Maurice. Das wäre schön. Glauben Sie, daß man das irgendwie organisieren kann?«

»Vielleicht«, sagte Bausen. Eine Schwester mit weißer Haube kam ihnen entgegen.

»Vielen Dank für den Spaziergang und die Unterhaltung«, sagte er. »Ich werde Beatrice bitten, Sie nächste Woche zu besuchen.«

»Danke schön«, sagte Elisabeth Rühme. »Es war schön, mit

Ihnen zu laufen. ich hoffe, ich bin Ihnen nicht zur Last gefallen.«

»Ganz und gar nicht«, versicherte Kommissar Bausen. »Ganz und gar nicht.«

Der Oberarzt Rühme und seine feine Familie, dachte er, während er zum Parkplatz schlenderte und seine Pfeife auskratzte.

22

»Wir gehen«, hatte Beate Moerk entschieden. »Es gibt keinen Grund, die achthundert Meter mit dem Auto zu fahren.«

Und so spazierte er neben dem weiblichen Polizeiinspektor durch Kaalbringens Straßen, und plötzlich mußte er wieder an Apothekers Marie denken. Das Bild tauchte nur kurz vor ihm auf, und er fragte lieber nicht, warum. Die beiden Gespräche mit Synn hatten zwar nicht alle Mißverständnisse aus dem Weg geräumt, aber sie schienen auf dem richtigen Weg zu sein ... ja, natürlich würde alles wieder seinen gewohnten Gang gehen, wenn er nur endlich wieder nach Hause kam. Wenn er sie nur bald wiedersah.

Selbstverständlich.

Das Haar der Inspektorin war nicht rot. Ganz und gar nicht. Eher dunkelbraun, an der Grenze zum Schwarz. Er achtete darauf, daß sich ihre Schultern nicht berührten, während sie nebeneinander hergingen, aber es kostete ihn einige Konzentration, den entsprechenden Abstand einzuhalten, und als sie angekommen waren, erinnerte er sich nur noch vage daran, worüber sie auf dem Weg gesprochen hatten.

Sicher kein großer Verlust, dachte er. Die meiste Zeit war es wahrscheinlich um die Namen der Straßen und Plätze gegangen, an denen sie vorbeigeschlendert waren, aber dennoch verwunderte ihn das. Mit seinem seelischen Gleichgewicht war es offensichtlich nicht zum besten gestellt. Eine Unruhe war in ihm, die sich nicht so einfach ignorieren ließ. Nicht gerade die beste Voraussetzung für detektivische Arbeit. Ein Jucken in der Seele. Was war nur los mit ihm, verflucht noch mal?

»Da sind wir«, sagte sie. »Die Haustür ist da. Der Leisnerpark gegenüber, wie du siehst.«

Münster nickte.

»Wollen wir raufgehen?« fragte er.

»Natürlich«, erwiderte sie. Betrachtete ihn dabei etwas verwirrt.

Beatrice Linckx hieß sie willkommen und zeigte dabei ein schwaches Lächeln. Der Flur war mit einem neuen Teppich ausgelegt worden, wie Münster feststellte. Vom Blut war keine Spur mehr zu sehen, aber ihm war klar, daß man im Holz darunter immer noch etwas finden würde...

Blut läßt sich nicht so schnell ausmerzen, pflegte Reinhart immer zu sagen. Das übertüncht man.

Blasses Sonnenlicht fiel durch die hohen Fenster in das große Zimmer und ließ Beatrices Zerbrechlichkeit noch deutlicher hervortreten. Sie sah zwar gefaßt und erholt aus, aber die äußere Hülle war nur dünn... nicht dicker als das Eis einer Nacht, dachte er, und er hoffte, daß Inspektorin Moerk sensibel genug war, die Zeichen richtig zu deuten und nicht einfach darüber hinwegzugehen.

Hinterher war ihm klar, daß er sich keine Sorgen hätte machen müssen. Das hier war Beate Moerks Verhör. Sie war es, die die Zügel in der Hand hatte und darauf achtete, daß nichts aus dem Ruder lief. Sie hatten sich vorher nicht abgesprochen, sich nicht über die Arbeitsteilung verständigt, aber je weiter sie gekommen waren – nachdem die Teetassen geleert und von neuem gefüllt worden und die blassen Kekse (die Frau Linckx offensichtlich in aller Eile in einem Kiosk gekauft hatte) zusammengeschrumpft waren –, desto mehr war sein Respekt gestiegen. Er hätte es nicht besser machen können, ganz gewiß nicht, und ihm war genau die richtige, ziemlich geruhsame Rolle zugeteilt worden: Er saß in seiner Sofaecke und flocht ab und zu mal eine Frage ein.

Genau richtig. Es war nicht nur ihr Haar und ihr Aussehen. Sie schien auch eine verdammt gute Polizistin zu sein.

»Wie lange waren Sie eigentlich schon mit Maurice zusammen?«

»Nicht so lange.«

Beatrice Linckx strich sich eine Haarsträhne aus dem Gesicht. Von rechts nach links, eine wiederkehrende Geste.

»Ein paar Jahre?«

»Ja. Wir haben uns im September 1993 kennengelernt. Sind dann ungefähr ein Jahr später zusammengezogen.«

»Also seit vier Jahren?«

»Ja.«

Und das ist nicht so lange? dachte Münster.

»Sind Sie in Aarlach geboren?«

»Nein, in Geintz, aber ich habe in Aarlach gewohnt, seit ich zwölf war.«

»Aber Sie haben Maurice Rühme erst 1993 kennengelernt. Da hatte er schon … sechs Jahre dort gewohnt, nicht wahr?«

»Aarlach ist keine kleine Stadt, Frau Inspektor«, sagte Beatrice Linckx mit diesem blassen Lächeln, das neu an ihr war. »Nicht wie Kaalbringen … aber wir haben uns sicher schon vorher mal irgendwo gesehen. Wir haben uns darüber auch mal unterhalten.«

»Wissen Sie, wie es ihm in den Jahren erging, bevor Sie sich kennenlernten?«

Sie zögerte.

»Ja«, sagte sie. »Ich weiß einiges. Aber wir haben nicht darüber geredet. Er wollte das nicht, und außerdem war das Kapitel abgeschlossen.«

»Ich verstehe. Keine alten Freunde mehr aus der Zeit? Die es heute noch gibt, meine ich.«

»Nicht viele.«

»Aber es gibt noch welche?«

Beatrice Linckx dachte nach.

»Zwei.«

»Wären Sie so nett, uns die Namen zu geben?«

»Jetzt?«

»Ja bitte.«

Beate Moerk reichte ihren Block hinüber, und Frau Linckx schrieb hastig ein paar Zeilen.

»Die Telefonnummern auch?«

Beate Moerk nickte.

Beatrice Linckx verschwand aus dem Zimmer und kam mit einem Adreßbuch zurück.

»Danke«, sagte Beate Moerk, als sie ihren Block zurückbekommen hatte. »Finden Sie es unangenehm, wenn wir in diesen alten Geschichten herumwühlen?«

»Sie tun ja nur Ihre Arbeit, nehme ich an.«

»Warum sind Sie nach Kaalbringen gezogen?«

»Nun ja...« Wieder zögerte sie einen Augenblick. »Maurice war anfangs ziemlich dagegen. Ich weiß nicht, ob Sie wissen, wie es um seine Beziehung zu Jean-Claude, seinem Vater, stand?«

Beate Moerk nickte.

»Ich fürchte, ich war es, die ihn dazu überredet hat. Ja, natürlich hing es von der Arbeitsstelle ab. Ich nehme an, daß Sie das verstehen. Die beiden Stellen wurden gleichzeitig ausgeschrieben, sogar am gleichen Tag, und ich dachte wohl... daß es so was wie ein Zeichen war. Maurice meinte, es wäre was anderes.«

»Was haben Sie in Aarlach getan?«

»Maurice hatte eine Vertretungsstelle im Pflegeheim. Nicht gerade seine Spezialität. Ich habe an drei, vier verschiedenen Schulen gearbeitet...«

»Und dann haben Sie plötzlich Ihren Traumjob hier in Kaalbringen bekommen?«

»Vielleicht nicht ganz den Traumjob, aber es war auf jeden

Fall eine deutliche Verbesserung. Von unseren Ausbildungen her gesehen, meine ich.«

Beate Moerk blätterte ihren Notizblock um und überlegte eine Weile. Frau Linckx goß Tee nach. Münster betrachtete verstohlen die beiden Frauen. Er versuchte, sich Synn in dem dritten, leeren Sessel vorzustellen, aber das wollte ihm nicht so recht gelingen ... alle drei waren in etwa im gleichen Alter, fiel ihm plötzlich auf. Es überraschte ihn, und er wunderte sich darüber, daß ihn das überraschte. Vielleicht wurde es langsam Zeit, daß er auch einmal eine Frage stellte? Wartete Inspektorin Moerk nicht genau darauf?

»Wollen wir zum Wesentlichen kommen«, schlug er vor. »Damit wir Sie nicht zu lange plagen müssen, Frau Linckx ...«

»Ja, bitte.«

»Haben Sie irgendeine Vorstellung, wer es gewesen sein könnte, der Ihren Lebensgefährten umgebracht hat?«

Die Frage war etwas brutal, ohne Zweifel. Er sah, daß Beate Moerk ihm einen Blick zuwarf, aber die Antwort kam wie aus der Pistole geschossen.

»Nein. Ich habe keine Ahnung.«

»Hatte Maurice irgendwelche Feinde?« fuhr Beate Moerk fort, wo er nun schon einmal angefangen hatte. »Jemanden, von dem Sie wissen, daß er ihm aus irgendeinem Grund übel gesinnt war?«

»Nein, ich glaube, er war bei den meisten ziemlich beliebt.«

»Vielleicht am Arbeitsplatz?« versuchte es Münster, aber Beatrice Linckx schüttelte nur den Kopf.

»Bevor wir gehen«, erklärte Beate Moerk, »möchten wir Sie um eine Liste bitten mit den engsten Freunden und den Kollegen, mit denen Maurice am meisten zu tun hatte. Vielleicht können Sie uns aber jetzt schon die wichtigsten nennen?«

»Die ihn ermordet haben könnten, meinen Sie?«

Zum ersten Mal war ein Hauch von Feindseligkeit in ihrer Stimme zu hören.

»Die meisten werden tatsächlich von einer ihnen nahestehenden Person ermordet«, sagte Münster. »Das ist zwar schwer zu akzeptieren, aber so ist es leider.«

»Aber worauf wollen Sie eigentlich hinaus?« fragte Beatrice Linckx, und auf ihren Wangen zeigte sich eine gewisse Röte. »Mir fällt nicht ein einziger Name ein ... ich habe nicht den geringsten Verdacht. Ich bin davon ausgegangen, daß wir es hier mit diesem Wahnsinnigen zu tun haben ... stimmt das denn nicht? Der hat doch schon zwei umgebracht, die nicht das geringste mit Maurice zu tun hatten.«

»Entschuldigen Sie, Frau Linckx«, sagte Beate Moerk. »Wir müssen leider alle möglichen Arten von Fragen stellen, die manchmal bizarr und unverschämt erscheinen mögen. Versprechen Sie uns wenigstens, daß Sie von sich hören lassen, sobald Ihnen irgend etwas einfällt, was mit dem Mord zu tun haben könnte, und sei es auch nur eine Kleinigkeit?«

»Ein Telefongespräch. Jemand, der etwas Merkwürdiges gesagt hat. Ob Maurice sich in irgendeiner Weise merkwürdig verhalten hat«, ergänzte Münster.

»Ja, natürlich«, sagte Beatrice Linckx. »Ich will ja gar keine Kritik an der Polizei üben. Natürlich möchte ich nichts lieber, als daß Sie ihn fassen.«

»Gut«, sagte Münster. »Apropos Kollegen, übrigens ... Doktor Mandrijn, ist das jemand, mit dem Maurice viel zu tun gehabt hat? Er arbeitet auch im Krankenhaus.«

Sie überlegte.

»Ab und zu, glaube ich«, sagte sie. »Aber nicht so viel ... ich bin mir nicht sicher, ob ich ihn schon einmal gesehen habe, aber Maurice hat seinen Namen ein paarmal erwähnt.«

Inspektorin Moerk machte sich Notizen und biß auf ihren Stift.

»Sie selbst arbeiten also im Seldonheim?« fragte sie.

»Ja.«

»Als Fürsorgerin?«

»Psychologin eher ...«

»Haben Sie dort Kontakt mit Pierre, Maurices Bruder?«

Beatrice trat ans Fenster und schaute auf den Park hinaus, bevor sie antwortete.

»Niemand hat Kontakt mit Pierre«, sagte sie dann. »Kein Mensch.«

»Ich verstehe«, sagte Beate Moerk.

Als sie nach draußen kamen, hatte es wieder angefangen zu regnen, und als sie vorschlug, ein Glas Bier in der Blauen Barke zu trinken, stimmte er ohne größere Umschweife zu. Zwar hatte es genug Tee gegeben, damit sein Flüssigkeitshaushalt in den nächsten Stunden ausgeglichen war, aber es war natürlich keine dumme Idee, auch mit diesem Ort Bekanntschaft zu schließen. Wenn er sich recht erinnerte, dann hatte das zweite Opfer, Ernst Simmel, von hier aus seinen Spaziergang ins andere Leben angetreten. Er hielt die Tür auf und verbeugte sich leicht kavaliermäßig. O Scheiße, was mache ich bloß? dachte er.

»Ist der Herr Kommissar verheiratet?« fragte sie, als sie sich gesetzt hatten.

Münster zog seine Brieftasche heraus und zeigte ihr das Foto von Synn.

»Sie ist schön«, sagte Beate Moerk. »Nun gut, dann brauche ich mir ja keine Sorgen zu machen.«

»Außerdem noch zwei Kinder«, sagte Münster. »Und du?«

»Nichts dergleichen«, lachte Beate Moerk. »Aber das ist nur zufällig so.«

»Na, dann prost«, sagte Münster, und er lachte auch.

23

»Kokain?« fragte Bausen.

»Das ist jedenfalls ein Verbindungsglied«, sagte Kropke. »Zu Eggers, meine ich.«

»Wohl kaum«, sagte Münster.

»Jedenfalls ein schwaches Verbindungsglied«, sagte Van Veeteren. »Kokain ist eine High-Society-Droge, vergiß das nicht. Ich habe so meine Zweifel, daß Heinz Eggers und seine Kumpel sich so was Vornehmes reingezogen haben... das ist ganz einfach nicht ihre Kragenweite.«

Bausen nickte.

»Wir müssen das natürlich trotzdem weiterverfolgen. Aber bei den vielen Leuten, die heutzutage kiffen, ist es wohl kaum mehr als ein Zufall.«

»Zwei von drei?« fragte Inspektor Moerk.

»Vielleicht ein bißchen viel, zugegeben. Wir müssen da weiterbohren. Außerdem haben wir sowieso nicht viel, was wir sonst noch weiterverfolgen könnten.«

»Wie weit ist es von Selstadt bis Aarlach?« fragte Münster.

»Hundertfünfzig, zweihundert Kilometer, nehme ich an«, antwortete Bausen.

»Hundertfünfundachtzig«, sagte Kropke.

»Wollte nur mal sehen, ob du auch aufpaßt«, sagte Bausen. »Herr Hauptkommissar?«

Van Veeteren hörte auf, eine Münze über die Fingerknöchel rollen zu lassen.

»Gut«, sagte er. »Ich denke, es ist verdammt wichtig, daß wir Rühmes Zeit in Aarlach so genau wie möglich dokumentieren können. Ich habe mit Melnik, dem dortigen Polizeichef, geredet, und er hat mir versprochen, zwei Mann drauf anzusetzen... das hat er inzwischen schon getan. Er wird uns einen Bericht schicken, sobald er fertig ist... In ein paar Tagen, hoffe ich. Vielleicht in einer Woche.«

»Und dann?« fragte Kropke.

»Werden wir sehen«, erwiderte Van Veeteren. »Wenn uns nichts anderes übrigbleibt, werden wir alle Namen herausziehen und sie mit den Eggers- und Simmelunterlagen vergleichen. Das wäre doch vielleicht etwas für den Herrn Inspektor und seinen Computer?«

Kropke runzelte einen Moment lang die Stirn, zeigte dann aber ein Lächeln.

»Okay«, sagte er. »Vielleicht gar nicht so dumm.«

»Jaha«, sagte Bausen. »Die Nachbarn, Mooser? Wie ist es da gelaufen?«

Mooser blätterte etwas nervös in seinen Papieren.

»Wir haben alle außer zwei erwischt – sechsundzwanzig Stück. Keiner hat auch nur das geringste gesehen, ich meine, zwischen zehn und zwei Uhr am Mittwoch abend. Um diese Zeit ist es doch gegangen, oder?«

»Das stimmt«, bestätigte Bausen. »Meuritz rätselt noch etwas an dem Zeitpunkt herum. Er will es in diesem Fall nicht genauer terminieren. Ich nehme an, es ist unmöglich. Ich habe das Gefühl, daß unser lieber Henker mehr Glück als Verstand gehabt hat. In Simmels Fall folgt er ihm quer durch die ganze Stadt, bei Rühme überquert er nur die Straße, klingelt und schlägt zu. Und niemand sieht ihn. Kein Zeuge ...«

»Außer Herrn Moen«, sagte Beate Moerk.

»Ja«, seufzte Bausen. »Moen und Peerhovens ... ein Vierundneunzigjähriger und ein, gelinde gesagt, leicht angeheiterter Nachtschwärmer.«

»Nun ja«, sagte Van Veeteren. »Wir werden ihn trotzdem kriegen. Ich glaube, so langsam nehme ich Witterung auf ...«

»Was machen wir als nächstes?« fragte Beate Moerk.

Bausen blätterte in seinem Block.

»Du und ... Kommissar Münster, vielleicht?«

Münster nickte.

»Ihr geht ins Krankenhaus. Befragt Kollegen und so weiter. Seht zu, was ihr rauskriegen könnt. Ihr habt freie Hand.«

»Gut«, nickte Beate Moerk.

»Kropke und Mooser ... Ich denke, wir sollten die Nachbarschaft ein wenig ausdehnen. Klopft mal an die Türen um den Leisnerpark herum ... Der Inspektor kann ein Raster aufstellen. Ach ja, nehmt ruhig Bang mit, der braucht auch etwas Bewegung. Aber schreibt ihm die Fragen vorher auf, verdammt noch mal. Und Kropke macht natürlich mit Simmel und Spanien weiter. Da ist ja bis jetzt noch nichts bei rausgekommen?«

Kropke schüttelte den Kopf.

»Viel Scheiße, aber nichts wesentliches.«

»Der Hauptkommissar und ich«, fuhr Bausen fort, »werden uns näher mit der Axtfrage befassen. Die Leute von der Spurensicherung bleiben da reichlich vage, aber sie nehmen an, daß es sich um ein Spezialwerkzeug aus der Schlachterbranche handelt, so vor zehn, zwölf Jahren hergestellt. Wir haben die Namen von vier verschiedenen denkbaren Fabrikanten bekommen – und mehr als zwanzig Verkaufsstellen. Das Ganze klingt nicht gerade sehr vielversprechend, aber es hilft nichts. Wir müssen wohl auf jeden Fall einen Tag dafür opfern. Ja, und dann sind da noch Simmels Sohn und Tochter, die kommen morgen hierher. Auch wenn ich keinen roten Heller auf sie setzen würde ... nun ja, man weiß ja nie. Habt ihr noch Fragen?«

»Wer übernimmt die Freunde und Bekannten?« fragte Münster. »Rühmes, meine ich?«

»Ihr«, sagte Bausen. »Zuerst das Krankenhaus, und dann ... Habt ihr die Liste?«

»Sollten wir nicht jemanden nach Aarlach schicken?« meinte Beate Moerk. »Dort müßte doch noch am ehesten etwas zu finden sein.«

»Kommissar Melnik würde nicht gerade begeistert sein, wenn wir uns einmischen, das kann ich euch versichern«, sagte Van Veeteren. »Aber er kann das Alter eines Haufens Hundescheiße bestimmen, wenn er dazu aufgelegt ist!«

»Ach so«, sagte Beate Moerk. »So einer ist das.«

»Außerdem habe ich noch eine Verabredung mit einer Damenbekanntschaft von Simmel«, berichtete Van Veeteren. »Davon erwarte ich mir so einiges.«

Oje! dachte Beate Moerk, als sie aus der Polizeiwache trat. Was für ein trostloser Haufen.

»Wie weit ist es bis zum Krankenhaus?« fragte Münster.

»Weit«, erklärte Moerk. »Wir nehmen deinen Wagen.«

24

Er sah sich um.

Nahm dann Platz an einem der freien Tische draußen auf der verglasten Terrasse, bestellte ein Glas Dunkelbier und faltete de Journaal auseinander.

Seufzte leise vor Zufriedenheit. Er ging nicht so oft ins Fisherman's Friend.

Er trank ein paar tiefe Schlucke und begann dann zu lesen, was über den Fall in der Zeitung stand. Nicht ohne eine gewisse Zufriedenheit. An diesem fünften Tag nach dem letzten Mord reichte die Textmenge immer noch für gut zwei Seiten. Es gab nur wenige Neuigkeiten, die Theorien wurden immer absurder, und die Verschwiegenheit der Polizei begann langsam eine gewisse Verärgerung bei den Schreibern hervorzurufen. Inzwischen schwand offensichtlich das Vertrauen, daß sie dafür ihre Gründe hatte.

Möchte bloß wissen, ob das stimmt, dachte er und schaute auf den Hafen. Das möchte ich bloß wissen.

Ein einsamer Fischkutter stampfte dem offenen Wasser zu. Meer und Himmel hatten den gleichen Grauton, das Licht wollte sich an diesem Tag anscheinend gar nicht einstellen. Es sah trostlos aus.

Trostlos? Eine knappe Sekunde lang überlegte er, warum er gerade dieses Wort benutzte.

Er hatte drei Menschen getötet, und die Polizei hatte nicht die geringste Spur, soweit er das beurteilen konnte. Es wäre natürlich auch interessant gewesen, zu erfahren, was sie in den anderen Zeitungen schrieben, aber die waren ausverkauft gewesen. Aus leicht verständlichen Gründen, natürlich. Er trank wieder von seinem Bier und ließ die Würze die Tränen in die Augenwinkel pressen... nein, wenn er die Anzeichen richtig deutete, war er so sicher wie eh und je.

Nicht zu fassen und nicht zu strafen.

Zweifellos ein etwas merkwürdiges Gefühl, aber andererseits: damit hatte er doch gerechnet – oder etwa nicht? Hatte er überhaupt mit irgend etwas gerechnet? Gab es ein Danach? Hatte er sich diese Zeit vorgestellt? Diesen sich in die Länge ziehenden Epilog, oder wie immer man das bezeichnen wollte?

Er beobachtete die Möwen, wie sie ihre Kreise zogen. Manchmal kamen sie so nahe, daß die Flügelspitzen fast das Fensterglas berührten… und plötzlich erinnerte er sich daran, wie er einmal genau hier gesessen hatte und eine direkt gegen die Scheibe geflogen war. In voller Fahrt, ohne abzubremsen. Die Sicht durchs Fenster war offensichtlich ganz frei gewesen, und der Tod an dem kalten Glas mußte eine vollkommene Überraschung für den armen Vogel gewesen sein. Ohne Vorwarnung und Vorahnung… genau wie der Axthieb, kam ihm in den Sinn, und er blieb eine Weile sitzen und dachte über diesen Vogel nach und über das Muster von Blut und Innereien, das er auf der Scheibe hinterlassen hatte und das er sich aus irgendwelchen Gründen noch genau ins Gedächtnis rufen konnte. Und dann dachte er an sie, deretwegen das hier alles vor sich ging… an sie, deren Tod in keiner Weise überraschend gekommen war, sondern eher wie eine überreife Frucht… und er dachte darüber nach, ob jetzt wirklich alles zu Ende war. Ob alles wiederhergestellt war, das Recht gesprochen, und ob es ihr in irgendeiner Weise möglich sein würde, ihm ein Zeichen zu geben. Und wie es wohl aussehen könnte…

Sicher gab es nur einen Ort, der dafür in Frage kam.

Und was er mit dieser neuen Leere machen sollte, die ihn jetzt statt dessen erfüllte und die sich teilweise wie ein riesiges Vakuum in ihm anfühlte. Aufdringlich und fast unendlich. Obwohl sie in ihm begraben lag.

Ich habe eine Grube gegraben, um eine andere zuzuschütten, dachte er. Und die neue ist noch viel größer. Gib mir ein Zeichen, Gitte!

»Beeindruckender Ort«, sagte Van Veeteren und schaute sich um.

»Die Terrasse ist am besten«, sagte Kommissar Bausen. »Da meint man, über der Welt zu schweben.«

Van Veeteren setzte sich. Dachte einen Augenblick lang an die Blaue Barke. Hier oben war es ebenfalls recht menschenleer, aber vielleicht war das am Abend ja anders. Im Augenblick gab es nur einen einzelnen Herrn mit einer Zeitung am Panoramafenster und ein paar Damen mit Hut nahe beim Flügel. Ein schwarzgekleideter Kellner überreichte ihnen mit einer Verbeugung zwei in Leder gebundene Speisekarten.

»Ein Menü«, sagte Van Veeteren. »Heute bin ich dran. Bedien dich, damit es eine Weile reicht. Man arbeitet am besten mit vollem Bauch ... zumindest denkt man damit am besten.«

»Ich bin auch nicht von gestern«, pflichtete Bausen ihm bei.

»Jetzt kann ich nicht mehr«, stöhnte Beate Moerk. »Wenn ich nur noch mit einem einzigen weiteren Arzt reden muß, erwürge ich ihn.«

»Geh lieber raus und warte so lange im Auto«, sagte Münster. »Ich werde mir diesen Mandrijn noch vornehmen, er soll in fünf Minuten hier sein.«

»Ist das der, der bei Simmel gewohnt hat?«

Münster nickte.

»Okay«, sagte Beate Moerk. »Gib ihm, was ihm zusteht. Ich leg mich solange unter die Wolldecke auf den Rücksitz.«

»In Ordnung«, sagte Münster.

»Mein Name ist Polizeiinspektor Kropke«, sagte Kropke.

»Sonderbarer Vorname«, sagte die Frau gähnend. »Aber kommen Sie nur rein.«

»Sie haben also neben dem Ehepaar Simmel in Las Brochas gewohnt?«

»Ja, sicher.«

»Hatten Sie auch Kontakt?«

»Das würde ich nicht behaupten.«

»Warum nicht?«

Sie hob die Augenbrauen ein Stück.

»Warum nicht? Weil wir keinerlei Interesse daran hatten, mit denen Kontakt zu haben, natürlich. Wir haben uns zwar auf der ein oder anderen Party gesehen, aber sie hatten einfach keinen Stil. Mein Mann hatte zwar einiges mit Ernst zu tun, aber mit ihr hatte ich nichts zu schaffen.«

»Mit ihr?«

»Ja, mit der Frau ... Grete oder wie sie hieß.«

»Gab es irgendwelche ... Unregelmäßigkeiten bei Familie Simmel?«

»Unregelmäßigkeiten? Was meinen Sie denn damit?«

»Ja, ob Sie vielleicht gehört haben, daß über etwas geredet wurde, ob es Feinde der Familie gab, etwas Ungesetzliches oder so ... Wir suchen immer noch nach einem Motiv, verstehen Sie ...«

»Mein lieber Inspektor, wir kümmern uns in Las Brochas nicht um so was. Dort lassen wir einander in Ruhe. Viele sind ja gerade deshalb dorthingezogen, um solch neunmalklugen Beamten zu entgehen, die ihre Nase überall reinstecken.«

Die redet von Stil? dachte Kropke.

»Ach so«, sagte er. »Sie sind also der Meinung, wir sollten uns einfach nicht mehr drum kümmern, den Mörder zu suchen, oder?«

»Nein, nein. Tun Sie nur Ihren Job. Dafür werden Sie ja bezahlt. Aber lassen Sie unbescholtene Leute in Ruhe. Sonst noch was?«

»Nein danke«, sagte Kropke. »Ich glaube, mir reicht's.«

»Namen und Adresse?« fragte Bang.

»Warum das denn?« fragte der Zwölfjährige zurück.

»Das hier ist eine Ermittlung«, sagte Bang.

»Uwe Klejmert«, sagte der Junge. »Adresse ist hier.«

Bang notierte.

»Wo warst du am Mittwoch abend, dem 8. September?«
»War das letzte Woche?«
»Ja.«
»Als der Henker Maurice Rühme umgebracht hat?«
»Ja.«
»Da war ich zu Hause.«
»Hier?«
»Ja. Ich habe bis zehn Clint Eastwood gesehen. Und dann bin ich schlafen gegangen.«
»Ist dir irgend etwas Außergewöhnliches aufgefallen?«
»Ja, meine Schwester hatte mein Bett gemacht.«
»Sonst nichts?«
»Nein. Hat er geschrien?«
»Wer?«
»Rühme.«
»Das glaube ich nicht«, sagte Bang. »Jedenfalls habe ich nichts gehört, und ich war der erste am Tatort. Sind deine Eltern nicht zu Hause?«
»Nein«, sagte der Junge. »Die arbeiten.«
»Aha«, sagte Bang. »Dann sag ihnen bitte, sie sollen sich an die Polizei wenden, wenn sie glauben, sie hätten irgend etwas Signifikantes zu sagen.«
»Signi...?«
»Signifikantes. Wenn sie irgendwas Merkwürdiges gesehen oder gehört haben, meine ich.«
»Damit ihr den Henker fassen könnt?«
»Genau.«
»Das verspreche ich«, sagte Uwe Klejmert.
Bang schob seinen Notizblock in die Innentasche und verabschiedete sich.
»Willst du gar nicht fragen, warum meine Schwester mein Bett gemacht hat?«
»Okay«, sagte Bang. »Warum hat sie das gemacht? Ich habe noch nie gehört, daß eine Schwester ihrem Bruder das Bett gemacht hat.«

»Sie hatte sich meinen Walkman ausgeliehen und hat die Kopfhörer kaputtgemacht.«

»Typisch Mädchen«, sagte Polizeianwärter Bang.

»Habt ihr es abends gemütlich im Hotel, du und der Hauptkommissar?« fragte Beate Moerk.

»Wahnsinnig gemütlich«, sagte Münster.

»Sonst könnte ich dich ja mal zu einer Kleinigkeit zu essen und einem Glas Wein einladen.«

»Heute abend?«

»Zum Beispiel«, sagte Beate Moerk. »Aber ich fürchte, ich kann dir nicht versprechen, daß ich nicht über die Arbeit reden werde.«

»Das macht nichts«, sagte Münster. »Ich habe so das dumpfe Gefühl, daß wir zusehen sollten, diesen Fall so schnell wie möglich zu lösen.«

»Ganz meine Meinung«, sagte Beate Moerk.

25

Sie stieß direkt vor dem Eingang auf ihn, und ihm war sofort klar, daß sie auf ihn gewartet haben mußte. Im Schutz der Ligusterhecke, die die gesamte Hotelfront entlanglief, wahrscheinlich. Oder hinter einer der Pappeln.

Eine große, etwas sehnige Frau in den Fünfzigern. Das dunkle, geblümte Tuch war lose über den Kopf geworfen und fiel bis auf die hochgezogenen Schultern herab. Für einen Moment glaubte er, sie wäre eine seiner Lehrerinnen aus dem Gymnasium, aber das war nur ein flüchtiger Gedanke und natürlich absurd.

»Hauptkommissar Van Veeteren?«

»Ja.«

Sie legte ihre Hand auf seinen Arm und sah ihm aus nächster Nähe direkt in die Augen. Sie fixierte ihn, als wäre sie sehr kurzsichtig oder als versuchte sie eine Art außergewöhnlichen Kontakt zu ihm herzustellen.

»Ob ich wohl ein paar Minuten mit Ihnen reden könnte?«

»Ja, natürlich«, sagte Van Veeteren. »Worum geht es? Wollen wir reingehen?«

Ist sie verrückt? dachte er.

»Wenn Sie mit mir die Straße entlanggehen könnten ... ich bin lieber draußen. Es dauert auch nur fünf Minuten.«

Ihre Stimme klang tief und betrübt. Van Veeteren nickte, und die beiden gingen langsam zum Hafen hinunter. An der Doomsgasse bogen sie nach rechts ab, zwischen die abgelaugten Häusergiebel, und erst als sie in deren dunklen Schatten gekommen waren, berichtete sie ihm von ihrem Problem.

»Es geht um meinen Mann«, erklärte sie. »Er heißt Laurids, und er hat es schon immer etwas mit den Nerven gehabt ... es ist nichts Schlimmes, er ist auch nie eingewiesen worden oder so. Ist nur etwas unruhig, wissen Sie. Aber jetzt traut er sich nicht mehr raus ...«

Sie machte eine Pause, aber Van Veeteren sagte nichts.

»Er sitzt jetzt schon seit Freitag, seit fast einer Woche, aus Angst vor dem Henker drinnen. Geht nicht zur Arbeit, und jetzt haben sie ihm mitgeteilt, daß er gefeuert wird, wenn das so weitergeht.«

Van Veeteren blieb stehen.

»Was sagen Sie da?«

Sie ließ seinen Arm los. Blieb ebenfalls stehen und schaute zu Boden, als schämte sie sich.

»Ja, und da habe ich mir gedacht, ich gehe zu Ihnen und frage mal, wie die Untersuchungen so laufen ... Ich hab ihm das vorgeschlagen, und wahrscheinlich traut er sich wieder raus, wenn ich mit einer Art Versicherung oder einem beruhigenden Bescheid von Ihnen zurückkomme.«

Van Veeteren nickte. Mein Gott! dachte er.

»Sagen Sie Ihrem Mann ... wie heißen Sie eigentlich?«

»Christine Reisin. Mein Mann heißt Laurids Reisin.«

»Sagen Sie ihm, daß er ganz beruhigt sein kann«, sagte Van Veeteren. »Er kann ganz beruhigt zur Arbeit gehen. Wir haben alle Hoffnung, daß wir den Mörder in sechs bis acht Tagen gefaßt haben werden.«

Sie hob ihren Blick und sah ihn wieder aus nächster Nähe an.

»Danke, Herr Hauptkommissar«, sagte sie nach einer Weile. »Vielen, vielen Dank. Ich weiß, daß ich Ihnen vertrauen kann.«

Dann drehte sie sich auf dem Absatz um und verschwand in einer der engen Gassen. Van Veeteren blieb stehen und schaute ihr nach.

So einfach ist es, eine Frau zu betrügen, dachte er. Eine Frau, die man nur fünf Minuten gesehen hat.

Die Episode blieb an ihm haften, und als er unter der Dusche stand und versuchte, die Erinnerung daran abzuschrubben, war ihm klar, daß Laurids Reisin wie ein schlechtes Gewissen über ihm hängen würde, solange die Ermittlungen andauerten.

Der Mann, der sich nicht traute, nach draußen zu gehen.

Ein Mensch war dabei, seinen Job zu verlieren ... und zweifellos seine Würde gleich mit ... nur weil es ihm und den anderen – Münster, Bausen, Kropke und Moerk – nicht gelang, diesen verfluchten Mörder aufzuspüren.

Oder gab es möglicherweise mehrere von dieser Sorte? Warum nicht?

Wieviel angehäufte Angst ... Schrecken und Furcht existierten in diesem Augenblick in Kaalbringen? Wenn sich so etwas überhaupt messen ließ ...

Er streckte sich auf seinem Bett aus und starrte an die Decke.

Rechnete.

Sechs Tage seit dem Mord an Maurice Rühme.

Fünfzehn seit Simmel.

Eggers? Zweieinhalb Monate.

Und was hatten sie?

Ja, was? Ein Wirrwarr von Informationen. Einen absoluten Overkill an Informationen über dieses und jenes … und keinerlei Muster.

Nicht den Schatten eines Verdachts und keinerlei Verbindungslinien.

Drei neu hinzugezogene Männer.

Aus Selstadt, aus Aarlach, aus Spanien.

Zwei hatten mit Drogen zu tun gehabt, einer davon hatte damit bereits vor vielen Jahren aufgehört. Die Waffe war klar. Der Mörder hatte sie ihnen selbst überlassen.

Melniks Bericht? War noch nicht gekommen, aber war das etwas, worauf man seine Hoffnungen setzen konnte? Das Material über Eggers und Simmel und das wenige, was sie über Rühme wußten, hatten bisher nicht die geringste Übereinstimmung aufgewiesen, außer der Methode an sich, der Vorgehensweise. Nicht ein einziger gemeinsamer Name im Hintergrund … nichts. Und dann sollte aus Aarlach etwas in der Richtung kommen? Er zweifelte dran.

Verdammte Scheiße, was tun?

Nicht einmal ein Gefühl hatte er, und das hatte er sonst immer. Nicht die geringste Idee oder ein kleiner Stachel, der im Gehirn saß, kratzte und Aufmerksamkeit forderte, keine Merkwürdigkeiten, keine ungewöhnlichen Zusammentreffen, nichts.

Nicht den geringsten Furz, wie gesagt.

Es war, als würde dieser ganze Fall hier eigentlich gar nicht existieren. Oder als würde er auf der anderen Seite einer Wand vor sich gehen, einer undurchdringlichen Panzerglasscheibe, durch die er nur unscharf eine Menge unbegreifbarer Menschen und Handlungen erkennen konnte, die langsam nach einer Choreographie abliefen, die er nicht verstand. Alle einzeln, grundlos und ohne tieferen Zusammenhang.

Ein Geschehen mit einem einzigen, absolut blinden Zuschauer: Hauptkommissar Van Veeteren.

Als würde ihn das alles gar nichts angehen.

Und dann Laurids Reisin.

Aber vielleicht war es ja immer so, sagte er sich und grub in seinen Taschen nach der Zigarettenschachtel. War das nicht einfach nur das alte wohlvertraute Fremdheitsgefühl, das sich immer wieder bei ihm einschlich? Oder war es mehr...

Verflucht noch mal! unterbrach er sich selbst beim Sinnieren. Zog eine Zigarette heraus. Zündete sie an und stellte sich mit ihr ans Fenster. Blickte auf den Markt hinaus.

Die Dunkelheit begann sich über die Stadt zu senken... die Geschäfte hatten für heute geschlossen, und es gab nur noch wenige Menschen zu sehen, diejenigen, die vor der Markthalle ihren Stand gehabt hatten, packten gerade ihre Sachen ein. Hinten in den Arkaden spielten ein paar Musiker vor tauben Ohren oder vor gar keinen. Er senkte den Blick – bekam den Friedhof und die Treppen den Uferhang hinauf ins Blickfeld, schaute weiter nach links, das Hochhaus bei Dünningen. Nach rechts: der Stadtwald, Rikken, oder wie das noch hieß, dieses andere Viertel da. Irgendwo...

...irgendwo da draußen saß ein Mörder und fühlte sich verdammt sicher.

Ich muß einen Anfang finden, dachte Van Veeteren. Es ist höchste Zeit.

Und sei es nur, damit die Leute sich wieder trauen, nach draußen zu gehen.

Bausen hatte die Figuren bereits aufgestellt.

»Du bist mit Weiß dran«, sagte Van Veeteren.

»Der Sieger nimmt Schwarz«, sagte Bausen. »Altes Klimkegesetz.«

»Von mir aus gern«, sagte Van Veeteren und schob den Königsbauern vor.

»Ich habe eine Flasche hochgeholt«, sagte Bausen. »Meint der Herr Hauptkommissar nicht auch, daß uns eine Flasche 81er Pergault aus der Klemme helfen könnte?«

»Kann mir keine bessere Hilfe denken«, sagte Van Veeteren.

»Endlich!« rief er eineinhalb Stunden später aus. »Und ich dachte schon, du würdest mir doch noch entwischen.«

»Starkes Spiel«, sagte Bausen. »Interessante Eröffnung... Ich glaube nicht, daß ich die schon mal erlebt habe.«

»Habe ich mir selbst ausgedacht«, sagte Van Veeteren. »Sie erfordert eine gewisse Konzentration und klappt nur ein einziges Mal pro Spieler.«

Bausen hob sein Glas. Er blieb eine Weile still sitzen und schaute in sein leeres Glas.

»Scheiße«, sagte er. »So langsam geht mir das hier auf die Nerven, wenn ich ehrlich sein soll. Meinst du, wir werden den Fall lösen?«

Van Veeteren zuckte mit den Schultern.

»Tja...«

»Keysenholt hat eine halbe Stunde, bevor du gekommen bist, angerufen«, fuhr Bausen fort. »Das ist der Länderchef, weißt du. Er wollte wissen, ob ich noch bleiben will. Bis wir das hier gelöst haben...«

Van Veeteren nickte.

»Das Blöde ist, daß er mich nicht ausdrücklich darum gebeten hat, zu bleiben. Er hat nur gefragt, was ich davon hielte... wollte, daß ich das selbst entscheide. Verflucht nette Verabschiedung, nicht wahr? Wenn man sich selbst für inkompetent erklärt und in Pension geht.«

»Nun ja«, versuchte Van Veeteren abzuwiegeln.

»Und daß ich selbst nicht weiß, was ich tun soll, macht die Sache nicht besser. Ist schließlich nicht besonders ruhmreich, sich noch ein paar Extramonate zu geben und dann den Fall doch nicht zu lösen. Oder was meinst du?«

»Hm«, sagte Van Veeteren. »Das ist zweifellos etwas prekär. Wäre vielleicht das beste, wir würden ihn bis zum Ersten haben, oder?«

»Ganz meine Ansicht«, sagte Bausen. »Aber ich muß diesem blöden Keysenholt trotzdem etwas antworten. Er ruft morgen wieder an...«

»Ist danach Kropke dran?«

»Jedenfalls bis Jahresende. Man wird das erst im Januar entscheiden.«

Van Veeteren nickte. Zündete sich eine Zigarette an und überlegte eine Weile.

»Dann sag doch Keysenholt, du würdest gar nicht verstehen, wovon er da redet«, sagte er schließlich. »Der Henker wird doch in ungefähr sechs bis acht Tagen gefaßt sein.«

»Wie, zum Teufel, kannst du so etwas behaupten?« fragte Bausen und schaute ihn zweifelnd an.

»Ich habe versprochen, es bis dahin zu schaffen.«

»Wahnsinn! Na, dann bin ich natürlich ziemlich beruhigt. Und hast du auch schon eine Ahnung, wie du es schaffen willst?«

»Das weiß ich noch nicht«, sagte Van Veeteren. »Aber wenn du einen ... warte mal ... einen anständigen Merlot holst, dann stelle ich in der Zwischenzeit die Figuren wieder auf. Wir werden schon eine Eröffnung finden.«

Bausen lachte.

»Eine hausgemachte?« fragte er, während er aufstand.

»Das wäre wohl am besten.«

Bausen verschwand im Keller.

So einfach ist es also, einen ehrenwerten, alten Polizeikommissar zu betrügen, dachte Van Veeteren. Was mache ich bloß?

26

»Wenn nun aber ...«, sagte Beate Moerk und kratzte einen Wachsfleck von der Decke. »Wenn nun aber Rühme die Tür aufgemacht hat, weil er den Mörder wiedererkannte, dann bedeutet das doch, daß sein Name irgendwo auf unseren Listen steht.«

»Ein guter Freund oder ein Kollege, ja«, sagte Münster. »Hast du da etwas Bestimmtes im Auge?«

»Ich muß nur mal eben meine Unterlagen holen... bist du fertig mit Essen?«

»Pappsatt«, sagte Münster. »Das war wirklich delikat... eine Schande, daß du allein lebst.«

»Weil ich in der Lage bin, ein paar Brote zu überbacken, meinst du?«

Münster wurde rot.

»Nein... nein, ganz allgemein gesehen. Eine Schande für die Männer, meine ich, daß dich noch keiner geschnappt hat...«

»Papperlapapp«, sagte Beate Moerk und verschwand im Arbeitszimmer.

Meine Güte, was bin ich doch für ein begnadeter Entertainer, dachte Münster.

»Wenn wir also sagen, es war ein Mann, dann bleiben genau zehn Stück übrig.«

»Mehr nicht?« fragte Münster. »Und wie viele sind es noch, wenn wir davon ausgehen, daß er hier im Ort wohnt?«

Beate Moerk rechnete.

»Sechs«, sagte sie. »Sechs männliche Bekannte... bißchen wenig eigentlich.«

»Sie sind ja erst neu hergezogen«, sagte Münster. »Haben wohl noch nicht so viele Kontakte. Wer sind die sechs?«

»Drei Kollegen, mit denen sie sich ab und zu trafen... und dann noch drei Paare.«

»Namen«, sagte Münster.

»Genner, Sopinski und Kreutz, das sind die Ärzte. Die Freunde heißen Erich Meisse, auch ein Arzt übrigens, und... warte mal. Kesserling und Teuvers. Ja, das sind alle. Was meinst du? Ich glaube, Meisse ist ein Kollege von Frau Linckx...«

Münster schaute sich die Notizen an und dachte nach.

»Ich habe mit allen gesprochen, außer mit Teuvers und Meisse. Und ich glaube nicht, daß es einer von denen gewesen ist, die ich schon befragt habe, aber das heißt ja nichts. Dann würden wir also sagen, es war... Teuvers.«

»Okay«, sagte Beate Moerk. »Dann haben wir den Fall gelöst. Da gibt es nur einen kleinen Haken …«

»Und welchen?«

»Er war drei Wochen verreist. Irgendwo in Südamerika, wenn ich mich nicht irre.«

»Ach so«, sagte Münster.

»Und wenn wir davon ausgehen, daß es jemand war, den er nicht kannte?«

»Ist vielleicht genauso gut. Jedenfalls keiner von denen hier. Es kann ja auch irgendeine Berühmtheit gewesen sein. Jemand, den alle kennen, meine ich. Der Finanzminister oder Meryl Streep oder so …«

»Würdest du Meryl Streep die Tür öffnen?« fragte Beate Moerk.

»Ich denke schon«, sagte Münster.

Beate Moerk seufzte.

»So kommen wir nicht weiter. Willst du einen Kaffee?«

»Gern«, sagte Münster. »Währenddessen kann ich ja abwaschen.«

»Ausgezeichnet«, lächelte Beate Moerk. »Du hast doch wohl nicht gehofft, ich würde dankend ablehnen, oder?«

»Nicht eine Sekunde lang«, sagte Münster.

»Bist du so was gewohnt?«

»Was heißt schon gewohnt«, erwiderte Münster.

»Wie viele Mörder fangt ihr so im Laufe eines Jahres?«

Münster dachte nach.

»So um die zehn, fünfzehn … aber nach den meisten braucht man nicht zu suchen. Die tauchen mehr oder weniger von ganz allein auf. Stellen sich, oder man muß sie sich einfach nur schnappen, das ist ungefähr wie Äpfelpflücken. Die meisten Fälle lösen sich innerhalb von ein paar Wochen, kann man wohl sagen.«

»Und solche Fälle wie hier? Wie oft kommen die vor?«

Münster zögerte.

»Nicht so oft. Ein oder zweimal im Jahr vielleicht...«

»Aber ihr löst alle...«

»Im großen und ganzen ja. Der Hauptkommissar mag keine ungelösten Fälle. Er wird ungenießbar, wenn es zu lange dauert. Und es gibt nur einen einzigen Fall, bei dem er aufgegeben hat, soweit ich weiß, der Fall G. Das muß jetzt fünf, sechs Jahre her sein... ich glaube, darüber ärgert er sich noch heute.«

Beate Moerk nickte.

»Dann glaubst du also, er wird auch den hier lösen?«

Münster zuckte mit den Schultern.

»Höchstwahrscheinlich. Aber die Hauptsache ist doch, daß wir ihn überhaupt zu fassen kriegen... die Ehre ist dann groß genug für alle. Oder?«

Beate wurde rot. Sie drehte den Kopf weg und fuhr sich mit der Hand durchs Haar, aber Münster hatte ihre Reaktion gesehen.

Aha, dachte er. Eine ehrgeizige junge Inspektorin. Vielleicht die reinste Privatdetektivin?

»Hast du eigene Theorien?« fragte er.

»Eigene? Nein, natürlich nicht. Ich denke zwar darüber nach, aber bis jetzt bin ich noch zu keinem Resultat gekommen.«

»So ist das meistens«, sagte Münster.

»Wie?«

»Daß man das Gefühl hat, man tritt die ganze Zeit auf der Stelle, und dann plötzlich setzt sich etwas in Bewegung... irgendein kleines Detail, das wächst und an Bedeutung gewinnt, und dann geht es ganz schnell.«

»Hm«, sagte Beate Moerk. Rührte in ihrem Kaffee und kratzte mit dem Fingernagel einen weiteren Wachsfleck ab.

»Darf ich etwas gestehen?« fragte sie nach einer Weile.

»Aber gern«, ermunterte Münster sie.

»Ich finde... ich finde das irgendwie auch spannend. Ich meine...«

»Ich weiß«, versicherte Münster ihr.

»... mir ist klar, daß ich es in erster Linie schrecklich und eklig finden sollte, daß ich nichts anderes im Kopf haben sollte, als den Henker zu jagen, weil er ein fürchterlicher Verbrecher ist und damit die ehrlichen Leute wieder nachts ruhig schlafen können. So ist es natürlich auch, aber... aber ich muß zugeben, daß ich es auch ein ganz kleines bißchen genieße. Das ist doch irgendwie pervers, oder findest du nicht?«

Münster lachte.

»Nein, das finde ich nicht«, sagte er.

»Dir geht es genauso!« platzte Beate Moerk heraus, und plötzlich, für eine schwindelerregende winzige Sekunde, geschah etwas in Kommissar Münsters Kopf... ihr unverstellter Blick, als sie das sagte, dieser frische, etwas kindliche Gesichtsausdruck... diese Reine, Maskenlose, er wußte nicht genau, was es eigentlich war, jedenfalls versetzte es ihm einen Schlag und weckte eine Erinnerung in ihm... die zu einem anderen Kapitel seines Lebens gehörte. Etwas, das er kannte. Das er genossen und davor kapituliert hatte. Natürlich hätte er gewarnt sein müssen, und natürlich war er das auch... es war etwas mit diesem Spaziergang durch die Stadt gewesen, mit diesem Bier in der Blauen Barke, mit ihrem Gespräch zwischen den Verhören, spielerisch und fast leichtsinnig... etwas, das so banal und flüchtig war, daß er sich kaum traute, es in Worte zu fassen.

»Nun ja«, sagte er. »Es ging mir so, besser gesagt – anfangs, meine ich. Man wird ja etwas abgebrüht.«

Nicht, daß sie versuchte, ihn dahin zu kriegen. Eher im Gegenteil. Anscheinend gab ihr das Wissen, daß er verheiratet war, daß es Synn gab, eher den Mut, ihm näherzukommen, die Zügel schleifen zu lassen – da sie doch wußte, daß sie auf sicherem Boden war.

Sicherer Boden? Und er selbst?

»Woran denkst du?«

Ihm wurde bewußt, daß sie ihn wieder ansah. Anscheinend war er für ein paar Sekunden abwesend gewesen.

»Ich … weiß nicht«, brachte er hervor. »An den Henker, nehme ich an.«

»Was hält deine Frau von deinem Job?«
»Warum fragst du das?«
»Antworte erst.«
»Wie Synn meinen Beruf findet?«
»Ja. Daß du von zu Hause fort mußt. Wie jetzt zum Beispiel.«
»Davon hält sie nicht besonders viel.«
»Habt ihr euch gestritten, bevor du weggefahren bist?«
Er zögerte.
»Ja«, sagte er. »Wir haben uns gestritten.«
Beate Moerk seufzte.
»Das wußte ich«, sagte sie. »Ich habe nur gefragt, weil ich wissen will, ob es wirklich möglich ist, gleichzeitig Polizist und verheiratet zu sein.
»Ob es möglich ist?«
»Ja.«
»Das ist eine alte Frage«, sagte Münster.
»Ich weiß«, erwiderte Beate Moerk. »Und – kannst du mir eine gute Antwort darauf geben, du bist doch schon eine ganze Weile in der Branche?«
Münster überlegte.
»Ja«, sagte er. »Es muß möglich sein.«
»So einfach ist das?«
»So einfach ist das.«
»Schön«, nickte Beate Moerk. »Da fällt mir ein Stein vom Herzen.«
Münster hustete und wünschte sich, ihm würde ein witziger Spruch einfallen. Beate Moerk betrachtete ihn.
»Vielleicht sollten wir das Thema wechseln?« fragte sie nach einer Weile.
»Ist vielleicht das sicherste«, stimmte Münster zu.
»Wollen wir uns meine privaten Überlegungen mal näher anschauen. Ich meine, die über den Henker.«

»Warum nicht?«

»Das heißt, wenn du nicht meinst, daß es schon zu spät ist.«

»Zu spät?« wiederholte Münster.

Das einzige, was sie daran hindert, mich zu verführen, das ist sie selbst, dachte er. Ich hoffe nur, sie ist stark genug, sonst möchte ich mir morgen früh nicht in die Augen gucken.

»Willst du noch Wein?«

»O nein«, sagte Münster. »Schwarzen Kaffee.«

27

»Melnik hat einen Gallenstein«, erklärte Kropke.

»Was hat er?« fragte Van Veeteren. »Übrigens, wundert mich gar nicht.«

»Deshalb verzögert der Bericht sich etwas«, erklärte Bausen. »Er hat aus dem Krankenhaus angerufen.«

»Hat er selbst angerufen?« wollte Van Veeteren wissen. »Nicht schlecht... nun ja, was machen wir also heute?«

Der Polizeichef seufzte.

»Das ist die Frage«, sagte er. »Ich nehme an, wir werden weitere Informationen sammeln. Bald hat sich jeder Kaalbringer Bürger zu diesem Fall geäußert. Keine schlechte Dokumentation. Vielleicht sollten wir versuchen, das Material an das Volkskundemuseum zu verkaufen, wenn wir fertig sind...«

»Wenn wir jemals fertig werden«, knurrte Kropke. »Wie läuft es mit der Axt?«

Van Veeteren legte eine Zigarette und einen Zahnstocher auf den Tisch.

»Schlecht«, sagte er. »Aber das ist wahrscheinlich auch egal. Ich glaube nicht, daß wir das Geschäft finden werden, in dem sie gekauft wurde, wenn sie solches Zeug überhaupt in Geschäften verkaufen. Und darauf zu bauen, daß sich irgendein Verkäufer nach zwölf, fünfzehn Jahren noch daran erinnert, wer damals eine Axt bei ihm gekauft hat – wenn es überhaupt noch derselbe ist... nein, ich denke, wir sollten die Axtspur ruhen lassen.«

»Und Simmels Kinder?« wollte Inspektor Moerk wissen und schaute dabei von ihren Papieren auf.

»Haben nichts gebracht«, sagte Bausen. »Sie haben seit zehn Jahren keinen engeren Kontakt mehr zu ihren Eltern, weder sie noch er... Weihnachten und runde Geburtstage, das ist so ziemlich alles. Was wohl für sie spricht. Sie haben sie auch in Spanien nur ein einziges Mal besucht.«

Van Veeteren nickte und steckte den Zahnstocher ein. Kropke stand auf.

»Das wär's dann wohl«, sagte er, »ich gehe in mein Büro und mach weiter. Oder hat der Chef etwas anderes für mich?«

Bausen zuckte mit den Schultern.

»Wir müssen einfach weiter dranbleiben«, sagte er und warf Van Veeteren einen Blick zu.

»Ja«, sagte Van Veeteren und zündete die Zigarette an. »Aber Trübsinn blasen, müssen wir deshalb noch lange nicht. Es geht schleppend voran, wir haben keine vernünftige Spur, keinen richtigen Verdacht, nur einen Sack voller Aussagen... aber früher oder später werden wir auf etwas stoßen. Wir müssen uns nur in Geduld fassen.«

Oder wir stoßen auf überhaupt nichts, dachte er.

»Hat Melnik gesagt, wann er mit dem Bericht fertig sein wird?« fragte Moerk.

»Nicht genau«, sagte Kropke. »In ein paar Tagen, glaubt er. Scheint ein ziemlich pingeliger Kerl zu sein...«

»Das kann man wohl sagen«, nickte Van Veeteren.

»Okay«, sagte Bausen. »Jetzt machen wir weiter mit... mit dem, was ihr gerade in den Fingern habt!«

Ja, was habe ich denn in den Fingern? dachte Münster.

Der Ort Kirkenau war nicht sehr groß. Ein Bahnhof und einige zusammengewürfelte Häuser in einer Talsenke unten am Fluß Geusse, der sich in der hügeligen und fruchtbaren Landschaft zufällig zu einem langgestreckten See ausdehnte. Van Veeteren konnte weder Geschäfte noch ein Postamt oder eine Schule entdecken, und die düstere Steinkirche, die an der Straße lag, schien ebenso gottverlassen zu sein wie der Rest des Ortes.

Der Weg zum Seldoninstitut führte in die andere Richtung, aus dem Tal durch einen Gürtel schütteren Nadelwalds hinauf, ungefähr zehn Minuten Autofahrt, und dann parkte er vor den Mauern, überlegte, ob es sich hier vielleicht um ein altes Sanatorium handelte... die Luft war frisch und voller Sauerstoff, und es fiel ihm überhaupt nicht schwer, die Zigarette stecken zu lassen, als er durch das Tor trat.

Erich Meisse war lang und dünn und hatte eine bereits früh auftretende Halbglatze, was es schwer machte, sein Alter zu schätzen. Vermutlich ist er nicht älter als fünfunddreißig, dachte Van Veeteren, der natürlich die korrekten Angaben irgendwo hatte, falls es wichtig sein sollte. Meisse gab ihm die Hand, lachte breit und bat den Kommissar, in einem der Kramersessel Platz zu nehmen, die vor den Verandatüren standen.

»Tee oder Kaffee?« fragte er.

»Kaffee«, sagte Van Veeteren.

Der Arzt verschwand. Der Hauptkommissar setzte sich und schaute auf den Park hinaus, ein großer, gepflegter und etwas buckliger Rasen mit alten, verkrüppelten Obstbäumen hier und da. Geharkte Kieswege und weiß getünchte, solide Bänke. An der Mauer ein paar kleine Treibhäuser. Ein Gärtner oder so etwas ähnliches kam mit einer Schubkarre voll Kompost oder so etwas ähnlichem angefahren. Und weiter links, von einem niedrigen, gelben Holzpavillon her, näherten sich zwei schwarzgekleidete Schwestern mit einer Art Equipage... fast einer Art Leiterwagen.

Er schluckte.

In dem Leiterwagen saßen zwei Gestalten, und er brauchte einige Sekunden, um sich darüber klarzuwerden, daß es sich hierbei wirklich um zwei Menschen handelte.

»Nicht jeder kommt hier herein«, erklärte Doktor Meisse. »Wir nehmen nur die schwersten Fälle auf. Wir haben keine Ambitionen, jemanden zu heilen, wir wollen ihnen nur ein menschenwürdiges Leben bieten. So weit das möglich ist.«

Van Veeteren nickte.

»Ich verstehe«, sagte er. »Wie viele Patienten haben Sie?«

»Das variiert«, antwortete Meisse. »Zwischen fünfundzwanzig und dreißig ungefähr. Die meisten bleiben ihr Leben lang hier, und das ist auch so geplant.«

»Sie sind dann also die letzte Zuflucht?«

»So kann man es wohl sagen, ja. Wir haben eine Philosophie ... ich weiß nicht, ob Sie die Ideen von Professor Seldon kennen?«

Van Veeteren schüttelte den Kopf.

»Nun ja«, lachte Meisse, »dann lassen wir das lieber für heute. Sie sind ja sicher nicht hergekommen, um die Behandlungsformen für psychisch Schwerstbehinderte zu diskutieren.«

»Nein.« Der Kommissar räusperte sich und zog den Notizblock aus seiner Aktentasche. »Sie waren ein guter Freund von Maurice Rühme ... schon seit seiner Zeit in Aarlach, wenn ich das richtig verstanden habe?«

Meisse nickte.

»Ja, ich habe ihn vor ... vor ungefähr fünf Jahren kennengelernt, durch meine Frau. Sie und Beatrice, Beatrice Linckx, sind Sandkastenfreundinnen, na, jedenfalls seit der Schulzeit.«

»Frau Linckx arbeitet auch hier draußen, oder?«

»Ja, seit einem halben Jahr ungefähr ...«

Der Hauptkommissar machte eine kleine Pause.

»Haben Sie ihr diesen Posten besorgt?«

Aber Doktor Meisse lachte nur laut auf.

»Nein, nein«, sagte er. »So großen Einfluß habe ich leider nicht. Ich habe natürlich ein gutes Wort für sie eingelegt, aber ... warum fragen Sie danach?«

Van Veeteren zuckte mit den Schultern, antwortete aber nicht.

»Was wissen Sie über Rühmes Kokainmißbrauch in Aarlach?«

Meisse war wieder ernst geworden und strich sich mit der Hand über den kahlen Schädel.

»Nicht besonders viel«, sagte er. »Jedenfalls keine Einzelheiten, Maurice wollte nicht darüber reden. Er hat mir nur einmal eines Nachts, als wir ziemlich viel getrunken hatten, einiges anvertraut. Ich glaube, das war das einzige Mal, daß wir darüber geredet haben. Außerdem hatte er ja damals schon damit aufgehört... und dann war es ja auch sein Recht, einen Strich darunter zu ziehen, nicht wahr?«

»Kannten Sie Ernst Simmel und Heinz Eggers?«

Der Arzt zuckte zusammen.

»Was? Die anderen beiden? Nein, natürlich nicht. Ich verstehe nicht...«

»Und wie war das mit Rühme?« unterbrach ihn der Hauptkommissar. »Können Sie sich irgendeinen Zusammenhang zwischen ihm und den beiden anderen vorstellen?«

Doktor Meisse zog ein Taschentuch heraus und wischte sich die Stirn ab, während er nachdachte.

»Nein«, sagte er nach einer Weile. »Ich habe darüber natürlich auch schon nachgedacht, aber ich habe nicht die geringste Verbindung gefunden.«

Van Veeteren seufzte und schaute wieder aus dem Fenster. Überlegte, ob es noch etwas gab, was er den jungen Arzt sinnvollerweise fragen konnte, als sein Blick auf ein Trio fiel, das sich langsam vom Treibhaus her näherte... ein Mann und eine Frau, die zwischen sich eine zusammengekrümmte Gestalt hatten, sie stützten – denn es war eine Sie, das konnte er jetzt sehen – die Arme um ihren krummen Rücken gelegt. Sie schien die Füße durch den Kies zu ziehen, und manchmal sah es fast so aus, als würden ihre Helfer sie ein Stück über den Boden heben und vorantragen. Plötzlich wurde ihm klar, daß er den

Mann kannte. Diese lange, spindeldürre Gestalt, das dunkle, dichte Haar ... Doktor Mandrijn, da gab es keinen Zweifel. Er studierte die Troika noch eine Weile, bevor er sich wieder Doktor Meisse zuwandte.

»Was macht Doktor Mandrijn hier?«

»Doktor Mandrijn?«

Van Veeteren zeigte nach draußen.

»Ach so, ja, Mandrijn. Das ist eine Verwandte von ihm, seine Nichte, wenn ich mich recht erinnere. Brigitte Kerr. Eine unserer Neuankömmlinge. Ist erst vor einem Monat hergekommen, das arme Mädchen ...«

»Was fehlt ihr denn?«

Der Arzt breitete die Arme in einer bedauernden Geste aus.

»Tut mir leid. Ich fürchte, über bestimmte Dinge darf ich nicht reden. Wir haben Schweigepflicht, nicht nur gegenüber ...«

»Gewäsch«, unterbrach Van Veeteren ihn. »Ich habe zwar keine Papiere bei mir, aber es ist nur eine Frage der Zeit, wann ich Sie von der Schweigepflicht entbinden kann. Darf ich Sie daran erinnern, daß es hier um eine Mordermittlung geht.«

Meisse zögerte.

»Dann geben Sie mir nur eine Andeutung«, sagte Van Veeteren. »Das genügt. Sind zum Beispiel hier auch Drogen mit im Spiel?«

Der Arzt schaute zur Decke.

»Ja«, sagte er. »Eine ganze Menge. Aber sie ist nicht in meiner Gruppe, deshalb weiß ich nicht besonders viel ...«

Der Hauptkommissar saß eine Weile still da. Dann schaute er auf die Uhr und stand auf.

»Dann möchte ich mich vielmals bei Ihnen bedanken«, sagte er. »Ich würde auch noch gern ein paar Worte mit Frau Linckx wechseln. Darf ich Ihnen vorher noch eine letzte Frage stellen?«

»Natürlich«, sagte Meisse. Lehnte sich in seinem Sessel zurück und lachte wieder.

Van Veeteren machte eine Kunstpause.

»Was glauben Sie, wer Maurice Rühme ermordet hat?«

Das Lachen verschwand.

»Was...?« begann der Arzt. »Wer ihn...? Aber das weiß ich doch nicht. Wenn ich auch nur die kleinste Idee hätte, wer der Henker ist, dann hätte ich doch selbstverständlich schon lange die Polizei informiert!«

»Selbstverständlich«, sagte Van Veeteren. »Entschuldigen Sie, daß ich Ihre Zeit so lange in Anspruch genommen habe.«

Dieser Ort scheint ja eine sonderbare Anziehungskraft auf gewisse Leute auszuüben, dachte er, als er Doktor Meisse allein zurückließ, um Beatrice Linckx' Zimmer aufzusuchen. Wie viele waren es insgesamt, die er hier getroffen hatte und die in irgendeiner Form in Verbindung zu dieser düsteren Weltfremde standen?

Er begann zu zählen, aber bevor er fertig war, stieß er auf dem Flur auf Frau Linckx und beschloß, diese Frage auf später zu verschieben.

Und als er eine Stunde später vom Parkplatz fuhr, dachte er in erster Linie darüber nach, was für einen Eindruck sie eigentlich auf ihn gemacht hatte. Die schöne Beatrice Linckx. Und ob es wirklich so gewesen war, wie sie behauptete, daß ihre Beziehung zu Maurice Rühme auf der stärksten und solidesten Dreieinigkeit basiert hatte – auf Respekt, Ehrlichkeit und Liebe?

Jedenfalls klang es gar nicht so dumm, dachte er und erinnerte sich gleichzeitig an seine eigene Ehe, die Schiffbruch erlitten hatte.

Aber kaum war er bei Renates Namen angekommen, da brach ein Sturzregen über ihn herein, und er konzentrierte sich lieber darauf, durch die Windschutzscheibe zu spähen und zuzusehen, daß er auf der Straße blieb.

28

Das Geständnis kam früh am Morgen. Späteren Angaben zufolge hatte Herr Wollner seit sechs Uhr draußen im Nieselregen vor der Polizeiwache gestanden, aber erst Frau deWitt, die Sekretärin, die um kurz vor sieben kam, schloß auf und ließ ihn herein.

»Worum geht es?« fragte sie, nachdem sie ihn auf dem Besuchersofa mit dem braunen Segeltuchbezug plaziert hatte, selbst Hut und Mantel abgelegt und das Kaffeewasser in der Kantine aufgesetzt hatte.

»Ich will ein Geständnis ablegen«, sagte Herr Wollner und blickte zu Boden.

Frau deWitt musterte ihn über den Rand ihrer Halbbrille.

»Ein Geständnis worüber?«

»Über den Mord«, sagte Herr Wollner.

Frau deWitt überlegte eine Weile.

»Welchen Mord?« fragte sie dann.

»Die Axtmorde.«

»Ach so«, sagte Frau deWitt. Sie wurde von einem momentanen Schwindel ergriffen, von dem sie annahm, er hätte nichts mit den klimakteriellen Störungen zu tun, denen sie von Zeit zu Zeit ausgesetzt war. Sie hielt sich an der Tischkante fest und schloß die Augen.

Dann dachte sie nach. Keiner der Polizeibeamten würde vor halb acht hier sein, dessen war sie sich sicher. Sie betrachtete die eingefallene Person auf dem Sofa und stellte fest, daß er jedenfalls keine Axt in seinen Kleidern versteckt zu haben schien. Dann ging sie zu ihm, legte ihm eine Hand auf die Schulter und bat ihn, ihr zu folgen.

Er gehorchte, ohne zu protestieren. Ließ sich den schmalen Korridor entlangführen und in die hinterste der beiden Arrestzellen sperren, in die, die abzuschließen war.

»Warten Sie hier«, sagte Frau deWitt. »Sie werden bald verhört werden. Alles, was Sie sagen, kann gegen Sie verwendet werden.«

Sie wunderte sich selbst, warum sie den letzten Satz gesagt hatte. Herr Wollner setzte sich auf die Pritsche und wrang seine Hände, und sie beschloß, ihn seinem Schicksal zu überlassen. Kurz überlegte sie, ob sie Polizeianwärter Mooser anrufen sollte, er hatte Notdienst, aber dann verwarf sie den Gedanken wieder. Statt dessen kochte sie Kaffee und wartete auf Inspektor Kropke, der sich wie erwartet um Punkt halb acht einfand.

»Der Henker hat gestanden«, sagte sie.

»Was zum Teu...?« fragte Kropke.

»Ich habe ihn in die Zelle gesperrt«, sagte Frau deWitt.

»Was zum Teufel...?« vervollständigte der Inspektor. »Wer... wer ist es denn?«

»Das weiß ich nicht«, sagte Frau deWitt. »Aber ich glaube, er heißt Wollner.«

Nach einiger Überlegung fand Kropke es am sinnvollsten, auf einen der Kommissare zu warten, und so dauerte es noch bis zwanzig vor neun, ehe das erste Verhör mit dem mutmaßlichen Mörder beginnen konnte. Dabei anwesend waren außer Kropke und dem Polizeichef noch Inspektor Moerk und Polizeianwärter Mooser.

Sicherheitshalber ließ man während der gesamten Befragung zwei Tonbänder mitlaufen, teils mit Blick auf einen möglicherweise stattfindenden Gerichtsprozeß, teils damit die zugezogenen Experten, Hauptkommissar Van Veeteren und Kommissar Münster, sich später ein konkretes Bild von der Lage machen konnten.

Bausen: Bitte Ihren vollständigen Namen.
Wollner: Peter Mathias Wollner
Bausen: Geboren?
Wollner: Am 15. Februar 1941.
Bausen: Ihre Adresse?
Wollner: Morgenstraat 16.

Bausen: In Kaalbringen?
Wollner: Ja ...
Bausen: Sind Sie verheiratet?
Wollner: Nein.
Bausen: Alles, was Sie hier sagen, kann gegen Sie verwendet werden. Sie haben das Recht, die Aussage zu verweigern. Möchten Sie einen Anwalt haben?
Wollner: Nein.
Bausen: Warum sind Sie hergekommen?
Wollner: Um die Morde zu gestehen.
Bausen: Die Morde an Heinz Eggers, Ernst Simmel und Maurice Rühme?
Wollner: Ja.
Bausen: Erzählen Sie, wie Sie es getan haben!
Wollner: Ich habe sie mit meiner Axt getötet.
Bausen: Was für eine Axt?
Wollner: Ich habe sie schon seit ein paar Jahren. Ich glaube, es ist ein Schlachterwerkzeug.
Bausen: Können Sie sie beschreiben?
Wollner: Scharf. Ziemlich leicht. Die Klinge drang ganz einfach ein.
Bausen: Woher haben Sie sie?
Wollner: Ich habe sie vor vier, fünf Jahren auf einer Reise gekauft.
Bausen: Und wo?
Wollner: In Italien ... ich weiß nicht mehr, wie die Stadt hieß.
Bausen: Warum haben Sie Eggers, Simmel und Rühme ermordet?
(Keine Antwort.)
Kropke: Warum antworten Sie nicht auf die Frage?
(Keine Antwort.)
Bausen: Können Sie etwas genauer schildern, wie Sie es getan haben?
Wollner: Bei welchem?
Bausen: Bei Maurice Rühme zum Beispiel.

Wollner: Ich habe geklingelt, und er hat aufgemacht... ich habe ihn erschlagen.

Moerk: Warum?

Wollner: Darum bin ich ja hingegangen.

Bausen: Beschreiben Sie genau, wie es sich abgespielt hat!

Wollner: Ich habe gesagt, ich hätte einen kaputten Rücken. Dann habe ich meine Uhr auf dem Boden verloren. Da ich mich ja nicht bücken konnte, um sie aufzuheben, hat der Doktor das gemacht... ich habe ihn im Nacken getroffen.

Kropke: Kannten Sie Doktor Rühme von früher?

Wollner: Ich war sein Patient.

Moerk: Wußte er, daß Sie kommen würden?

Wollner: Ja.

Moerk: Sie wollen also damit sagen, daß er zu dieser Tageszeit Patienten in seiner Wohnung empfing?

Wollner: Ich mußte schon eine Weile drum betteln.

Bausen: Wie war Rühme gekleidet?

Wollner: Polohemd... graugrün. Schwarze Hose, dunkle Strümpfe...

Bausen: Wie spät war es?

Wollner: Ungefähr elf Uhr.

Kropke: Was trug Ernst Simmel, als Sie ihn töteten?

Wollner: Weißes Hemd und Krawatte. Jackett und Hose. Braune Schuhe, glaube ich. Es war ja dunkel...

Bausen: Scheiße, das stimmt. Was meinen Sie dazu, Frau Moerk?

Moerk: Es fällt mir schwer, Ihnen zu glauben, Herr Wollner. Warum haben Sie das gemacht?

Wollner: Ich bin bereit, meine Strafe auf mich zu nehmen. (Pause. Kurze Unterbrechung der Bandaufnahme.)

Bausen: Sie behaupten, drei Menschen getötet zu haben, Herr Wollner. Jetzt müssen Sie mir verdammt noch mal erklären, warum! Wir haben anderes zu tun, als hier herumzusitzen und einem Menschen zuzuhören, der sich selbst erniedrigt und sich damit wichtig machen will.

Moerk: Aber …

Wollner: Ich habe sie getötet, weil es schlechte Menschen waren.

Bausen: Schlechte?

Wollner: Schlechte Menschen.

Bausen: Und das war Ihr einziger Grund?

Wollner: Das genügt.

Kropke: Warum gerade diese drei?
(Keine Antwort.)

Bausen: Was trugen Sie an dem Abend, als Sie Ernst Simmel töteten?

Wollner: Was ich trug?

Bausen: Ja. Wie waren Sie angezogen?

Wollner: Ich erinnere mich nicht mehr genau … Hut und Mantel, glaube ich.

Moerk: Und als Sie Rühme töteten?

Wollner: Trainingsanzug.

Bausen: Warum haben Sie die Axt in Doktor Rühme stecken lassen?

Wollner: Er war der letzte.

Bausen: Der letzte? Gibt es denn keine anderen schlechten Menschen?

Wollner: Nicht für mich. Ich bin bereit, meine Strafe auf mich zu nehmen.

Bausen: Sie haben also keine Pläne, noch weitere Menschen zu töten?

Wollner: Nein.

Kropke: Und warum sind Sie heute hergekommen?

Wollner: Ich war gezwungen.

Bausen: Gezwungen? Was arbeiten Sie, Herr Wollner?

Wollner: Ich bin Hausmeister.

Moerk: Wo?

Wollner: Beim Licht des Lebens.

Kropke: Bei dieser Kirche?
Wollner: Ja.
(Pause. Flüstern und Stühlescharren.)
Bausen: Gibt es jemanden, der Ihnen gesagt hat, Sie sollten diese Morde ausführen, Herr Wollner?
Wollner: Ich hatte einen Auftrag.
Bausen: Und von wem?
(Keine Antwort.)
Moerk: Vielleicht von Gott?
Wollner: Ja.
(Schweigen.)
Bausen: Wir unterbrechen hier für eine Weile. Mooser, bring diesen Idioten raus und sperr ihn wieder ein... ja, die letzte Bemerkung löschen wir dann später.

»Nun«, fragte Bausen, »was meint ihr?«

»Ausreichend verrückt ist er jedenfalls«, sagte Kropke.

»Er lügt«, sagte Moerk.

»Und seine Angaben?« fragte Kropke. »Wieso weiß er alle Details?«

Beate Moerk zuckte mit den Schultern.

»Aus den Zeitungen höchstwahrscheinlich...«

»Stand da was über die Kleidung?« wunderte sich Mooser.

»Keine Ahnung. Das müssen wir überprüfen... aber die haben doch alles mögliche geschrieben.«

»Würde mich überhaupt nicht wundern, wenn er es war«, erklärte Kropke. »Das Licht des Lebens besteht aus lauter verdrehten Idioten...«

»Zweifellos«, stimmte Bausen zu, »aber normalerweise laufen die doch nicht rum und bringen Leute um, oder?«

»Wo sind denn unsere Gäste heute?« fragte Kropke und versuchte vielsagend auszusehen.

»Der Hauptkommissar verhört irgendwelche Verwandten von Rühme, glaube ich«, erklärte Bausen. »Und Münster wird bestimmt gleich auftauchen.«

Beate Moerk hustete.

»Ich wette fünfzig Gulden, daß nie ein Wort über die Kleidung in den Zeitungen stand«, sagte Kropke.

»Was glaubst du denn, warum ich danach gefragt habe?« schnaubte Bausen.

»Ein religiöser Fanatiker«, murmelte Beate Moerk. »Nein, ich habe da meine Zweifel ... tauchen nicht immer solche Verrückten auf? Die alles mögliche gestehen wollen?«

»Ich denke schon«, sagte Bausen. »Wir werden uns die Meinung unserer Experten anhören, wenn sie kommen ...«

»Guten Morgen«, sagte Münster und kam zur Tür herein. »Ist was passiert?«

»Nichts Besonderes«, antwortete Beate Moerk. »Wir haben nur den Henker in der Zelle.«

»Der ist es nicht«, stellte Van Veeteren zwei Stunden später fest. »Laßt ihn frei oder bringt ihn ins Krankenhaus. Aber gebt ihm eine Rechnung mit, weil er unsere Zeit in Anspruch genommen hat.«

»Wie können Sie da so sicher sein?« fragte Kropke.

»Ich habe schon so einiges erlebt«, erklärte Van Veeteren. »Das spürt man ... aber ihr könnt ihn gern noch weiter in die Mangel nehmen, wenn ihr etwas Training braucht. Oder was meint der Herr Polizeichef dazu?«

»Ich bin auch der Meinung«, sagte Bausen. »Wenn ich auch nicht hundertprozentig überzeugt bin ...«

»Er kennt einfach zu viele Details«, sagte Moerk. »Woher kann er wissen, welche Kleidung Rühme trug?«

Van Veeteren zuckte mit den Schultern.

»Das weiß ich nicht. Aber dafür gibt es sicher eine Erklärung.«

»Und welche beispielsweise?« setzte Kropke nach.

»Nun ja, die gewöhnliche Schwatzhaftigkeit reicht meistens ziemlich weit ... Frau Linckx kann es ihm beispielsweise erzählt haben.«

»Das ist zu bezweifeln«, knurrte Kropke. »Ich bin der Meinung, wir sollten das erst noch mal überprüfen. Wir suchen jetzt schon seit mehreren Monaten, und nun, wo endlich mal ein Verdächtiger auftaucht, können wir ihn doch nicht einfach so laufen lassen.«

»Macht, was ihr wollt«, sagte Van Veeteren. »Ich jedenfalls habe anderes zu tun ...«

»Ja, ja«, beendete Bausen den Disput. »Dann also Ring frei für die nächste Runde.«

»Entschuldigt«, sagte Bang. »Ich wußte nicht, daß hier ein Verhör läuft. Hallo PM!«

»Hallo«, sagte Wollner.

»Was, zum Teufel, hat das zu bedeuten?« stöhnte Kropke.

»Kennt ihr euch?« fragte Bausen.

»Nun ja«, sagte Bang. »Wir sind Nachbarn ... warum sitzt er hier?«

Wollner blickte zu Boden.

»Bang«, sagte Bausen und versuchte, seine Stimme zu beherrschen. »Es ist nicht zufällig möglich, daß du in letzter Zeit deine Arbeit mit dieser Figur hier besprochen hast?«

Polizeianwärter Bang trat von einem Fuß auf den anderen und sah beunruhigt aus.

»Meint der Chef die Sache mit dem Henker?«

»Ja, genau die meine ich«, bestätigte Bausen.

»Kann schon sein«, sagte Bang. »Ist das denn so wichtig?«

»In gewisser Weise schon«, sagte Bausen.

»Verdammter Idiot«, sagte Kropke.

»So«, sagte Bausen. »Fast einen ganzen Tag hat uns das gekostet. Ich möchte mich entschuldigen, daß ich nicht auf dich gehört habe.«

»Am besten, man hört nie auf jemanden«, wehrte Van Veeteren an.

»Ein Tag mehr oder weniger, was spielt das schon für eine

Rolle«, sagte Kropke. »Das tun wir bei diesem Fall ja schon die ganze Zeit ... unsere Zeit vergeuden.«

»Hat der Inspektor irgendwelche konstruktiven Vorschläge?« wollte Bausen wissen.

Kropke gab keine Antwort.

»Wie spät ist es?« fragte Mooser.

»Bald vier«, antwortete Bausen. »Vielleicht an der Zeit, für heute Schluß zu machen ... hat jemand noch irgendwas mitzuteilen?«

Van Veeteren brach einen Zahnstocher durch. Mooser kratzte sich im Nacken. Münster schaute zur Decke. Was für eine beschissene Ermittlung! dachte er. Ich werde noch den Rest meines Lebens hier festsitzen. Und nie wieder Synn und die Kinder sehen. Dann kann ich ebenso gut gleich die Fliege machen ... heute abend nehme ich den Wagen und fahre nach Hause!

Inspektor Moerk kam mit einem Stapel Papier in den Raum.

»Sitzt ihr hier beim Leichenschmaus?« fragte sie. »Er ist gekommen.«

»Wer?« fragte Kropke.

»Der Bericht aus Aarlach. Von ... wie heißt er noch? Melnik? Sorgfältige Arbeit, wie es scheint ... fünfunddreißig Seiten.«

»Mehr nicht?« fragte Van Veeteren.

»Darf ich mal sehen«, sagte Bausen und nahm die Papiere an sich. Blätterte eine Weile darin herum.

»Na, zumindest ist das ein Ansatz«, murmelte er. »Ich glaube, ich werde sie als Gute-Nacht-Lektüre mit nach Hause nehmen. Ich kopiere sie, dann kriegt jeder ein Exemplar und kann es bis morgen lesen.«

»Gut«, sagte Van Veeteren.

»Sollen wir denn am Samstag auch arbeiten?« wunderte Mooser sich.

»Sitzung morgen vormittag«, legte Bausen fest. »Jeder, der bis dahin den Henker gefaßt hat, kriegt eine Medaille. Ihr habt alle euer Exemplar in einer halben Stunde.«

»Betrifft mich das auch?« fragte Mooser.

»Natürlich«, nickte Bausen. »Schließlich sind wir doch hier alle im gleichen Club.«

»In was für einem Club denn?« fragte Mooser.

»Na, im Club der blinden Hühner«, sagte Bausen.

29

»Ich glaube, ich brauche jetzt einen Spaziergang«, sagte Van Veeteren, als sie aus der Sporthalle kamen. »Kannst du meine Tasche mit ins Hotel nehmen?«

»Natürlich«, sagte Münster. »Was hältst du von dem Melnik-Bericht?«

»Nichts, bevor ich ihn gelesen habe«, sagte Van Veeteren. »Wenn der Herr Kommissar mich heute abend zu einem Bier in der Bar einlädt, können wir vielleicht gemeinsam darüber diskutieren... ein Schlaftrunk so gegen elf, wie wär's damit?«

»Das wäre möglich«, sagte Münster.

»Eine warme Brise«, sagte Van Veeteren und hob seine Nase in den Wind. »Obwohl sie aus dem Norden kommt. Ungewöhnlich... irgendwo in der Natur ist etwas nicht im Gleichgewicht. Ich glaube, ich gehe am Strand entlang.«

»Bis später«, sagte Münster und stieg ins Auto.

Im Foyer traf er auf Cruickshank, der mit einigen Abendzeitungen unterm Arm auf dem Weg zur Bar war. Die anderen Zeitungsleute waren bereits vor ein paar Tagen abgereist, nur Cruickshank zögerte noch aus irgendwelchen Gründen seine Abreise hinaus.

»Guten Abend, Herr Kommissar. Was Neues?«

Münster schüttelte den Kopf.

»Warum hängen Sie hier eigentlich immer noch herum?« fragte er statt dessen. »Sie haben doch schon seit mehr als einer Woche nichts geschrieben, oder?«

»Auf eigenen Wunsch«, erklärte Cruickshank. »Bei mir zu Hause ist es im Augenblick etwas schwierig.«

»Ach?« bemerkte Münster.

»Meine Frau will mich nicht daheim haben.«

»Ach so«, sagte Münster.

»Und ihr?« fragte Cruickshank. »Bei euch ist es auch nicht besonders witzig, wie ich mir vorstellen kann?«

Münster dachte nach.

»Nein. Witzig ist wohl nicht das richtige Wort.«

Cruickshank seufzte und zuckte mit den Schultern.

»Jedenfalls habe ich vor, mich für eine Weile an die Bar zu setzen. Sie sind jederzeit herzlich willkommen.«

»Danke«, sagte Münster. »Ich muß vorher noch einiges lesen, aber vielleicht später.«

Cruickshank schlug ihm auf den Rücken und bog zur Bar ab. Er verströmte einen deutlichen Cognacgeruch, wie Münster feststellte, als er an ihm vorbeiging. Wahrscheinlich seine Art, die Sache hier zu überleben. Er ging zur Anmeldung und holte sich seinen Schlüssel.

»Einen Moment«, sagte das Mädchen und bückte sich hinter dem Tresen. »Da ist eine Mitteilung für Sie.«

Er nahm einen weißen Briefumschlag entgegen und steckte ihn in die Tasche. Oben auf seinem Zimmer riß er ihn mit einem Stift auf und las:

Hallo!
Ich habe mir gerade den Aarlachbericht angeguckt.
Dabei ist mir was aufgefallen.
Ziemlich bizarr, aber ich muß das erst noch mal überprüfen.
Bin nach dem Jogging so gegen acht wieder zu Hause.
Ruf mich bitte an.
Gruß B.

Er sah auf die Uhr. Zwanzig nach sieben. War da wirklich was zu finden? Er fingerte an dem Papierstapel auf seinem Nachttisch herum ... das wäre eine Gnade ...

Er würde gleich einen Blick hineinwerfen. Aber zuerst mußte er noch mit Synn telefonieren.

Van Veeteren ging an der westlichen Mole vorbei, dann zum Strand hinunter. Die Dämmerung hatte eingesetzt, aber noch war mit einer Stunde Tageslicht zu rechnen. Es würde zwar dunkler werden, aber zur Orientierung würde es reichen. Die warme Brise war hier unten noch deutlicher zu spüren, und er überlegte eine Weile, ob er sich nicht die Schuhe ausziehen und barfuß im Sand laufen sollte ... im warmen Sand ganz oben vor der Mauer. Aber er verwarf den Gedanken wieder. Das Meer wirkte träge, wie in den Wochen, als er im Ferienhaus gewesen war, die Wellen waren unruhig und ziellos, ohne jedes Leben.

Wir haben genug voneinander, das Meer und ich, dachte er, und wurde sich bewußt, daß er dieses Gefühl aus den Sommern seiner Kindheit kannte. Wenn er sich nach Hause sehnte ... sich nach drinnen sehnte, wie er es damals immer ausdrückte. Wenn er davon träumte, daß die Ewigkeit schrumpfen und überschaubar werden würde. Er wollte einen Rahmen um all das Zeitlose und Gewaltige bilden, das draußen am Uferband unter dem Himmel immer nur wuchs und wuchs.

War es jetzt auch wieder so?

War es ganz einfach schwieriger, Dinge hier draußen am Meer in den Griff zu kriegen? Besagte dieser unendliche graue Spiegel, daß alles unbegreiflich war und nicht mehr zu meistern ... daß dieser Fall deshalb so erschreckend hoffnungslos war? Reinhart würde ganz sicher behaupten, daß genau hier – wo Land, Meer und Himmel aufeinandertrafen – jedes Ding erst sein wahres Gewicht und seine echte Bedeutung bekäme.

Seinen Namen und seine Bestimmung.

Schwer zu sagen. Vielleicht war es ja auch genau umgekehrt.

Jedenfalls war deutlich zu spüren, wie die Gedanken und Überlegungen ineinander verflossen und verschwammen. Wenn er der leicht gewellten Uferlinie, die sich weit hinten bei der westlichen Mole im zunehmenden Dunst verlor, mit dem Blick geradewegs folgte, erschien es ihm schwerer denn je, sich zu konzentrieren und seinen Verstand in eine bestimmte Richtung zu lenken. Es war, als würde alles einfach aufgesogen und verschwände in der Ewigkeit und in der zeitlosen Finsternis... ja, Reinhart irrte sich, zweifellos. Es war ein Hemmschuh, dieses verfluchte Meer.

Andererseits wuchs natürlich die Empfänglichkeit, das mußte er zugeben. Der Prozeß war in beide Richtungen offen, keine Begrenzungen, weder was die Impulse, noch was die Schlußfolgerungen betraf. Input und Output. Es galt nur, die Empfindungen und Eindrücke so lange zu erhalten, bis er sie genau geprüft hatte, und wenn auch nur einen Augenblick lang. Und der Fall? Der Henker? Was waren das für Empfindungen, die mit den warmen Winden heranwehten?

Der Wind kam aus der falschen Richtung. Etwas stimmte da nicht. Er hatte schon seit geraumer Zeit dieses Gefühl, und jetzt wurde es mit jedem Schritt, den er hier draußen in dem stummen, festen Sand machte, deutlicher. Wenn er zurückdachte, begriff er auch, daß in dem Gespräch mit Beatrice Linckx etwas aufgetaucht war... Er erinnerte sich nicht mehr genau, was, hatte es auch damals nicht gemerkt. Es war nur eine Formulierung, etwas, das sie so nebenbei gesagt hatte, Worte, die in einer bestimmten Beziehung zueinander gestanden hatten, vielleicht. Eine ungewöhnliche Konstellation. Das genügte, damit er Witterung aufnahm.

Und dann war da noch etwas, das Bausen bei der letzten Schachpartie gesagt hatte... der Polizeichef hatte einen Bauern vorgezogen und dadurch die Oberhand gewonnen, obwohl das genau der Zug gewesen war, den Van Veeteren vorausgesehen und sich erhofft hatte.

Dann hatte er die Pfeife angezündet und etwas gesagt.

Auch das lag wie im Nebel. Äußerst unklar, eine plötzliche Witterung, die sich ebenso schnell wieder verlor, wie sie gekommen war, die aber dennoch eine Kerbe ins Gedächtnis geritzt hatte.

Mein Gott! dachte er und spuckte einen vollkommen zerkauten Zahnstocher aus. Was ist das nur für ein Gedankengewäsch? Welche Genauigkeit! So mußte sich das anfühlen, wenn der Alzheimer in voller Blüte stand.

Obwohl – jetzt schlug er blitzschnell Brücken zwischen den Phantasien –, vielleicht war es andererseits gar kein deutliches Kennzeichen für Altersdemenz, daß das Gedächtnis nachließ. Im Gegenteil! Die Tore des Gedächtnisses standen weit offen und ließen alles herein. Ohne jede Unterscheidung. Alles.

Wie das Meer. Wie die Wellen. Man mußte sich also nur entscheiden. Alles oder nichts.

Wer war es also? Wer war der Henker? Wie lange mußte er sich hier draußen noch täuschen lassen, bis er den verfluchten Spötter endlich dingfest machen und die Handschellen bei ihm klicken lassen konnte. Welche Wortkonstellation hatte Beatrice Linckx unbedacht ausgesprochen? Was hatte Bausen gesagt?

Und Laurids Reisin? Der saß irgendwo eingesperrt in seinem Haus und wog das Versprechen, das seine Frau ihm von der Polizei überbracht hatte, sorgfältig nach allen Seiten hin ab. Konnte man sich darauf verlassen? Was hatte er versprochen? Sechs, acht Tage? Wann war das gewesen? Hatte er nicht bereits die gestellte Grenze überschritten, wenn man es genau nahm?

Bestimmt. Van Veeteren seufzte.

Eine Joggerin, eine Frau in rotem Anzug, sprang plötzlich gut zwanzig Meter von ihm entfernt von der Esplanade hinunter auf den Strand. Das dunkle Haar war mit einem Band in der gleichen Farbe wie die Jacke hochgebunden... Sie lief weiter bis zum Wasser, zum festen Sand hin, bog dann nach Westen ab, und innerhalb weniger Sekunden hatte sich der Abstand zwischen den beiden bereits verdoppelt. Sie kam ihm irgendwie bekannt vor, und er brauchte mehrere Minuten, bis er dahinterkam.

Inspektorin Moerk, natürlich!

Was hatte Bausen an jenem ersten Tag auf der Polizeiwache gesagt? Schönheit und Intuition? Irgendwas in dieser Richtung . . . jedenfalls war es etwas, was er unterschreiben konnte.

Er seufzte und schob die Hände in die Taschen. Dabei stieß er auf das Zigarettenpäckchen und wog eine Weile das Für und Wider ab. Ach, was soll's, beschloß er schließlich, und als er die Zigarette angezündet hatte, war Beate Moerk bereits in der Dunkelheit vor ihm verschwunden.

Verschluckt.

Die Dunkelheit, dachte er und nahm einen tiefen Lungenzug. Das einzige, was groß genug ist, ein Meer zu umschlingen.

Kein dummer Gedanke. Er mußte daran denken, es bei Gelegenheit mit Reinhart zu diskutieren.

Aber vielleicht ist das Meer ja noch größer, korrigierte er sich fast sofort. Bestimmt gibt es an einem anderen Strand einen Morgen. Es gibt immer einen anderen Strand.

30

Sie stellte ihr Auto am üblichen Platz hinter der Räucherei ab. Schloß ab und zog den Reißverschluß ihrer Jacke ein wenig weiter nach unten. Es war wärmer, als sie gedacht hatte, wahrscheinlich würde sie ziemlich ins Schwitzen kommen.

Dann lief sie los, und genau wie sie es gewohnt war, ging die innere Erregung unmittelbar in den Körper über. Bis in die zuckenden Beine und Füße . . . das Tempo war für den Anfang der reinste Wahnsinn. Das würde sich rächen. Aber es mußte sein. Sie mußte einfach rennen. Rennen und sich richtig verausgaben, damit irgendeine Ordnung in ihre Gedanken kam . . . um die Nervosität und Überspanntheit abzureagieren, die in ihr vibrierten, das fast hysterische Gefühl eines bevorstehenden Triumphs. Daß sie bald die Lösung in der Hand halten würde.

Der Durchbruch war geschafft. Nun ja, das war vielleicht zuviel gesagt, aber sie mußte nur noch die Gedankengänge beenden, die durch den Melnikbericht aus ihrem Schlummer geweckt worden waren und die sich nach einer ersten Überprüfung... nun ja, als was erwiesen hatten?

Jedenfalls gab es nichts, was dagegen sprach... nicht den geringsten Punkt. Was das jedoch im Endeffekt bedeutete, war natürlich eine andere Frage.

Sie sprang auf den Strand und bog zum Wasser ab. Der Wind war hier unten noch wärmer, und sie bereute, daß sie keine dünnere Kleidung angezogen hatte.

Es gab also nichts, was dagegen sprach. Ganz im Gegenteil. Vieles sprach dafür, vielleicht sogar alles. Wenn sie es Münster heute abend nur in Ruhe darlegen konnte, war die Sache sicher klar... Die Dämmerung hatte eingesetzt, und sie überlegte, ob sie heute wirklich die ganze Runde drehen sollte. Vermutlich würde es auf dem Rückweg im Wald schon ziemlich schummrig sein, andererseits kannte sie dort ja jeden Stein... vielleicht sogar jede Wurzel und alle herabhängenden Zweige, gewiß wäre es eine Schlamperei, die Runde abzukürzen, und Beate Moerk haßte Schlamperei.

Und Münster würde nicht vor acht Uhr anrufen. Bis dahin hatte sie noch viel Zeit.

Die Milchsäure stellte sich bald ein. Kein Wunder, dachte sie und verlangsamte endlich ihr Tempo... Es hatte keinen Sinn, so ein Tempo vorzulegen, wenn sie anschließend nur noch durch den Wald stolpern konnte.

Eine Schlagzeile erschien vor ihrem inneren Auge:

WEIBLICHER POLIZEIINSPEKTOR FÄNGT DEN HENKER!

Und dann der Einleitungssatz in dem Stil: »Trotz hinzugeholter Experten war es schließlich Beate Moerk aus Kaalbringen, die den landesweit bekannten Fall des Mörders mit der Axt löste. Unsere Stadt ist ihr zu tiefem Dank verpflichtet, jetzt, wo die Einwohner endlich wieder unbeschwert auf den Straßen spazierengehen und des Nachts ruhig schlafen können ...«

Die Flammen der Selbstzufriedenheit loderten in ihr, deshalb steigerte sie lieber wieder das Tempo. Sehr lange war sie jedoch nicht in der Lage, sich an den Formulierungen zu weiden, da brachte sich eine neue, vollkommen unerwartete Schlagzeile in Erinnerung. Diesmal war es der Titel eines Buches, das sie nie gelesen hatte, von dem sie aber wußte, daß sie es vor vielen Jahren im Ramsch gesehen und in der Hand gehalten hatte. Es war ein englisches Buch.

»The Loneliness of a Long Distance Runner«

Die Einsamkeit des Langstreckenläufers?

Sie machte einen Schritt zur Seite und wäre fast in den Sand gefallen.

Wie um alles in der Welt war es möglich, daß dieses Buch gerade jetzt aus dem Brunnen des Vergessens auftauchte?

Sie schob die Frage beiseite und warf einen Blick über die Schulter. Der Strand lag leer da. Hinter ihr genauso leer wie vor ihr. Sie kontrollierte die Zeit. Sieben Uhr fünfundzwanzig... in ein paar Minuten würde sie bei dem weißen Steinblock und dem Tunnel unter der Straße angekommen sein. Dann die leichte Steigung in den Wald hinauf, und ab ging es nach Hause...

Beate Moerk löst das Rätsel des Axtmörders!

The Loneliness of a Long Distance Runner.

Als sie sich auf dem letzten Anstieg vor der Kuppe befand, war sie schon ziemlich müde. Die Unterschenkelmuskeln taten ihr weh, und ihr Herz pumpte wie verrückt... jetzt galt es nur noch, hoch zu kommen. Reine Willenssache, die Fäuste ballen, Zähne zusammenbeißen und sich die letzten Meter zwingen. Danach, auf der anderen Seite des Hügels, ging es bergab... dann konnte sie sich beim Laufen ausruhen, wieder Kraft schöpfen, sich sammeln vor dem letzten Stück, der herrlichen Abschlußgeraden durch den Baumbestand bis unten zur Räucherei und zum Parkplatz...

Die Gedanken an das leicht bezwingbare letzte Stück, an das wartende Auto und eine heiße Dusche trugen sie hinauf und gaben ihr auf angenehme Weise Antrieb. Aber auch wenn sie nicht so müde gewesen wäre und auch wenn die Lichtverhältnisse an diesem lauwarmen Septemberabend etwas vorteilhafter gewesen wären, ist es mehr als fraglich, ob sie das dunkle Stahlseil rechtzeitig hätte sehen können.

Es war knapp unter Kniehöhe gespannt, ganz am Ende des Hügels... genau dort, wo das dichte Laub einer Linde die Dämmerung noch einmal durch seinen Schatten verstärkte. Sie fiel der Länge nach zu Boden, und bevor sie überhaupt begriff, was passiert war, war er bereits über ihr.

31

»Ich glaube, wir müssen die Presse bitten, uns für eine Weile in Ruhe zu lassen«, sagte Van Veeteren, während er eine Hand auf Cruickshanks Schulter legte. »Aber Ihren Stuhl nehme ich gern.«

Münster schaute auf. Der Hauptkommissar hatte den Melnikbericht unterm Arm und machte einen verkniffenen Eindruck. Das Netzwerk geplatzter Äderchen war von Rot in Blau übergegangen. Die Tränensäcke unter den Augen trugen deutliche Trauerränder. Ein gutes Zeichen, ohne Zweifel.

»O Scheiße«, sagte Cruickshank. »Dann ist der Durchbruch nach sieben mageren Jahren endlich gelungen? Darf man als erster gratulieren? – Wie heißt er denn?«

»Wer?« fragte Münster.

»Der Henker natürlich«, erklärte Cruickshank.

»Sie kriegen morgen ein Exklusivinterview«, versprach Van Veeteren. »Wenn Sie jetzt ein braver Junge sind und schlafen gehen.«

Cruickshank kippte die Reste seines Whiskys hinunter und stand auf. Er wankte etwas, und für einen Moment sah es so aus, als müßte er auf dem Stuhl wieder notlanden, aber dann faßte er sich. Er schüttelte den Kopf und räusperte sich.

»All right«, sagte er. »Gentlemen's agreement. Gute Nacht, meine Herren. Ihr kennt meine Zimmernummer.«

Er bedankte sich bei Münster für die nette Gesellschaft und stolperte hinaus.

»Armer Teufel«, meinte Münster.

»Warum das?« fragte Van Veeteren. »Bestell mir mal ein großes Bier!«

»Nun?« fragte Van Veeteren und schlürfte den Schaum von seinem Seidel. »Die Jugend voran. Was hast du gefunden?«

Münster holte den Papierstapel hervor und blätterte darin.

»Ja«, sagte er. »Da ist einmal dieser Podworsky...«

Der Hauptkommissar nickte.

»Eugen Podworsky, ja. Was hältst du von dem?«

»Ich weiß nicht viel über ihn«, erklärte Münster. »Aber zumindest gibt es eine Verbindung. Ich nehme an, die anderen, die Inspektoren und Bausen, können das besser beurteilen. Wenn er hier im Ort bekannt ist, meine ich...«

Van Veeteren zündete sich eine Zigarette an.

»Ich habe eben mit Bausen gesprochen«, sagte er. »Er meint, es sei zumindest vorstellbar. Der richtige Typ, wie es scheint... ein Einzelgänger, der draußen auf der Heide bei Linden wohnt. Ungefähr fünfzig Kilometer ins Landesinnere hinein. Er hat auch schon mal wegen Diebstahl gesessen, aber das ist schon eine Ewigkeit her... ja, das könnte eine Spur sein. Der könnte es sein.«

»Bösartig?« fragte Münster.

»Jedenfalls nachtragend laut Bausen. Und offensichtlich auch nicht ganz richtig in der Birne. Er hat nicht viel Kontakt zu anderen Menschen. Ist vorzeitig in Rente, ich glaube seit 1980. Nun ja, wir werden uns das morgen mal angucken... es wäre sicher nicht dumm, wenn wir unsere Hausaufgaben gemacht haben, bevor wir uns auf ihn werfen. Er kann uns eine ganze Menge Unannehmlichkeiten bereiten, auch wenn er es nicht ist, meint Bausen.«

Münster nickte. Der Hauptkommissar trank in großen Zügen von seinem Bier und schmatzte zufrieden.

»Verflucht noch mal, Münster«, sagte er. »Wenn ich diesem Typen endlich direkt in die Augen sehen kann, werde ich schon merken, ob er es ist oder nicht. Es ist langsam an der Zeit, nach Hause zu fahren, oder was meinst du?«

Münster rutschte unruhig hin und her.

»Was ist denn?« fragte Van Veeteren. »Hast du was auf dem Herzen?«

»Nur eine Kleinigkeit«, zögerte Münster. »Hat bestimmt nichts zu bedeuten. Ich habe eine Mitteilung von Inspektorin Moerk gekriegt. Ihr ist was aufgefallen, und sie hat mich gebeten, sie anzurufen ...«

»Ja, und?«

»Nun ja, sie antwortet nicht. Sie wollte gegen acht Uhr zu Hause sein, und ich habe es schon mehrmals versucht.«

Van Veeteren schaute auf die Uhr.

»Fünf nach elf«, stellte er fest. »Versuch es noch mal, bevor du ins Bett gehst. Da ist sicher nur ein Mann im Spiel.«

Ja, dachte Münster. Mit Sicherheit ist da nur ein Mann im Spiel.

III

24. – 27. September

32

Bausen sah unrasiert energischer aus. Er hatte seine schmutzbraune Jacke über die Stuhllehne gehängt und das Hemd bis weit über die Ellbogen aufgekrempelt.

»Eugen Podworsky«, begann er und zeigte mit dem gelben Bleistift auf Kropke. »Was wissen wir?«

»Eine ganze Menge«, antwortete Kropke enthusiastisch. »Sollen wir von vorn anfangen, oder ...?«

»Ja«, sagte Bausen. »Es hat wohl niemandem entgehen können, daß er in zwei der Fälle verwickelt ist, aber es kann trotzdem nichts schaden, noch einmal alles ordentlich durchzugehen, bevor wir loslegen.«

»Einen Augenblick«, sagte Van Veeteren. »Ich denke, wir sollten uns vorher erst mal um Inspektorin Moerk kümmern.«

Bausen sah sich in der Runde um, als würde ihm erst jetzt bewußt, daß sein Team nicht vollständig war.

»Was ist mit Beate Moerk? Warum ist sie nicht hier?«

»Hrrm«, räusperte Van Veeteren sich. »Ich denke, der Kommissar sollte berichten.«

Münster holte tief Luft.

»Ja«, sagte er, »ich bekam gestern im Hotel eine Nachricht ... von Inspektorin Moerk. Sie bat mich, sie anzurufen. Ihr war etwas im Zusammenhang mit dem Melnikbericht aufgefallen, und sie ist anscheinend seit gestern abend nicht mehr zu Hause gewesen. Ich habe sie nicht erreichen können.«

»Was, zum Teufel, soll das heißen?« fragte Bausen. »Es ist ihr was aufgefallen ... Podworsky wohl, oder?«

Münster breitete die Arme aus.

»Weiß ich nicht. Wahrscheinlich, aber es ist nicht sicher ... sie wollte etwas überprüfen, stand da.«

»Überprüfen?«

»Ja.«

»Und was?« fragte Kropke.

»Keine Ahnung«, sagte Kropke.

»Hast du ihre Nachricht noch?« fragte Bausen.

Münster nickte und zog den Umschlag aus der Innentasche hervor. Aus den Augenwinkeln sah er, wie Van Veeteren ihn beobachtete, und er wußte, daß er rot wurde. Dagegen konnte er natürlich nichts machen, und unter den gegebenen Umständen bedeutete es auch nichts. Er hatte letzte Nacht sicher nicht mehr als zwei Stunden geschlafen, und als er aufstand, hatte er das Bild dieses Konferenzzimmers vor Augen gehabt. Wahrscheinlich würde sie hier auf ihrem gewohnten Platz vor den Regalen sitzen ... oder sie würde es nicht tun. Wahrscheinlich war es nur um einen Mann gegangen, oder aber es war ... eine andere Art von Mann gewesen. Nicht einmal sich selbst gegenüber wagte er zuzugeben, daß er einen leichten Stich von Zufriedenheit verspürte, als sich herausstellte, daß die erste Alternative sich als nicht richtig erwies. Nur ein Mann! Natürlich war diese Wahrnehmung sofort von dem Gedanken verdrängt worden, was die andere Alternative alles beinhalten konnte, aber seine Reaktion gab ihm unweigerlich zu denken.

Der Polizeichef las die Nachricht durch. Er reichte den Zettel weiter.

»Ich habe ihn schon gesehen«, sagte Van Veeteren, als er an der Reihe war. Münster nahm den Umschlag wieder an sich.

»Zu Hause gegen acht Uhr«, sagte Bausen. »Verflucht noch mal! Ihr glaubt doch wohl nicht ...«

»Von was war da die Rede?« fragte Kropke. »Von etwas ganz Bizarrem?«

»Ziemlich bizarr, stand da, aber laßt mich noch mal nachsehen«, korrigierte Münster.

Bausen holte seine Pfeife hervor und blieb mit ihr in der Hand sitzen. Plötzlich war das Schweigen im Zimmer fast zu greifen. Bang kaute Kaugummi. Van Veeteren widmete seine ganze Aufmerksamkeit zwei Zahnstochern, begutachtete sie sorgfältig, bevor er den einen in seine Brusttasche steckte und den anderen zwischen seine Vorderzähne. Kropke trommelte leise mit den Fingern gegeneinander, und Mooser schaute aus dem Fenster.

Mein Gott! dachte Münster. Die sehen sie alle vor sich! Er schluckte und spürte, wie ihm etwas Kaltes, Feuchtes die Kehle hochkroch. Sein Zwerchfell verkrampfte sich.

»Entschuldigt mich eben«, brachte er noch heraus. Stand auf und ging zur Toilette.

»Kropke«, sagte Bausen. »Geh in dein Büro und versuch anzurufen!«

Kropke verschwand in seinem Zimmer. Van Veeteren nahm den Zahnstocher aus dem Mund.

»Keine besonders gute Idee«, sagte er. »Wir haben es schon zweimal vom Hotel aus versucht.«

Bausen trat ans Fenster. Er fuhr sich mit der Hand über die Bartstoppeln, während er auf den Hinterhof schaute. Er atmete schwer. Münster und Kropke kamen wieder herein.

Kropke schüttelte den Kopf.

»Keine Antwort«, sagte er. »Was denkt ihr?«

»Podworsky?« fragte Bausen und drehte sich um. »Glaubt ihr wirklich, daß ... daß sie auf die Idee gekommen ist, zu Podworsky rauszufahren?«

Kropke räusperte sich.

»Nein«, sagte er. »Das würde ihr nicht ähnlich sehen.«

»Der reine Wahnsinn«, sagte Mooser. »Kein Idiot fährt freiwillig da raus. Nicht einmal unter normalen Umständen. Und wenn man dann noch den Verdacht hat, es könnte der Henker sein, dann kapiere ich nicht, wie ...«

Aber jetzt reichte es Münster.

»Stop!« rief er und schlug mit der Faust auf den Tisch. »Es ist jetzt verdammt noch mal endlich an der Zeit, daß wir was tun, statt hier nur herumzusitzen und wiederzukäuen. Dann ist es doch wohl besser, wir setzen uns in ein Auto und fahren zu dem Kerl raus, oder? Worauf warten wir noch?«

Bausen betrachtete ihn mit hochgezogenen Augenbrauen.

»Ich bin mir ziemlich sicher...«, begann er.

»Bravo, Kommissar!« unterbrach Van Veeteren. »Ich bin ganz deiner Meinung. Wir sollten wirklich langsam in Aktion treten.«

Münster lehnte sich seufzend zurück.

»Entschuldigung«, sagte er.

»Ja, ja«, sagte Bausen. »Es ist ja auch zu schrecklich. Wenn wir also jetzt...«

»Nur noch einen Augenblick«, unterbrach Van Veeteren ihn wieder und beugte sich über den Tisch. »Ich denke, wir sollten ein paar Dinge klarstellen, bevor wir uns dem weiteren Vorgehen widmen. Zum ersten halte ich es für ziemlich unwahrscheinlich, daß Inspektorin Moerk sich allein auf den Weg zu Podworsky gemacht hat. Ich betrachte das eigentlich als vollkommen ausgeschlossen.«

»Und warum?« fragte Kropke.

»Die Zeit«, sagte Van Veeteren. »Die hat gar nicht gereicht. Sie ist gestern gemeinsam mit uns von hier weggegangen, nicht wahr? So ungefähr gegen halb fünf...«

Kropke und Mooser nickten.

»Mit dem Melnikbericht in der Tasche wie wir auch... Um zwanzig nach sechs gab sie laut Hotelportier die Nachricht im See Wharf ab. Darauf steht, daß sie etwas überprüfen will. Sie hatte es also noch nicht getan. Sie wird kaum mehr geschafft haben, als den Bericht zu lesen und dann noch in den Jogginganzug zu schlüpfen, alles zusammen zwischen halb fünf und zwanzig nach sechs.«

»Stimmt«, sagte Bausen.

»Was immer sie also untersuchen wollte, sie hat es getan, nachdem sie das Hotel verlassen hat, also ungefähr zwischen halb sieben und Viertel nach sieben. Mit anderen Worten, innerhalb von fünfundvierzig Minuten.«

»Viertel nach sieben? Woher kann der Hauptkommissar das wissen?« fragte Kropke.

»Weil ich sie gesehen habe«, antwortete Van Veeteren.

»Sie gesehen!« rief Bausen aus. »Wo denn?«

Van Veeteren biß den Zahnstocher ab.

»Ich habe sie unten am Strand gesehen... so Viertel nach sieben.«

»Was hat sie da gemacht?« wunderte Mooser sich.

»Sie ist gelaufen«, sagte Van Veeteren. »Richtung Westen.«

Es wurde wieder still.

»Sie wollte um acht zu Hause sein«, sagte Münster.

»War sie allein?« fragte Kropke.

Van Veeteren zuckte mit den Schultern und schaute Münster an.

»Ja«, sagte er. »Ganz allein... es ist wohl das beste, wenn der Kommissar und ich mal hinfahren und uns umschauen. Vielleicht können wir den Polizeianwärter Mooser mitnehmen?«

Bausen nickte.

»In zwei Stunden wieder hier?« schlug er vor. »Ich denke, Kropke und ich werden in der Zwischenzeit einmal zu Podworsky rausfahren... um zumindest das Terrain zu sondieren.«

»Ist er das?« fragte Van Veeteren.

Mooser nickte.

»Ganz sicher?«

»Natürlich bin ich ganz sicher«, sagte Mooser. »Das ist ihrer. Ein Mazda 323... ich habe ihr sogar mal geholfen, den Keilriemen zu wechseln.«

»Das ist er«, murmelte Münster.

»Hm«, sagte Van Veeteren. »Tja, ich habe sie ungefähr da unten gesehen... zwei-, dreihundert Meter von hier, denke ich.«

Er deutete zum Strand. Das war ganz was anderes als die leere Öde vom gestrigen Abend. Menschen, die am Samstag frei hatten, gingen dort unten spazieren ... Männer, Frauen und Kinder. Eine Gruppe langhaariger Jünglinge spielte Fußball, und Hunde tummelten sich im Sand, einige Zwillingsdrachen flatterten im Wind, gelbe, vibrierende Butterflecken vor dem fast klaren Himmel. Die Wolkenfront, der Dunst und die Regenschauer der letzten Tage schienen über Nacht wie weggeblasen, die Möwen kreisten wieder in höheren Zonen, und die Luft machte einen sauberen Eindruck. Salzig und frisch.

Münster biß sich auf die Lippen. Der Hauptkommissar wippte von den Zehen auf die Ballen und zurück und schien ausnahmsweise unentschlossen zu sein. Oder ist das auch nur so eine Pose? dachte Münster. Würde mich nicht wundern.

Mooser brach das Schweigen.

»Glaubt ihr ...?« fragte er.

»Wir glauben gar nichts«, unterbrach Van Veeteren ihn. »Was, zum Teufel, meinst du damit?«

»Aber ...?« sagte Mooser.

»Sei still!« sagte Van Veeteren. »Das ist nicht gerade die Zeit für Rätselspiele. Weißt du, welche Strecke sie normalerweise lief?«

»Nun ja«, sagte Mooser. »Was heißt da Strecke ... vielleicht am Strand hin und her. Oder auf dem Rückweg durch den Wald.«

»Hm«, sagte Van Veeteren wieder. »Ist sie immer allein gelaufen?«

»Nein«, sagte Mooser. »Ich glaube, sie hat manchmal zusammen mit Gertrude Dunckel trainiert.«

»Wer ist das?« fragte Münster.

»Eine Freundin. Sie arbeitet in der Bibliothek.«

»Hatte sie keinen Freund?« wollte Van Veeteren wissen.

Mooser überlegte.

»Doch ... nur im Augenblick nicht. Ein paar Jahre lang war sie mit einem Mann zusammengewesen, aber ich glaube, er ist dann weg. Und dann war da natürlich noch Janos Havel, aber das ist wohl auch vorbei.«

»Ja, das ist vorbei«, bestätigte Münster. »Wollen wir jetzt ihre ganze Lebensgeschichte aufrollen, bevor wir uns auf den Weg machen?«

Mooser räusperte sich.

»Den Strand entlang und durch den Wald zurück?« fragte er.

»Nur durch den Wald«, sagte der Hauptkommissar. »Unten am Strand hätten sie sie schon gefunden ... normalerweise kümmert er sich ja nicht sehr darum, seine Opfer zu verstecken.«

»O Scheiße«, sagte Münster.

»Ich gehe davon aus, daß sie ihr Auto als Start- und Zielpunkt angesehen hat«, fuhr Van Veeteren ungerührt fort. »Weiß der Herr Polizeianwärter, ob es mehrere Wege gibt? Ich meine, durch den Wald?«

»Ich glaube nicht«, sagte Mooser. »Es ist eigentlich nur so ein dünner Streifen. Da gibt es einen Weg, den die meisten benutzen, der ist übrigens ziemlich hügelig. Sollen wir den nehmen?«

»Nun aber los!« sagte Van Veeteren. »Wir haben schließlich nicht den ganzen Tag Zeit.«

33

»Fahr nicht so verdammt schnell«, sagte Bausen. »Wir müssen wissen, wie wir uns verhalten wollen, bevor wir da sind.«

Kropke ging leicht vom Gas.

»Hat der Kommissar seine Dienstwaffe mit?« fragte er.

»Ja, natürlich«, sagte Bausen. »Ist mir schon klar, daß da was faul ist. Aber ich gehe doch davon aus, daß du deine auch dabei hast?«

Kropke klopfte sich auf die Achselhöhle.

»Na, nur gut, daß du sie nicht am Bein hängen hast«, brummte Bausen. »Halt! Hier geht's ab.«

Kropke bremste und bog auf das schmale Asphaltband über die Heide ab. Eine Schar großer, schwarzer Saatkrähen, die auf einem kleineren Kadaver gesessen hatten, flogen auf und ließen sich wieder nieder, sobald sie vorbeigefahren waren.

Bausen wandte den Kopf und schaute über die öde Landschaft. Weit in der Ferne konnte er die Skelette einiger niedriger Gebäude erahnen, mehr oder weniger zusammengefallen, mit lückenhaften Wänden und durchlässigem Dach, früher einmal, vor einem halben Jahrhundert oder mehr, hatten sie noch einem Zweck gedient. Als man noch aus diesem sumpfigen Boden Torf stach, wie er sich erinnerte. Nur merkwürdig, daß die Trockenschuppen sich immer noch aufrecht hielten. Er erinnerte sich auch noch daran, daß sie in seiner Jugend eine ganz andere Funktion gehabt hatten – als Liebesnest für die heimatlosen Jugendlichen der Umgebung. Es war natürlich ein ziemlicher Aufwand gewesen, hierherzukommen, aber wenn man es erst einmal geschafft hatte, boten die abgelegenen Gebäude außerordentliche Möglichkeiten für die allerschönsten intimen Vorhaben. Fast wie die Urgaplätze der Mongolen, durchfuhr es ihn. Die heiligen Mauern der Liebe. Zwei, nein, drei Episoden, die sich hier zugetragen hatten, schossen ihm durch den Kopf...

»Es ist da vorn, oder?« fragte Kropke.

Bausen richtete seine Aufmerksamkeit nach vorn und nickte. Da war es. Notdürftig von einem Rechteck angepflanzter Fichten verborgen lag Eugen Podworskys Haus. Er kannte dessen Geschichte. Bis zum Ende des letzten Jahrhunderts hatte es einige Jahrzehnte lang als Wohnort für mehrere Familien der Vorarbeiter beim Torfstechen gedient, bis die Arbeit Anfang des 20. Jahrhunderts unrentabel wurde... um dann langsam, wie so vieles andere in Kaalbringen und Umgebung, in Ernst Simmels Hände zu fallen. Und damit also in Eugen Podworskys nicht besonders sorgfältige Obhut.

»Das sieht ja schlimm aus«, sagte Kropke und hielt im Schutz einer ziemlich buschig gewachsenen Doppelfichte.

»Ich weiß«, sagte Bausen. »Kannst du irgendwo einen Lastwagen entdecken?«

Kropke schüttelte den Kopf.

»Es bringt nichts, sich anschleichen zu wollen«, sagte Bausen. »Wenn er zu Hause ist, entdeckt er uns fünf Minuten, bevor wir bei ihm sind – Zeit genug, um ein Schrotgewehr zu laden und sich im Küchenfenster in Positur zu setzen.«

»Äh«, sagte Kropke. »Ich verstehe nicht, wieso Simmel ihn nicht hat rausschmeißen können.«

»Hm«, sagte Bausen. »Ich begreife gar nicht, warum er es überhaupt versucht hat. Wer sollte denn das hier kaufen wollen?«

Kropke überlegte.

»Keine Ahnung. Vielleicht irgend so ein Grüner. Was sollen wir tun?«

»Wir müssen wohl oder übel die Lage peilen«, sagte Bausen. »Wenn wir schon mal hier sind. Ich gehe zuerst. Du bleibst ein Stück hinter mir und hältst die Pistole griffbereit, falls was passiert. Man weiß ja nie...«

»Okay«, sagte Kropke.

»Aber wahrscheinlich ist er gar nicht zu Hause.«

Bausen stieg aus. Er ging die Reihe gespreizter Kiefern entlang und trat durch das Zaunloch, neben dem ein rostiger, klappriger Briefkasten verriet, daß die Post sich sogar die Mühe machte, diese Extrakilometer durch die Heide zu fahren... Vermutlich hat Podworsky dem Postdirektor gedroht, ihn umzubringen, wenn er diesen Service einstellt, dachte Bausen. Er zog eine Zeitung aus dem Kasten.

»Von heute«, stellte er fest. »Der Inspektor kann den Revolver wieder in die Achselhülse stecken. Er ist nicht zu Hause.«

Sie folgten dem niedergetrampelten Weg bis zur Veranda. Ein kaputter Ledersessel und eine Hollywoodschaukel standen zu beiden Seiten der Eingangstür. Offensichtlich hatte Eugen

Podworsky die Gewohnheit, die lauen Sommer- und Herbstabende draußen zu genießen. An die zehn Kisten mit leeren Flaschen stapelten sich an der Wand ... Zeitschriften lagen überall herum, auf einem wackligen Metalltisch stand ein Transistorradio, eine große Konservendose mit Sand, aus der Zigarettenkippen herausragten, sowie ein schlecht gespültes Bierglas. Eine gelbgraue Katze kam heran und strich um ihre Beine ... eine zweite, etwas dunklere, lag ausgestreckt vor der Tür.

»Jaha«, sagte Kropke. »Und was machen wir jetzt?«

»Weiß der Teufel«, sagte Bausen. »Wer hat Podworsky nach dem Simmelmord verhört? Er ist doch wohl verhört worden, oder?«

Kropke kratzte sich in seiner freien Achselhöhle.

»Scheiße«, sagte er. »Moerk ... ja, es war Moerk, da bin ich mir sicher.«

Bausen zündete sich eine Zigarette an. Er trat auf die Veranda und faßte die Türklinke an. Die Katze fauchte und rutschte um ein paar Dezimeter zur Seite.

»Es ist offen«, sagte Bausen. »Sollen wir reingehen?«

Kropke nickte.

»Glaubt der Kommissar, drinnen könnte es besser aussehen als draußen?«

»Ich war vor zwölf, fünfzehn Jahren schon mal hier«, sagte Bausen und trat ins Halbdunkel hinein. Er schaute sich um. »Ich glaube, es hat sich nicht so schrecklich viel verändert seitdem ...«

Zwanzig Minuten später saßen sie wieder draußen im Wagen.

»Total sinnloser Besuch«, sagte Kropke.

»Mag sein«, sagte Bausen. »Aber unglaublich viele Bücher hat er.«

»Was glaubt der Kommissar?«

»Was glaubt der neue Polizeichef?«

»Ich weiß nicht«, sagte Kropke und versuchte, nicht allzu verlegen zu klingen. »Schwer zu sagen. Das hat jedenfalls nichts gebracht. Wir müssen ihn erwischen. Ein richtiges Verhör... ich denke, es könnte was nützen, wenn wir ihn diesmal etwas härter anfassen.«

»So, so«, sagte Bausen.

Kropke ließ den Wagen an.

»Und was meint der Kommissar, wo er ist?«

»Ich nehme an, auf dem Fischmarkt«, sagte Bausen. »Ich kann mich erinnern, daß er da ab und zu samstags steht... dir ist doch sicher das Treibhaus auf der Rückseite aufgefallen?«

»Ja... ja, natürlich«, sagte Kropke. »Wollen wir hinfahren und ihn uns da schnappen? Oder müssen wir ihn laufen lassen, nur weil wir keine blutige Kleidung unterm Bett gefunden haben?«

Bausen saß eine Weile schweigend da.

»Ich denke, wir sollten uns zunächst einmal mit unseren Gästen beraten«, sagte er. »Wir haben da ja noch das kleine Problem mit Inspektorin Moerk, oder hat der Inspektor das vergessen?«

Kropke schlug aufs Lenkrad.

»Denkst... denkst du, daß sie sie gefunden haben?«

»Das hoffe ich wirklich nicht«, sagte Bausen, »zumindest nicht in dem Zustand, den du da andeutest...«

Kropke schluckte und gab mehr Gas. Plötzlich tauchten Bilder der halb abgeschlagenen Köpfe der früheren Opfer vor seinem inneren Auge auf. Er senkte den Blick und spürte, wie seine Knöchel weiß wurden.

Mein Gott, dachte er, mach, daß es nicht wahr ist...

34

»Nichts?« fragte Bausen.

»Nein«, sagte Van Veeteren. »Zum Glück, darf man wohl sagen. Aber ich fürchte, das ist nichts, womit wir uns brüsten können. Sie ist von ihrer Joggingrunde nicht zurückgekommen.«

»Woher wißt ihr das?«

»Das Auto. Es steht immer noch unten bei der Räucherei«, sagte Mooser.

Bausen nickte.

»Und ihr?« fragte Münster.

»Ausgeflogen«, sagte Bausen und zuckte mit den Schultern.

»Der Markt?« versuchte es Mooser. »Er verkauft da doch immer Gemüse.«

Kropke schüttelte den Kopf.

»Nein. Wir kommen gerade von dort. Er hat sich dort heute noch nicht blicken lassen.«

»Nun ja«, seufzte Van Veeteren und hängte seine Jacke über die Stuhllehne. »Dann ist es wohl an der Zeit, daß wir uns am Riemen reißen.«

»Bang«, sagte Bausen. »Geh mal zu Sylvie und sag, wir bräuchten heute was ganz Besonderes.«

Bang salutierte und ging. Die übrigen ließen sich am Tisch nieder, außer Van Veeteren, der das Fenster öffnete, dort stehenblieb und über die Hausdächer schaute. Der Polizeichef beugte sich vor und ließ den Kopf in die Hände sinken. Er seufzte tief und starrte auf die Portraits seiner drei Vorgänger, die an der Wand gegenüber hingen.

»Also«, sagte er nach einer Weile. »Was, zum Teufel, machen wir jetzt? Seid doch so gut und sagt das einem schon fast pensionierten alten Bullen mal! Was, zum Teufel, sollen wir tun?«

»Mm«, sagte Münster. »Das ist eine gute Frage.«

»Mir bleiben noch sieben Tage in diesem Job«, fuhr Bausen fort und putzte sich die Nase. »Und es scheint so, als müßte ich diese Tage damit zubringen, einen meiner Inspektoren zu suchen. Um sie vielleicht mit abgeschlagenem Kopf in irgendeinem Scheißgraben zu finden ... das nenne ich einen gelungenen Abschluß eines Berufslebens.«

»O Scheiße«, stimmte Münster zu.

Es blieb still. Bausen hatte die Hände gefaltet und die Augen geschlossen ... eine Sekunde lang kam Münster der Gedanke, er könnte beten, aber dann öffnete der Polizeichef wieder Augen und Mund.

»Es ist einfach zu schrecklich«, sagte er.

»Jaha«, sagte Van Veeteren und setzte sich. »Das kann sein. Wir sollten dennoch ein bißchen weniger Zeit fürs Fluchen und ein bißchen mehr Zeit für Ideen verwenden... das ist nur so ein Vorschlag natürlich...«

»Entschuldigt«, sagte Bausen und holte tief Luft. »Der Hauptkommissar hat natürlich recht...«

»Wollen wir es öffentlich machen?« fragte Mooser. »Daß sie... sie verschwunden ist, meine ich.«

»Das besprechen wir später«, beschloß Van Veeteren. »Ich glaube, darüber müssen wir erst mal nachdenken.«

»Podworsky«, sagte Kropke. »Eugen Pavel. Geboren 1940. Kam Ende der fünfziger Jahre als Einwanderer nach Kaalbringen. Bekam wie viele andere einen Job in der Konservenfabrik. Wohnte anfangs da unten in den Arbeiterbaracken, als die abgerissen wurden, zog er ins Haus draußen in der Heide. Das hatte ein paar Jahre leergestanden, und daß er dort einziehen konnte, hängt damit zusammen, daß er mit Maria Massau, der Schwester von Grete Simmel, verlobt war und mit ihr zusammenlebte...

»Aha«, sagte Münster. »Ein Schwager von Ernst Simmel.«

»Mehr oder weniger, ja«, sagte Bausen. »Mach weiter!«

»Podworsky war schon immer ein ziemlich eigenwilliger Typ. Schwer mit umzugehen, das bezeugen viele. Sprach hin und wieder reichlich dem Alkohol zu – allein der Gedanke, diese arme Frau mit hinaus in die Heide zu schleppen... ja, sie kann es nicht sehr lustig dort gehabt haben.«

»Weiter«, sagte Bausen.

»1973 ereignete sich also dieser Todesfall. Podworsky hatte ausnahmsweise, aus irgendeinem ungeklärten Grund, einige seiner Arbeitskollegen zu sich nach Hause eingeladen... nur Männer, wenn ich es recht verstehe?«

Bausen nickte.

»Sie haben reichlich gesoffen, wie man vermuten darf, und einer von ihnen hat sich dann irgendwann an Maria rangemacht... hat ein bißchen mit ihr geflirtet, mehr war es vermutlich nicht, aber Podworsky ist rasend geworden. Er hat einen richtigen Streit angefangen, der damit endete, daß er alle rausgeschmissen hat, außer denjenigen, der sich danebenbenommen hatte. Den hielt er zurück und hat ihn später in der Nacht mit einem Feuerhaken erschlagen... Klaus Molder hieß er.«

»Wurde wegen Totschlag verurteilt«, fuhr Bausen fort. »Hat sechs Jahre in Klejmershuus gesessen. In der Zeit erkrankte Maria Massau an Leukämie... eine Geschichte, die sie offensichtlich seit ihrer Kindheit hatte, die bis dahin aber immer nur latent gewesen war. Ihr Zustand verschlechterte sich immer mehr, und sie starb in dem Monat, in dem Podworsky freigelassen wurde.«

»Hatte er Freigänge, um sie zu besuchen?« fragte Van Veeteren.

»Ja, aber sie wollte ihn nicht sehen«, nahm Kropke den Faden wieder auf. »Das brauchte sie auch gar nicht. Denn sie wohnte die meiste Zeit bei Simmels... am Ende war sie natürlich immer häufiger im Krankenhaus. Als Podworsky rauskam, zog er sofort wieder zurück in das Haus, obwohl es ja Simmel gehörte, der es ihm nur aus verwandtschaftlichen Gründen überlassen hatte, sozusagen... ja, danach versuchte Simmel ein paarmal, ihn da rauszukriegen, aber irgendwann hat er es aufgegeben.«

»Warum?« fragte Van Veeteren.

»Weiß nicht«, sagte Kropke.

»Nun«, sagte Bausen. »Es ist wohl nicht so ganz klar, ob er es einfach leid wurde oder ob da noch was anderes dahintersteckte... jedenfalls hielten sich die Gerüchte die ganzen Jahre über.«

»Welche Gerüchte?« wollte Münster wissen.

»Ach, alle möglichen eigentlich«, sagte Bausen. »Daß Podworsky Simmel gedroht hat, auszupacken... oder daß er irgendwas gegen ihn in der Hand hatte.«

Van Veeteren nickte.

»Ach so«, sagte er. »Die waren beide nicht besonders gut angesehen hier in der Stadt. Sehe ich das recht?«

»Stimmt«, sagte Kropke.

»Warum wurde Podworsky frühzeitig pensioniert?« fragte Van Veeteren. »Das war doch direkt, nachdem er rauskam?«

»Kann man so sagen«, sagte Bausen. »Es war ihm gelungen, sich im Gefängnis einen Rückenschaden oder so zuzulegen... er hatte wohl sowieso nicht besonders große Chancen, 'nen Job zu kriegen.«

»Dann hat er also seitdem da draußen allein gelebt«, sagte Kropke. »Seit 1979... ein richtiger Steppenwolf, kann man wohl sagen.«

»Irgendwelche Straftaten seitdem?« fragte Münster.

»Na ja«, sagte Bausen. »Es wird gemunkelt, daß er Schnaps gebrannt und verkauft hat – oder ihn zollfrei im Osten gekauft hat. Ich war mal Ende der siebziger Jahre da draußen, habe aber nichts finden können. Vielleicht ist er auch gewarnt worden.«

Van Veeteren kratzte sich mit einem Bleistift am Kopf.

»Nun gut«, sagte er. »Und dann haben wir da also noch die Aarlach-Geschichte...«

»Ich muß schon sagen, daß dies ein verdammt merkwürdiger Zufall ist«, sagte der Polizeichef. »Oder meint ihr nicht? Wie, zum Teufel, ist das möglich? Das liegt schließlich zweihundert Kilometer von hier, und Eugen Podworsky ist nie ein großer Freund des Reisens gewesen, eher im Gegenteil. Wie war das Datum noch?«

»Der 15. März 1988«, sagte Kropke. »Da geriet er aus irgendeinem Grund in einer Bar in ein wüstes Handgemenge mit zwei jungen Medizinstudenten, einer davon war Maurice Rühme. Sie haben die ganze Einrichtung im Wert von Tausenden von Gulden zertrümmert, beide, Podworsky und Rühmes

Kumpel, mußten für ein paar Wochen ins Krankenhaus. Es war auch von einer Anzeige die Rede, aber schließlich haben sie sich doch noch gütlich geeinigt.«

»Jean-Claude Rühme?« fragte Van Veeteren.

»Ganz offensichtlich«, sagte Bausen. »Da müssen wir wohl nachhaken, denke ich. Von Melnik ein bißchen Fleisch auf die Knochen kriegen... und diesen zweiten Studenten finden, Christian Bleuwe, hieß er nicht so?«

»Ja, leider«, sagte Van Veeteren.

»Wieso leider?«

»Er ist tot. Das steht nicht im Bericht, aber ich habe Melnik heute morgen angerufen, und er hat es mir bestätigt. Er ist im Zusammenhang mit einem Sprengstoffunglück vor zwei Jahren ums Leben gekommen. Ich habe Melnik gebeten, herauszufinden, um was es da eigentlich bei der Prügelei in der Bar ging. Er wird sich drum kümmern.«

Kropke machte sich Notizen. Bausen runzelte die Stirn.

»Ein Sprengstoffunglück?« wiederholte er.

Van Veeteren nickte und wühlte in seiner Brusttasche.

»Schluß mit den Zahnstochern«, erklärte er. »Hat der Herr Polizeichef vielleicht eine Zigarette für mich?«

Bausen reichte ihm ein Päckchen.

»Was für ein Sprengstoffunglück?« fragte er.

»Offensichtlich eine Terroristengeschichte«, sagte Van Veeteren und klickte mit dem Feuerzeug. »Baskische Terroristen, behauptet Melnik, aber er ist sich da nicht sicher.«

»Wo?« fragte Münster.

»Wo?« wiederholte Van Veeteren und zündete sich die Zigarette an. »Natürlich in Spanien. Irgendwo an der Costa del Sol. Eine Autobombe. Bleuwe und zwei Spanier gingen mit drauf...«

Kropke stand auf und überlegte.

»War das... war das in... wie, zum Teufel, hieß das noch?«

»Meinst du vielleicht Las Brochas?« fragte Van Veeteren und versuchte, einen Rauchkringel zustande zu bringen.

Manchmal übertrifft er sich selbst, dachte Münster.

»Las Brochas, ja, genau!« rief Kropke.

»Nicht ganz«, sagte Van Veeteren. »In Fuengirola ... aber das ist nur zwanzig Kilometer entfernt.«

»Aber was bedeutet das eigentlich?« fragte Kropke. »Kann mir das jemand erklären?«

Bausen stopfte seine Pfeife und sah Van Veeteren an.

»Tja«, sagte dieser, »schwer zu sagen. Wir müssen auf jeden Fall erst mal abwarten, ob wir mehr über diese Schlägerei in der Bar herauskriegen. Vielleicht ist es ja nur ein sonderbarer Zufall ... davon gibt es mehr, als man sich meistens denkt. Aber es ist natürlich auch möglich, daß wir hier den entscheidenden Hinweis haben.«

Einige Sekunden lang herrschte Schweigen, und plötzlich konnte Münster ein Zittern im Raum spüren. Die Konzentration und die intensive Gedankenarbeit jedes einzelnen schienen fast greifbar zu sein, und ein wohlvertrauter Schauder kroch ihm das Rückgrat hinauf. Begann es sich jetzt endlich zu lichten? Würden sie die Sache jetzt aufrollen können?

»Ich nehme Kontakt mit Melnik auf«, sagte Bausen.

»Was machen wir mit Moerk?« fragte Kropke.

Bausen zögerte.

»Ja«, sagte er. »Was meint ihr?«

»Münster und ich nehmen uns ihre Wohnung vor«, sagte Van Veeteren nach einer weiteren Weile des Schweigens. »Ich denke, wir werden da ein bißchen herumschnüffeln, ohne was durchsickern zu lassen ...«

»Dann sollen wir es noch geheimhalten?« fragte Kropke und schaute von einem zum anderen.

»Jedenfalls noch eine Weile«, beschloß Bausen. »Wenn die Zeitungen davon Wind kriegen, ist die Hölle los.«

»Zweifellos«, sagte Van Veeteren.

»Kropke und Mooser«, sagte Bausen. »Ihr spürt Podworsky auf!«

Kropke nickte.

»Und Bang?« fragte Bang.

Bausen überlegte eine Weile.

»Fahr mit dem Rad rüber zu Frau Simmel und prüf nach, ob sie etwas über diese Autobombe weiß. Und über Podworsky natürlich.«

»Jaha . . .?« Bang zögerte und sah etwas beunruhigt aus.

»Kropke bereitet die Fragen vor.«

»Okay«, seufzte Kropke.

»Lagebesprechung um sechs Uhr«, sagte Bausen.

Van Veeteren erhob sich.

»Habt ihr einen Dietrich oder so?« fragte er.

Bausen schüttelte den Kopf.

»Nun ja, dann müssen wir dem Hausmeister was vorlügen.«

Münster knüllte ein Blatt Papier zusammen und warf es in den Papierkorb.

»Entschuldige, noch eine Frage«, sagte er. »Aber ist es wirklich richtig, nicht alle Kräfte daranzusetzen, Inspektor Moerk zu finden?«

»Du meinst die Massenmedien, Suchaktion und das Ganze?« fragte Bausen.

»Ja.«

Bausen kratzte sich im Nacken und sah besorgt aus.

»Der Kommissar macht da einen Fehler«, entschied Van Veeteren. »Wir dürfen nicht anfangen, mit dem Herzen zu denken. Wenn sie lebt, dann lebt sie. Wenn sie tot ist, dann ist sie tot. Das mag zynisch klingen, aber es ist nun mal so. Unter keinen Umständen liegt sie irgendwo und verblutet gerade jetzt. Wir geben uns noch achtundvierzig Stunden – bis Montag mittag. Wenn wir die Höllenmaschinerie doch noch in Gang setzen müssen, ist das früh genug . . .«

»All right«, seufzte Münster.

35

Fast eine halbe Stunde dauerte es, von der Polizeiwache den Vrejhügel hinauf zu Beate Moerks Wohnung, was vor allem daran lag, daß Van Veeteren es nicht besonders eilig zu haben schien. Den ganzen Weg über hatte er die Hände in den Hosentaschen und die Schultern hochgezogen, als fröre er in der bleichen Herbstsonne. Münster versuchte, die eine oder andere Frage zur Diskussion zu stellen, gab aber bald auf. Es war nicht zu übersehen, daß der Kommissar tief in Überlegungen versunken war und nicht gestört werden wollte. Offensichtlich ging er auch davon aus, daß Münster den Weg kannte, denn er hielt sich die ganze Zeit ein paar Schritte hinter ihm, den Blick unverwandt auf die Hacken des Kommissars geheftet.

Mit einiger Mühe gelang es Münster, den Hausmeister aufzuspüren, einen mürrischen Kerl mit einer kräftigen Schweißausdünstung. Durch etwas nebulöse Hinweise auf laufende Ermittlungen, aufgrund deren Frau Moerk sich an einem anderen Ort in wichtigen dienstlichen Angelegenheiten befand, gelang es ihm auch, den Hausmeister zu überreden, sie in die Wohnung zu lassen.

»Ich hoffe, ihr kriegt bald was raus«, meinte dieser mit einem Blitzen in den Augen. »Es haben nicht alle die Möglichkeit, Woche um Woche im See Wharf zu wohnen.«

Van Veeteren wachte auf und bohrte seinen Blick in ihn.

»Wenn ich Sie wäre, würde ich verdammt vorsichtig sein mit meinen Äußerungen«, knurrte er. »Und außerdem würde ich nach Hause gehen und mich waschen. Machen Sie jetzt die Tür auf!«

Der Hausmeister schwieg und schloß die Tür auf.

»Danke, jetzt kommen wir allein zurecht«, sagte Van Veeteren.

»Ich glaube nicht, daß wir hier irgendwas finden werden.«

Münster sah sich um.

»Warum nicht?«

»Weil der Mörder genügend Zeit gehabt hat, herzukommen und alles wegzuräumen, was er wegräumen wollte... mehr als genug Zeit.«

Münster nickte.

»Du warst schon mal hier, oder?«

»Einmal«, nickte Münster. »Wonach sollen wir suchen?«

»Nach dem Melnikbericht natürlich«, sagte Van Veeteren.

»Moerks Exemplar vom Melnikbericht. Ich wette hundert Gulden, daß du ihn nicht finden wirst.«

»Ja?« wunderte sich Münster. »Und warum nicht?«

»Hrrrm, das wirst du schon merken. Wo würde er wohl sein, was meint der Kommissar?«

Münster überlegte.

»Im Arbeitszimmer«, sagte er. »Sie hat sich so ihre eigenen Theorien von den Morden gemacht... hat mehrere Notizblöcke mit Aufzeichnungen.«

»Ist das hier?«

»Ja.«

»Halt«, sagte Van Veeteren. »Bevor wir mit der Suche anfangen... bemerkst du etwas Ungewöhnliches? Etwas, das darauf hindeutet, daß hier jemand herumgeschnüffelt hat?«

Münster betrachtete den ordentlichen Schreibtisch mit Stiftdose, Block, Telefon, Papieren. Die Bücherregale mit Bambusrollos, Reproduktionen von Kandinsky und Schaffner...

»Nein«, sagte er.

»Eine ordentliche Frau, kein Zweifel«, stellte der Hauptkommissar fest. »Er müßte auf dem Schreibtisch liegen, oder?«

»Das nehme ich an«, sagte Münster.

Nach zehnminütiger Suche hatte Van Veeteren genug und gab auf. Er verließ die Wohnung und sagte dem Hausmeister, er könne die Tür wieder abschließen. Der Alte murmelte etwas, traute sich aber offensichtlich nicht, weitere Meinungsäußerungen über den vermeintlichen Nutzen der Polizeibeamten für die Allgemeinheit von sich zu geben.

»Es gibt zwei Alternativen«, erklärte Van Veeteren, als sie auf die Rejders Allee gekommen waren, die zum Zentrum hinunterführte. »Entweder sie hatte ihn mit im Auto dabei, oder er war da und hat ihn nachts rausgeholt.«

»Entschuldige meine Begriffsstutzigkeit«, sagte Münster. »Aber warum glaubst du, daß er so wichtig ist?«

»Weil sie darin etwas notiert hat, natürlich«, schnaubte Van Veeteren. »Sie hat dir doch mitteilen lassen, daß ihr bezüglich des Melnikberichts irgend etwas aufgefallen ist. Was immer das auch gewesen sein mag – sie hat es mit Sicherheit markiert. Ein Fragezeichen, ein Kreuz, etwas unterstrichen ... was auch immer. Was vermutlich genügen würde, uns auf seine Spur zu bringen, wenn wir es sehen. Klar?«

»Wenn der Hauptkommissar es so sagt, ja«, meinte Münster.

Sie legten die folgenden zehn Meter schweigend zurück.

»Dann ist es also nicht Podworsky?« fragte Münster.

»Ich weiß nicht. Ich habe da so meine Zweifel, aber verdammt noch mal, natürlich kann er es sein ... es ist dieses Wort ›bizarr‹, das mich irritiert. Man kann wohl alles mögliche über einen Einzelgänger denken, aber warum sollte er bizarr sein?«

Münster antwortete nicht.

»Wenn wir mehr Glück als Verstand haben, liegt er im Auto«, fuhr Van Veeteren fort. »Aber das wäre schon ein bißchen viel verlangt.«

»Bist du Spezialist im Autoknacken?« fragte Van Veeteren, als sie sich der Räucherei näherten.

»Geht so«, meinte Münster.

»Es wäre nur ganz gut, nicht zuviel Aufmerksamkeit zu erregen. Es laufen hier doch einige Leute herum, und es wäre ja schade, wenn die den Braten riechen würden, daß hier etwas nicht stimmt, wo wir doch die Geschichte bis Montag unterm Deckel halten wollen.«

Er zog einen Stahldraht aus der Tasche.

»Geht's damit?«

Münster begutachtete ihn.

»Denke schon.«

»Na, gut. Ich bleibe hier. Du gehst hin und machst auf. Eine halbe Minute, mehr nicht...«

Münster ging auf den Parkplatz. Er hockte sich hinter den roten Mazda, und nach zehn Sekunden war es soweit.

»Prima«, sagte der Hauptkommissar, als er zu ihm trat. »Dann spring rein, Mann!«

Sie brauchten nur ein paar Minuten, um festzustellen, daß Beate Moerks Auto ebenso wenige Spuren aufzuweisen hatte wie ihre Wohnung. Jedenfalls war jetzt klar, daß weder sie noch ihr mutmaßlicher Mörder so leichtsinnig gewesen war, irgendeinen wichtigen Bericht im Auto liegenzulassen.

Van Veeteren stieg seufzend wieder aus.

»Komm«, sagte er. »Wir gehen ihre Strecke noch einmal ab. Diesmal auch den Strand.«

Münster nickte.

»Und halte die Augen offen! Sie ist hier irgendwo gestern abend verschwunden, das steht fest. Und es gibt in diesem Fall nicht viel, das feststeht.«

»Stimmt«, sagte Münster, »da bin ich deiner Meinung.«

Van Veeteren suchte in seinen Taschen nach Zigaretten und fand zu seiner Freude Bausens Päckchen.

»Irgendwo«, sagte er und zeigte vage in die Richtung, »irgendwo da hat er gestern abend auf der Lauer gelegen. Hat dagehockt und gewartet, daß sie angelaufen kommt. Und dann...«

»Und dann?« fragte Münster.

Van Veeteren zündete sich eine Zigarette an und betrachtete das abgebrannte Streichholz, bevor er es über die Schulter wegschnipste.

»Ich weiß nicht«, sagte er. »Verdammt noch mal. Aber eine Sache ist jedenfalls klar. Er hat sein Opfer diesmal nicht mit der Axt erschlagen... jedenfalls nicht hier draußen. So viel Blut hätten wir gar nicht übersehen können...«

»Klingt richtig tröstlich«, sagte Münster.

»Natürlich tut es das«, sagte der Hauptkommissar. »Wollen wir?«

36

»Wie läuft's?« fragte Hiller.

Van Veeteren betrachtete das Telefon voller Abscheu.

»Gut«, sagte er.

»Gut?« wiederholte Hiller. »Du bist doch schon fast einen Monat da – es gibt Leute, die meinen, es wäre langsam an der Zeit, den Fall mal aufzuklären.«

»Diese Leute sind herzlich willkommen, uns dabei zu helfen«, erwiderte Van Veeteren.

»Du könntest ja zumindest eine Art Bericht schicken. Gewisse Leute wollen wissen, was ihr da unten eigentlich treibt...«

»Gewisse Leute können mich von mir aus am Arsch lecken.«

Hiller murmelte etwas Undefinierbares.

»Brauchst du Verstärkung?«

»Nein«, sagte Van Veeteren. »Aber Münster will sicher für ein paar Tage nach Hause fahren.«

»Warum denn?«

»Frau und Kinder. Schon mal was davon gehört?«

Hiller murmelte wieder etwas.

»Soll Reinhart mit ihm tauschen?«

»Warum nicht«, sagte Van Veeteren. »Ich werde mit Münster reden, aber wir warten damit bis Montag abend.«

»Montag? Warum bis Montag abend?«

»Lies die Zeitungen, dann wirst du es verstehen.«

»Was zum Teu...?«

»Oder sieh fern. Der Fall wird dann in einem neuen Licht erscheinen, wie man so sagt.«

Einige merkwürdige Geräusche waren im Hörer zu vernehmen, aber Van Veeteren konnte nicht ausmachen, ob das an der schlechten Verbindung lag oder ob es der Polizeipräsident war, der nach Luft schnappte.

»Soll das heißen, die polizeiliche Berichterstattung soll über die Massenmedien laufen? Das ist ja wohl das Unglaublichste…«, konnte er noch formulieren, bevor Van Veeteren ihn unterbrach.

»Leider«, sagte er. »Ich muß jetzt los und einen widerlichen Banditen beschatten. Ich melde mich.«

Es knisterte wieder. Der Hauptkommissar legte den Hörer auf und zog den Stecker heraus.

Mit drei dunklen Bieren in einem Eimer mit kaltem Wasser auf dem Boden und einer Schale fetter Oliven in bequemer Reichweite kletterte er in die Badewanne und löschte das Licht.

Er schloß die Augen und legte den Kopf auf dem Badewannenrand zurecht. Streckte die Hand aus, fischte die geöffnete Flasche heraus und trank ein paar große Schlucke.

Ich steige hier nicht eher wieder raus, bevor ich den Fall gelöst habe, dachte er, sah aber schnell ein, daß es wohl besser war, seine Ansprüche etwas niedriger zu schrauben. Was würden wohl die anderen am Montag sagen, wenn sie neben einer verschwundenen Inspektorin auch noch einen ertrunkenen Kriminalhauptkommissar hätten, um den sie sich kümmern mußten?

Genug mit den selbst auferlegten Ansprüchen und dem Quatsch, beschloß er. Zurück zur Ausgangslage. Der Henker. Konzentration ist angesagt.

Es gab eine alte Regel, die immer wieder mal auftauchte und die er ganz bestimmt von Borkmann übernommen hatte, einem dieser wenigen Polizeibeamten, die er kannte, die ihm gleichzeitig Respekt und Bewunderung eingeflößt hatten. Vermutlich der einzige, wenn er es näher betrachtete… was sicher auch etwas mit dem Zeitaspekt zu tun hatte. Borkmann war in seinem letzten Dienstjahr gewesen, als Van Veeteren selbst gerade sein erstes als Polizeianwärter angetreten hatte. Wie dem auch sei, das Vertrauen in Borkmann besaß er immer noch, und er sah auch keinen Grund, es in Frage zu stellen. Selbst ein geläuterter alter Bulle braucht ab und zu einen festen Punkt, eine Rettungsboje in seinem Dasein... Borkmanns Regel war übrigens eigentlich gar keine richtige Regel, eher ein Hinweis, eine Richtmarke für verzwickte Fälle...

Bei allen Ermittlungen, so hatte Borkmann behauptet, gibt es einen Punkt, ab dem wir eigentlich keine weiteren Informationen mehr benötigen. Wenn wir an dem Punkt angelangt sind, wissen wir bereits genug, um den Fall mit Hilfe reiner Gedankenarbeit zu lösen. Ein gutes Ermittlungsteam weiß, wann es sich an diesem Punkt befindet oder wann man ihn bereits überschritten hat. In seinen Memoiren behauptete Borkmann sogar, daß es gerade diese Fähigkeit oder Unfähigkeit ist, die den guten Detektiv vom schlechten unterscheidet.

Der schlechte sucht unnötigerweise weiter.

Van Veeteren leerte die erste Flasche und nahm zwei Oliven. Wie war das noch mit der Information, die nach dem Punkt der Sättigung hereinströmte? Ja:

Im besten Fall spielte sie keine Rolle.

Im Normalfall richtete sie nicht besonders viel Schaden an.

Im schlimmsten Fall war sie von großem Nachteil. Sie überdeckte andere, lenkte die Aufmerksamkeit vom Wesentlichen ab und bereitete Probleme.

Van Veeteren kaute und lutschte die Kerne sauber. Natürlich stimmte das. Und natürlich war das hier einer der Fälle, die in die letzte Kategorie paßten. Wieviel einfacher war es doch, jemanden zu fassen, der sich mit einem Mord begnügte, statt einen Serienmörder einzukreisen, bei dem die Informationen... Hinweise, Spuren, Fäden und Verdächtigungen fast notwendigerweise das Einfache, Klare in der Masse ertrinken ließen.

Wieviel einfacher war es doch, einen Bauernvorteil zum Gewinn zu nutzen, wenn die Anzahl der Figuren kleiner war.

Die Frage war nur: Hatten sie den Punkt bereits überschritten?

Wußte er jetzt, in diesem heißen Bad, genug, um den Henker zu überführen? Hatte es überhaupt noch einen Sinn, mit diesem Suchen nach Fäden und Spuren fortzufahren?

Er tastete auf dem Boden des Eimers nach dem Öffner. Wußte die Frage bereits im voraus. Hatte sich zumindest entschieden.

Ja.

Ja. Der Mörder befand sich unter ihnen. Sorgfältig verborgen in dem Wirrwarr von Verhören, Protokollen und Diskussionen. Versteckt und untergetaucht in den noch verwinkelteren Windungen seines eigenen Gehirns. Den Henker gab es dort. Es ging nur noch darum, ihn hervorzuholen.

Zumindest den Öffner fand er. Immerhin.

Pro primo, dachte er.

Drei Männer sind in Kaalbringen ermordet worden. Heinz Eggers am 28. Juni. Ernst Simmel am 31. August. Maurice Rühme am 8. September. Die gleiche Waffe, die gleiche Vorgehensweise. Der gleiche Täter.

Ganz ohne Zweifel.

Pro secundo.

Trotz umfassender emsiger Arbeit war es nicht gelungen, auch nur die geringste Verbindungskette zwischen den drei Opfern herzustellen (abgesehen davon, daß sie alle erst in diesem Jahr nach Kaalbringen gezogen waren), bevor ihnen ein Bericht über den Aufenthalt des dritten Opfers in Aarlach in die Hände fiel. Danach entdeckten alle sofort, daß ein gewisser Eugen Podworsky bei zweien der Fälle im Hintergrund auftaucht (aber nur im Hintergrund, nota bene). Inspektorin Moerk liest den Bericht und stolpert über etwas »Bizarres«. Sie erklärt, sie wolle die Sache überprüfen, ausgehend von dem Bericht, und …

Pro tertio.

...wird von dem Mörder entlarvt, nein, ertappt oder beobachtet bei ihrem Kontrollvorhaben (worum immer es sich dabei handeln mag – möglicherweise hat er sie rein zufällig dabei gesehen). Der Mörder folgt ihr und schlägt zu (?), als Moerk sich weit genug im Wald befindet, dort, wo Hase und Fuchs sich gute Nacht sagen.

Ungefähr so, ja. Das war eigentlich alles. Gab es überhaupt Raum für alternative Szenarien? Doch, natürlich gab es den. Er wollte es nur nicht glauben, das war alles. So mußte es sich abgespielt haben. Er nahm noch einen Schluck und überlegte, ob er nicht gehen und sich eine Zigarette holen sollte.

Rauchen in der Badewanne? Welcher Verfall der Sitten?

Aber warum eigentlich nicht? Tropfend und zitternd tappte er ins Zimmer. Holte den Aschenbecher, das Feuerzeug und Bausens altes, zerknittertes HB-Päckchen und sank zurück in die Wärme. Zündete eine Zigarette an und machte ein paar tiefe Lungenzüge.

Pro... o Scheiße, wie hieß vier auf lateinisch? War ja auch gleich.

Viertens: Was war das, was Moerk entdeckt hatte? Was nur?

Was verdammt noch mal war es, was sie gefunden hatte und das sonst niemand, nicht einmal er selbst bemerkt hatte? Wenn es sich nicht nur um Podworsky handelte. Aber je länger er darüber nachdachte, desto sicherer wurde er, daß es das nicht sein konnte. Er hatte den Bericht noch ein weiteres Mal gründlich studiert und nicht den geringsten Hinweis gefunden... Bausen, Münster und Kropke auch nicht. Das war unbegreiflich. Bizarr.

Bizarr?

Und wohin war sie gefahren?

Überprüfen?

Was überprüfen?

Er schlug mit der Faust aufs Wasser und wunderte sich einen Moment lang über den geringen Widerstand. War sie so verflucht eigensinnig, daß sie sich allein in die Höhle des Mörders begab? Direkt in seine Arme, wie irgend so eine Filmdetektivinnenmieze?

Das konnte er nicht glauben. Das war einfach nicht vorstellbar. Wenn es eine Person in dieser Polizeitruppe gab, zu der er Vertrauen gefaßt hatte, dann war es Inspektorin Moerk, nun ja, zu Bausen natürlich auch, das mußte er zugeben. Aber daß Beate Moerk sich darangemacht haben sollte...

Nein, er weigerte sich, das zu glauben.

Was blieb also?

Daß der Mörder Glück gehabt hatte?

Gut möglich.

Daß sie ihm schon früher auf der Spur gewesen war und er das gemerkt hatte? Sie heimlich beobachtet hatte?

Auch das war möglich. Münster hatte von Privatdetektivambitionen geredet...

Er ließ die Zigarette in den Eimer fallen. Wer braucht schon einen Aschenbecher? dachte er.

Und wohin war sie gefahren?

Das war der Knackpunkt. Er nahm ein paar Oliven. Ungefähr zwischen fünf vor halb sieben und fünf, zehn nach sieben gestern abend war Beate Moerk mit ihrem roten Mazda vom See Wharf zum Parkplatz der Räucherei an der Esplanade gefahren. Irgendwo auf dem Weg hatte sie etwas Bizarres überprüft und dabei die Aufmerksamkeit des Mörders auf sich gelenkt.

Möge der rote Wagen auch die Aufmerksamkeit anderer auf sich gezogen haben, dachte Van Veeteren, das könnte was nützen. Aber dann müßte man das ganze Theater erst ankurbeln, erinnerte er sich.

Danach tauchte Laurids Reisin wieder in seinem Kopf auf – und Frau Reisin mit ihrem abgetragenen Mantel, und Frau Marnier, eine von Simmels Frauenbekanntschaften, die er an einem Nachmittag vor mehreren hundert Jahren befragt hatte, und ihm wurde klar, daß er einer weiteren Attacke von Überinformationen ausgesetzt war. Deshalb knipste er das Licht an und beschloß, den Melnikbericht noch einmal durchzugehen. Und sei es nur als eine Art Gegengift.

Danach wartete ein Gespräch mit Münster in der Bar auf ihn. Er mußte sich ja schließlich vergewissern, ob der Kommissar wirklich nach Hause zu Frau und Kindern wollte.

»Nicht nötig«, sagte Münster.

»Was ist nicht nötig? Und warum verflucht noch mal, sitzt der Herr Kommissar lächelnd da?«

Münster wendete den Kopf ab und hustete in die Hand.

»Entschuldige«, sagte er. »Aber Synn und die Kinder kommen morgen her. Sie hat vor einer halben Stunde angerufen.«

»Kommen hierher?« rief der Hauptkommissar und sah vollkommen verblüfft aus.

»Ja, sie hat von einer Freundin ein Ferienhaus bei Geelnackt gemietet ... das ist nur zehn Kilometer von hier. Ich ziehe morgen nachmittag dorthin.«

Van Veeteren dachte eine Weile nach.

»Münster«, sagte er. »Ich glaube, du hast eine wirklich tolle Frau erwischt.«

»Ich weiß«, sagte Münster und sah peinlich berührt aus.

Sie prosteten sich zu, und der Hauptkommissar winkte den Nachschub heran.

»Aber nur ein Kleines«, erklärte er. »Wie oft hast du den Melnikbericht gelesen?«

»Zweimal«, sagte Münster.

»Irgendwas gefunden?«

Münster schüttelte den Kopf.

»Was hältst du von dieser Bombengeschichte?« fragte er.

Van Veeteren zögerte eine Weile.

»Schwer zu sagen«, sagte er. »Mir will nicht ganz einleuchten, was so einer wie Heinz Eggers mit den baskischen Separatisten zu tun haben sollte ... ebensowenig wie die anderen. Wir müssen wohl abwarten, ob Bausen bis morgen irgendwas Neues herausgefunden hat. Was glaubst du?«

»Gar nichts«, sagte Münster. »Auf jeden Fall hoffe ich, daß ich um eine Reise an die Sonnenküste herumkomme, jetzt, wo ich meine Familie und alles hier habe.«

»Darauf hast du mein Wort«, sagte Van Veeteren. »Übrigens, wo ist denn Cruickshank? Ich dachte, das hier wäre der feste Anker in seinem Dasein.«

»Ist vor 'ner Viertelstunde hochgegangen, wollte ins Bett«, sagte Münster. »War wohl etwas sauer, daß der Hauptkommissar die Insidergespräche eingestellt hat, nehme ich an.«

»Ja, Scheiße«, sagte Van Veeteren. »Nun ja, wenn er sich bis Montag geduldet, wird er um so mehr zu berichten haben.«

O ja, dachte Münster.

37

Der Sonntag vor dem entscheidenden Montag bot einen klaren Morgen mit sanfter Brise aus Südwest. Van Veeteren und Münster beschlossen, ohne ein Wort darüber wechseln zu müssen, zu Fuß zur Polizeiwache zu gehen.

Es war ganz einfach so ein Tag dafür, und der Kommissar konnte deutlich das Zögern und den Widerstand in seinen eigenen und in den Schritten des Hauptkommissars spüren. In dem Moment, als sie aus der Weivers Gasse hinaustraten, begannen die Glocken der Bungeskirche zum ersten Gottesdienst zu läuten. Van Veeteren blieb stehen. Er schaute zu dem dunklen Portal hinauf und murmelte etwas Unverständliches. Münster betrachtete die Verzierungen. Die hanseatischen Schmuckgiebel. Die mythologische Bronzeskulptur mit dem leise rinnenden Wasser. Den schräg abfallenden Markt, der friedlich unter dem spröden Klang dalag... vollkommen verlassen, abgesehen von ein paar Tauben, die herumspazierten und zwischen den Kopfsteinen nach Futter pickten. Sowie einem dunkelhäutigen Straßenfeger, der hinten beim Buchladen stand und Verdi pfiff.

Münster schob die Hände in die Taschen. Klemmte sich die

dünne Aktentasche unter den Arm, und während sie den unebenen Platz überquerten, beschlich ihn ein Gefühl der Absurdität dieses Daseins. Des unzweifelhaft in ihm enthaltenen Wahnsinns. Wie absurd erschienen doch ihr Auftrag und ihr Vorhaben in dieser schlummernden kleinen Küstenstadt an einem Sonntagmorgen wie diesem? »Wie bleich sieht doch der Mörder im Tageslicht aus?« Wer hatte das noch mal gesagt? Und wie unmöglich war es, sich ernsthaft vorzustellen, daß sie wieder einmal, Gott weiß, zum wievielten Mal, auf dem Weg waren, um sich um den ovalen Tisch in dem pestgelben Konferenzzimmer der Polizeiwache zu quetschen ... sich hinzusetzen, die Hemdsärmel hochzukrempeln und von neuem damit anzufangen, die Frage zu erörtern, wer dieser Verrückte wohl sein mochte.

Der in dieser Idylle herumging und seinen Mitmenschen den Kopf abschlug.

Er, dessentwegen eine ganze Stadt in Angst und Schrecken lebte und dessen Tun und Lassen der allgemeine und fast einzige Gesprächsstoff in den letzten Wochen gewesen war.

Er schließlich, dessen Identität herauszubekommen die verdammte Pflicht und Schuldigkeit des Hauptkommissars und seiner Kollegen war, damit das alles hier endlich wieder seinen gewohnten Gang gehen konnte ...

Und was, verdammt noch mal, würden die Leute morgen sagen?

Ja, absurd ist das richtige Wort, dachte Münster und blinzelte in die Sonne über dem Kupferdach der Polizeiwache. Oder vielleicht bizarr, um Beate Moerks Ausdruck zu benutzen.

War es tatsächlich möglich, daß sie in diesem Augenblick irgendwo in der Stadt oder ihrer Umgebung mit einem abgeschlagenen Kopf lag? Ein Stück langsam verrottender Körper, der nur darauf wartete, entdeckt zu werden? War es möglich, sich das vorzustellen? Sie, die er fast ...

Er schluckte und trat nach einer leeren Zigarettenschachtel, die offenbar dem Straßenkehrer entgangen war.

Und heute nachmittag sollte er Synn und die Kinder wiedersehen.

Und wie kam es – das mußte er sich schließlich auch fragen –, daß sie sich zu dieser Reise ohne die geringste Vorwarnung entschlossen hatte? War es wirklich nur eine plötzliche Eingebung gewesen, wie sie es am Telefon genannt hatte – gerade zu diesem Zeitpunkt?

Um Viertel nach acht am Freitagabend.

Das mußte ja fast auf die Minute genau der Zeitpunkt gewesen sein, als ...

Während ihrer langen Zusammenarbeit im Polizeidienst war es zwei- oder dreimal vorgekommen, daß der Hauptkommissar mit ihm über die Muster im Dasein gesprochen hatte. Über verborgene Zusammenhänge, Choreographien und Erscheinungen ... Determinanten, was es auch immer war, aber das hier übertraf das meiste um Längen, oder?

Ihn überlief ein Schauder, und er hielt die Tür offen für das, was die Zukunft ihm bringen mochte.

»Wir haben ihn«, sagte Bausen.

»Wen?« fragte Van Veeteren gähnend.

»Podworsky natürlich«, sagte Kropke. »Er sitzt unten in der Zelle. Wir haben ihn vor einer halben Stunde unten im Hafen geschnappt.«

»Im Hafen?«

»Ja. Er war seit gestern morgen beim Fischen ... jedenfalls nach seiner Aussage. Er hat sich von Saulinen ein Boot gemietet, das macht er ab und zu.«

Van Veeteren sank auf einen Stuhl.

»Habt ihr ihn schon in der Mangel gehabt?« fragte er.

»Nein«, sagte Bausen. »Er hat keine Ahnung, worum es geht.«

»Gut«, sagte Van Veeteren. »Ich denke, wir sollten ihn noch eine Weile schmoren lassen.«

»Ganz meine Meinung«, sagte Bausen. »Ich will nicht, daß wir die Sache übereilen.«

Frau deWitt kam mit einem Kaffeetablett herein.

»Weil Sylvie doch sonntags geschlossen hat«, erklärte sie und enthüllte zwei duftende Obstkuchen.

»Brombeeren?« fragte Bausen.

Frau deWitt nickte und versuchte ein strahlendes Lächeln zu unterdrücken.

»Irmgaard, du bist ein Schatz«, sagte Bausen, und die anderen bezeugten murmelnd ihre Zustimmung.

»Was Neues seit gestern?« fragte Van Veeteren und wischte sich die Mundwinkel ab.

»Ich habe mit Melnik geredet«, sagte Bausen. »Er ist weiter an dieser Kneipenschlägerei dran, aber er glaubt, daß es da nicht besonders viel zu holen gibt. Es ist ja nie zur Anzeige gekommen. Er hat nur einen Zeugen gefunden, eine Frau, die dabei war, aber sie hat natürlich keine Ahnung, worum es eigentlich ging. Vielleicht war es nur die übliche Prügelei unter Besoffenen, ein Streit um irgendwas vollkommen Nebensächliches, der aus irgendeinem Grund zur Schlägerei ausgeartet ist. Wie auch immer, es wird wohl besser sein, wenn wir selbst versuchen, Podworsky in dieser Sache auszuquetschen.«

Van Veeteren nickte.

»Die Spaniengeschichte?« fragte Münster.

Bausen zuckte mit den Schultern und sah unschlüssig aus.

»Wie wir schon gestern gesagt haben… es scheint ein absoluter Zufall gewesen zu sein. Bleuwe war keiner von Rühmes engsten Freunden in Aarlach. Keiner von ihnen hatte irgendwelche bekannten Verbindungen nach Spanien, und die Bombenexplosion war tatsächlich eine Terroristensache. Die ETA hat sogar die Verantwortung übernommen, und das machen sie eigentlich nur dann, wenn sie wirklich dahinterstecken.«

»Und Grete Simmel verstand gar nicht, wovon Bang geredet hat«, warf Kropke ein.

»Was für sich genommen nicht viel zu bedeuten hat«, stellte Bausen fest.

»Also ein Zufall«, sagte Van Veeteren und betrachtete seinen leeren Teller.

Bausen zündete seine Pfeife an.

»Sonst noch was, was wir besprechen sollten, bevor wir uns Podworsky vornehmen?«

Kropke räusperte sich.

»Nun ja, nichts von Bedeutung«, sagte er. »Ich habe mir Moerks Laufstrecke auch angesehen. Bin sie heute morgen entlanggelaufen . . .«

»Ja, und?« fragte Bausen.

»Ich habe auch nichts gefunden«, sagte Kropke.

»Na, so was«, sagte Van Veeteren.

»Dann also zu Podworsky«, sagte Bausen. »Wie wollen wir vorgehen?«

Münster schaute sich am Tisch um: Kropke, Mooser und Bausen. Van Veeteren und er selbst. Assistent Bang hatte ganz offensichtlich verschlafen, oder aber der Polizeichef hatte ihm einen Ruhetag zugestanden – was keine aufsehenerregende Handlung wäre, wenn man es mal näher betrachtete.

Van Veeteren ergriff das Wort.

»Wenn ihr nichts dagegen habt«, sagte er, »dann würde ich gern zusammen mit Kommissar Münster die erste Runde bestreiten.«

Möglicherweise schaute Kropke etwas mürrisch, aber der Ermittlungsleiter nickte nur und ging, um das Tonbandgerät zu holen.

38

Eugen Podworsky sah eindeutig mürrisch aus. Als Kropke und Mooser ihn im Verhörzimmer ablieferten, glänzte sein zerfurchtes Gesicht rot vor Verärgerung, und um seine Meinung über den Lauf der Dinge klarzustellen, schlug er mit seinen enormen Fäusten auf den Tisch.

»Verdammt noch mal, seht zu, daß ich den Quatsch hier loswerde!« brüllte er.

Van Veeteren nickte. Kropke schloß die Handschellen auf und verließ das Zimmer gemeinsam mit Mooser.

»Bitte, setzen Sie sich«, sagte Van Veeteren. »Mein Name ist Hauptkommissar Van Veeteren.«

»Ich scheiß drauf, wie du heißt«, sagte Podworsky und setzte sich auf den Stuhl. »Was, zum Teufel, hat das hier zu bedeuten?«

»Ich werde Sie wegen der Morde an Heinz Eggers, Ernst Simmel und Maurice Rühme vernehmen.«

»Was soll der Scheiß?« schimpfte Podworsky. »Schon wieder?«

Van Veeteren gab Münster ein Zeichen, das Tonband einzuschalten. Münster drückte auf den Knopf, und der Hauptkommissar ging die Formalitäten durch. Podworsky antwortete meistens, indem er schnaubte oder fluchte, aber nachdem man ihm zu guter letzt eine Zigarette angezündet hatte, begann er, zumindest in Münsters Augen, sich etwas kooperativer zu verhalten.

»Okay«, sagte er. »Dann etwas Beeilung, damit wir die Sache aus der Welt kriegen. Ich habe eine halbe Tonne Fisch da draußen, die verrottet mir...«

»Wo waren Sie am Freitag abend?« fing Van Veeteren an.

»Am Freitag?« wiederholte Podworsky. »Warum, zum Teufel, wollen Sie wissen, was ich am Freitag gemacht habe? Der letzte ist doch schon vor einer ganzen Weile umgebracht worden...?«

»Wenn Sie meine Fragen beantworten, statt sich aufzuregen, geht es schneller«, entgegnete Van Veeteren. »Ich dachte, Sie hätten es eilig.«

Podworsky öffnete den Mund und schloß ihn gleich wieder.

»Jaha...«, sagte er schließlich und schien nachzudenken.

Van Veeteren verzog keine Miene.

»Am Abend habe ich nichts Besonderes gemacht«, erklärte Podworsky schließlich. »Ich war in der Stadt und habe nachmittags mit Saulinen das mit dem Boot abgesprochen – hab die Schlüssel gekriegt und so. Dann bin ich nach Hause gefahren. Nächste Frage, bitte!«

»Was haben Sie in der Nacht gemacht, als Simmel ermordet wurde?«

»Das habe ich doch dieser Frau da schon gesagt. Ich war zu Hause und habe geschlafen. Das pflege ich nachts immer zu tun.«

»Jemand, der das bestätigen kann?« fragte Münster.

»Meine Katzen«, sagte Podworsky.

»Und als Rühme starb?« fuhr der Hauptkommissar fort.

»Wann war das?«

»In der Nacht vom achten auf den neunten.«

»Was weiß ich. Das gleiche, nehme ich an.«

»Kannten Sie Heinz Eggers?«

»Nein.«

»Ein Alibi für den Fall Eggers?«

»Ich war in Chadew. Hört auf, mich über Sachen zu befragen, die ich schon erzählt habe!«

»All right«, sagte Van Veeteren. »Was haben Sie im März 1988 in Aarlach gemacht?«

»Wie?«

»Sie haben es gehört.«

»In Aarlach 1988?«

»Nun tu nicht so«, schnaubte Van Veeteren. »Schließlich hast du eine Woche im Krankenhaus gelegen.«

»Ach so, ja«, grunzte Podworsky. »Geht es um diese blöde Sache? Was, zum Teufel, hat die denn damit zu tun?«

»Wer stellt hier die Fragen, du oder wir?«

Podworsky stöhnte.

»Du bist mir vielleicht ein Scheißkerl.«

»Ich denke, wir machen eine Pause«, sagte Van Veeteren. Er schob seinen Stuhl zurück und stand auf. »Ich habe mal gehört, daß man in einigen Ländern verrotteten Fisch ißt, ich glaube, in Schweden, wenn ich mich nicht irre.«

»O Scheiße, wartet mal!« rief Podworsky. »Aarlach... natürlich kann ich dir das sagen, wenn du es unbedingt hören willst. Setz dich!«

Van Veeteren setzte sich. Podworsky zündete sich eine neue Zigarette an und kratzte sich am Kopf.

»Nun?« fragte Van Veeteren.

»Ab wann ist illegaler Alkoholhandel verjährt?« fragte Podworsky.

»Kein Problem«, sagte Van Veeteren.

»Sicher?«

Van Veeteren nickte.

»Traue nie einem Bullen«, sagte Podworsky. »Schalte das verfluchte Band ab!«

Der Hauptkommissar nickte, und Münster stellte es ab.

Podworsky ließ ein heiseres Lachen hören.

»Also gut. Jetzt werdet ihr was zu hören kriegen. Ich war an eine Ladung Schnaps gekommen, die umgesetzt werden mußte...«

»Drangekommen?« fragte Van Veeteren.

»So sagt man, ja«, erklärte Podworsky.

»Wieviel?«

»Ziemlich viel.«

Van Veeteren nickte.

»Und dann hatte ich da einen Kumpel, einen Dänen, in Aarlach, der hatte einen Käufer... so einen bescheuerten Medizinerheini, der, wie sich herausstellte, keine Lust hatte, das zu bezahlen, was er sollte.«

»Wie hieß er?« warf Münster ein.

»Wie er hieß? Keine Ahnung. Weiß ich nicht mehr. Doch, irgendwas mit B..., Bloe-irgendwie...«

»Bleuwe?« schlug Van Veeteren vor.

»Ja, so hieß er wohl... so ein Akademikeridiot, der dachte, er könnte einen Deal machen, indem er seinen scheißvornehmen Kumpels Schnaps verkauft. Wir waren uns über alles einig geworden, es fehlte nur noch die Bezahlung...«

»Und?« fragte Van Veeteren.

»Das wollten wir in dieser Kneipe regeln, und dann sitzt dieser kleine Angeber doch mit seinem Freund da und glaubt, er kann mich anscheißen. Was krieg ich dafür, Herr Schutzmann?«

»Um wieviel handelte es sich?« fragte Münster.

»Um eine ganze Menge«, antwortete Podworsky. »Wir hatten schon reichlich was gekippt, und ich wurde natürlich sauer. Ich ärgere mich nur ...«

»Worüber?« fragte Van Veeteren.

»Daß ich nicht auf den Dänen gewartet habe, bevor ich loslegte«, erklärte Podworsky und bekam plötzlich einen Hustenanfall. Er drehte sich zur Seite und krümmte sich zusammen, die Hände vor dem Mund, und so blieb er sicher eine halbe Minute sitzen.

Münster schaute den Hauptkommissar an. Er versuchte herauszubekommen, was dieser dachte, aber wie immer war das unmöglich. Ihm selbst erschien Podworskys Geschichte ziemlich glaubwürdig. Zumindest schien es nichts zu sein, was er sich gerade ausgedacht hatte.

Obwohl man natürlich nie ganz sicher sein konnte. Er hatte schon anderes erlebt. Und sich schon früher geirrt.

»Wie hieß sein Freund?« fragte Van Veeteren, als Podworsky aufhörte zu husten.

»Was?«

»Bleuwes Freund. Wie hieß er?«

»Keine Ahnung«, sagte Podworsky.

»Hat er sich nie vorgestellt?« fragte Münster.

»Schon möglich, aber verdammt noch mal, ihr könnt doch nicht erwarten, daß ich mich noch an den Namen von jemandem erinnere, dem ich vor zwölf Jahren eins auf die Fresse gegeben habe ...«

»Vor zehn«, sagte Van Veeteren. »Wie hieß er?«

»Scheiße, was soll das?« fragte Podworsky. »Seid ihr total bescheuert, oder worum geht es bei der Frage?«

Van Veeteren wartete ein paar Sekunden, während Podworsky die beiden Beamten anstarrte. Sein Blick wanderte von einem zum anderen, als würde er darüber grübeln, wie es möglich war, daß er zwei Idioten statt zwei Polizisten in die Hände gefallen war.

Obwohl aus seiner Sicht vielleicht der Unterschied zwischen diesen beiden Gruppen nicht besonders groß war.

»Er hieß Maurice Rühme«, sagte Van Veeteren.

Podworsky sperrte den Mund auf.

»O Scheiße«, sagte er.

Er lehnte sich zurück und dachte nach.

»Ja«, sagte er schließlich. »Um eins gleich mal klarzustellen: Mir ist es damals gelungen, ihn in dieser bescheuerten Bar zusammenzuschlagen, und danach habe ich es nie wieder geschafft. Habt ihr noch weitere Fragen?«

»Im Augenblick nicht«, sagte Van Veeteren und stand wieder auf. »Aber du kannst eine Weile drüber nachdenken. Vielleicht werden wir später noch mal drauf zurückkommen.«

Er klopfte an die Tür, und Kropke und Mooser kamen mit den Handschellen herein.

»Verdammte Scheißer«, sagte Podworsky, und es klang, als würde er es ehrlich meinen.

39

Der Beschluß, Eugen Podworsky freizulassen und so schnell wie möglich die Massenmedien über das Verschwinden von Inspektorin Moerk zu informieren, wurde am Sonntag abend gegen neun Uhr mit einer Stimmenzahl von drei gegen eins gefaßt.

Bausen, Münster und Van Veeteren waren dafür, Kropke dagegen. Mooser enthielt sich der Stimme, vermutlich weil er von diesem plötzlichen und äußerst zufälligen demokratischen Vorgehen überrumpelt war.

»Ich werde heute abend noch mit Cruickshank reden«, sagte Van Veeteren. »Ich habe ihm einen kleinen Vorsprung versprochen. Pressekonferenz morgen nachmittag?«

Bausen nickte.

»Um drei Uhr«, beschloß er. »Und diesmal werden wir mit dem ganzen Bataillon rechnen müssen – Fernsehen, Radio und der ganze Zirkus. Es passiert nicht oft, daß ein Mörder einen Polizisten kassiert.«

»Viele sind der Meinung, es sollte andersrum sein«, sagte Van Veeteren. »Und es ist nicht schwer zu verstehen, warum.«

»Was sollen wir über Podworsky sagen?« wollte Kropke wissen.

»Keine Silbe«, sagte Bausen. »Überhaupt ist es am besten, wenn ihr die Klappe haltet.« Er schaute sich am Tisch um. »Der Hauptkommissar und ich reden mit der Presse, sonst niemand.«

»Typisch«, murmelte Kropke.

»Das ist ein Befehl«, sagte Bausen. »Jetzt geht nach Hause und legt euch schlafen. Morgen ist auch noch ein Tag, und wir werden sicher ins Fernsehen kommen. Da kann es nichts schaden, wenn wir wie anständige Leute aussehen. Ich lasse Podworsky frei.«

»Ich komme mit«, sagte Van Veeteren. »Es schadet sicher nichts, wenn wir zu zweit sind.«

Es war schon nach elf Uhr, als die Kinder endlich im Bett waren. Sie öffneten eine Flasche Weißwein, stellten Mostakis auf dem Tonbandgerät an, und nach einigen unbeholfenen Versuchen hatten sie es geschafft, im Kamin Feuer zu machen. Sie schoben die Matratze auf den Boden und zogen sich gegenseitig aus.

»Wir werden sie aufwecken«, sagte Münster.

»Nein, nein«, versicherte Synn. Strich ihm über den Rücken und kroch unter die Decken. »Ich habe ihnen ein Schlafmittel in den Kakao gegeben.«

»Ein Schlafmittel?« rief er aus und versuchte, empört zu klingen.

»Nur eine kleine Dosis. Und das wird bestimmt nicht zur Gewohnheit werden. Nun komm!«

»Gut«, sagte Münster und vereinte sich mit seiner Frau.

Der Montag begann mit andauerndem Nieselregen, der anscheinend für die Ewigkeit gedacht war. Van Veeteren stand gegen sieben Uhr auf und betrachtete ihn eine Weile, bevor er beschloß, wieder schlafen zu gehen. An diesem Ort scheint sich das Wetter häufiger zu ändern, als ich mein Hemd wechsle, dachte er.

Viertel nach neun saß er schließlich am Frühstückstisch unten im Speisesaal neben Cruickshank, der auffallend erfrischt und in strahlender Morgenlaune zu sein schien, obwohl er doch den größten Teil der Nacht aufgewesen sein und gearbeitet haben mußte.

»Ich habe heute morgen gegen drei Uhr angerufen«, erklärte er enthusiastisch. »Der Nachtdienst hätte fast den Druck gestoppt, aber wir nehmen es statt dessen in die Nachmittagsausgabe. Die reinste Jack-the-Ripper-Hysterie!«

Der Hauptkommissar nickte finster.

»Cheer up!« sagte Cruickshank. »Das lösen wir bald! Diesmal ist er zu weit gegangen. Hat sie wirklich rausgekriegt, wer es ist?«

»Vermutlich«, sagte Van Veeteren. »Zumindest muß er das geglaubt haben.«

Cruickshank nickte.

»Habt ihr die Pressemitteilung schon raus?« fragte er und schaute sich in dem leeren Speisesaal um. »Ich sehe gar keine Kollegen...«

Van Veeteren schaute auf die Uhr.

»In einer Viertelstunde, glaube ich. Ich muß nur noch frühstücken, bevor ich mich verstecke. Was für ein schrecklicher Regen.«

»Mm«, sagte Cruickshank und kaute auf einem Croissant. »Das wird der reinste Matsch da unten …«

»Wo?«

»Unten am Strand und im Wald natürlich. Mit all den Fotografen und Privatdetektiven.«

»Anzunehmen«, sagte Van Veeteren und seufzte wieder. »Nein, ich glaube, jetzt ist es an der Zeit, zum Polizeirevier zu fahren und mich da einzusperren.«

»Viel Glück«, sagte Cruickshank. »Wir sehen uns heute nachmittag. Ich bleibe erst mal noch hier sitzen und erwarte meine Zunftbrüder.«

»So, das war's«, sagte der Polizeichef und sank tief ins Ledersofa. »Ich muß schon sagen, da ziehe ich die Zeitungsfritzen aber vor.«

Van Veeteren nickte.

»Diese geölten Plappermaschinen vom Fernsehen verursachen bei mir den reinsten Juckreiz. Bist du solche Typen gewohnt?«

Er zog sich die Schuhe aus und wackelte vorsichtig mit den Zehen, als wäre er sich nicht so sicher, ob sie noch festsaßen.

»Habe keine große Lust, mich an die zu gewöhnen«, brummte Van Veeteren. »Nun ja, man kann ja verstehen, daß sie so langsam ihre eigenen Ansichten zu der ganzen Sache haben. Aber du bist ihnen nicht schlecht über den Mund gefahren, das hat mir gut gefallen.«

»Vielen Dank«, sagte Bausen. »Das Urteil wird in jedem Fall hart ausfallen. Hat Hiller von sich hören lassen?«

Van Veeteren setzte sich hinter den Schreibtisch des Polizeichefs.

»Ja«, sagte er. »Er will zehn Mann aus Selstadt und zehn aus Oostwerdingen schicken – plus eine Truppe von der Spurensicherung, die Moerks Laufstrecke untersuchen soll.«

Bausen schob die Hände in den Nacken und schaute aus dem Fenster.

»Prima Idee bei dem Wetter«, sagte er. »Will er, daß du ganz übernimmst? Ich habe ja sowieso nur noch fünf Tage. Wie's aussieht, höre ich Freitag auf. Das habe ich heute nacht beschlossen... so langsam fühle ich mich wie ein Fußballtrainer, dessen Mannschaft seit zwei Jahren nicht mehr gewonnen hat.«

»Wir haben die Leitungsfrage nicht diskutiert«, sagte Van Veeteren. »Außerdem habe ich versprochen, die Sache bis Freitag zum Abschluß zu bringen.«

Bausen betrachtete ihn ungläubig.

»Das ist ja ausgezeichnet«, sagte er und stopfte seine Pfeife. »Dann bleiben wir doch dabei. Hast du mit den Eltern gesprochen?«

»Mit Frau Moerk, ja«, nickte Van Veeteren.

»Und wie lief es?«

»Nicht besonders. Warum sollte es auch?«

»Du hast recht, es ist schon lange her, seit mal was gut gelaufen ist«, sagte Bausen.

»Ich hab's im Fernsehen gesehen«, sagte Synn. »Ihr habt keine besonders guten Rezensionen.«

»Kunststück«, sagte Münster. »Das riecht gut. Was ist das?«

»Kreolisches Hähnchen«, klärte ihn seine Ehefrau auf und gab ihm einen Kuß. »Glaubst du, daß sie tot ist?« flüsterte sie ihm ins Ohr, schließlich gab es Grenzen dafür, was Polizistenkinder zu ertragen hatten.

»Ich weiß nicht«, sagte er, und einen Augenblick lang spürte er erneut, wie die nackte Verzweiflung in ihm aufstieg.

»Papa war im Fernsehen«, unterbrach seine Tochter und biß ihm ins Bein. »Ich habe im Regen gebadet.«

»Du hast im Meer gebadet, du Blödkopf«, korrigierte sein Sohn.

»Haben wir noch was von dem Schlafmittel?« wollte der Kommissar wissen.

Van Veeteren lehnte sich in seinen Kissen zurück und griff zum Melnikbericht. Wog ihn eine Weile in der Hand und schloß die Augen.

Entsetzlich, dachte er. Über alle Maßen entsetzlich.

Oder eher peinlich. Irgendwo in diesem verfluchten Papier fand sich die Antwort, und er konnte sie nicht entdecken. Vierunddreißig Seiten, insgesamt fünfundsiebzig Namen ... er hatte sie unterstrichen und zweimal gezählt – Frauen, Geliebte und mögliche Geliebte, gute Freunde, Studienkommilitonen, Kollegen, Nachbarn, Mitglieder im gleichen Golfclub, bis hin zu äußerst zufälligen Bekanntschaften, Randfiguren, die Maurice Rühmes Spur in irgendeiner Richtung einmal gekreuzt hatten. Und Ereignisse: Reisen, Prüfungen, Examen, Jobs, Feste, neue Adressen, Kongresse, Kokainentzug ... alles war auf diesen dichtbeschriebenen Seiten notiert, ordentlich und minutiös in Kommissar Melniks trockener Prosa verfaßt. Es war ein Meisterwerk detektivischer Arbeit, ganz ohne Zweifel, und dennoch fand er nichts. Keinen noch so winzigen Hinweis!

Was war es also?

Was um Himmels willen hatte Beate Moerk nur gesehen?

Oder war es einfach so, daß sie eine Fähigkeit besaß, die die anderen nicht hatten? Konnte das der Fall sein? Daß er sich doch noch nicht an Borkmanns Punkt befand, wenn er es genau betrachtete?

Auf dem Nachttisch hatte er ihre Notizblöcke liegen. Drei Stück, die zu öffnen er immer noch nicht über sich gebracht hatte.

Es widerstrebte ihm. Wenn sie wirklich etwas Wesentliches enthielten, warum hatte der Mörder sie dann liegengelassen? Er hatte ausreichend Zeit gehabt, und er schien nicht der Typ zu sein, der irgend etwas dem Zufall überließ ...

Und wenn sie, trotz allem, immer noch am Leben war – hieße es dann nicht, in ihr Privatleben einzudringen? In ihr Allerheiligstes vorzustoßen? Bevor er sie öffnete, konnte er ja nicht ahnen, welche Gedanken sie diesen Blocks anvertraut hatte –

jedenfalls waren sie keineswegs für ihn bestimmt gewesen, so viel war schon mal klar.

Und galt die gleiche Zurückhaltung nicht auch, wenn sie tot war?

Doch, natürlich. Vielleicht sogar in noch größerem Maße.

Er schloß die Augen und lauschte eine Weile dem Regen. Der mußte jetzt schon seit fast vierundzwanzig Stunden anhalten. Schwer und zäh strömte er von einem unveränderlichen Himmel. Bleigrau und undurchdringlich. Verändert sich in dieser Stadt eigentlich nie das Wetter? dachte er.

Aber eigentlich der richtige Rahmen. Etwas fiel nach unten, stetig, zielgerichtet. Das trostlose Stampfen auf dem gleichen Fleck. Die Wellen in einem toten Meer...

Die Uhren der Sancta Anna schlugen zwölfmal. Er seufzte. Öffnete die Augen und richtete sie zum vierten Mal auf den Bericht aus Aarlach.

40

»Ja, verdammt, was hätte ich denn machen sollen?« seufzte Wilmotsen und betrachtete das Papier.

»Nun ja«, stellte der Chef vom Dienst fest. »Wenn wir zwei Ausgaben gedruckt hätten, könnten wir natürlich auch doppelt so groß rauskommen.«

Die Nachricht über das Verschwinden von Polizeiinspektorin Beate Moerk und die Begleitumstände hatten zweifellos eine Menge verlangt von dem Schlagzeilentexter Wilmotsen von de Journaal. Die wichtigsten Informationen beziehungsweise die erschütternden Neuigkeiten ließen sich ganz einfach nicht in dem gegebenen Rahmen auf den Punkt bringen, und zum ersten Mal in der achtzigjährigen Geschichte der Zeitung war man gezwungen gewesen, drei verschiedene Schlagzeilen zu drucken.

Um der Informationspflicht auf jeden Fall Genüge zu tun.

Um nicht die Ernsthaftigkeit dieses haarsträubenden Dramas in Frage zu stellen, von dem jetzt der vierte (oder war es der fünfte?) Akt in ihrem friedlichen Kaalbringen aufgeführt wurde.

DAS NÄCHSTE OPFER?

stand in der ersten Schlagzeile über einem etwas undeutlichen Bild einer fröhlich lachenden Beate Moerk.

WER HAT DEN ROTEN MAZDA GESEHEN?

wurde in der zweiten gefragt, mit der gleichzeitig festgestellt wurde:

RATLOSE POLIZEI BITTET UM MITHILFE

In der Zeitung wurde mehr als die Hälfte der Seiten den letzten Entwicklungen im Henker-Fall gewidmet. Das Bildmaterial war reichlich; ein Luftfoto vom Räuchereiparkplatz (mit einem weißen Kreuz, das den Platz markierte, wo Beate Moerk ihr Auto stehen gelassen hatte – das sich seit Sonntag abend in sicherer Verwahrung im Keller der Polizeiwache befand, nachdem es acht Stunden lang von den Kriminaltechnikern aus Selstadt untersucht worden war), sowie über Strand und Waldgebiet; weitere Bilder von Moerk sowie von Bausen und Van Veeteren während der Pressekonferenz. Van Veeteren in zurückgelehnter Positur und mit geschlossenen Augen: in einem Zustand, der an tiefsten Frieden denken ließ – eine Mumie oder ein Yogi, der ganz in sich selbst versunken war, wie es schien. Fernab von all dem Elend und dem Wahnsinn dieser Welt... und vielleicht, vielleicht mußte man sich ja fragen, ob derartige Gestalten wirklich ihrer Aufgabe gewachsen waren, Verbrecher von dem Kaliber, von dem hier offensichtlich die Rede war, einzukreisen und unschädlich zu machen.

Ja, hatte es jemals schon so etwas gegeben? Eine Polizeiinspektorin gekidnapped, wahrscheinlich umgebracht! Während der laufenden Ermittlungen! Und war man eigentlich am Ball? Eine berechtigte Frage, zweifellos.

Das Textmaterial war übrigens ebenfalls von unterschiedlichstem Charakter: es gab alles, von der kühlen Feststellung des Chefredakteurs, daß für die Stadtregierung in der jetzigen Lage die einzige logische Konsequenz darin bestehe, die Konsequenzen aus dem Henkerskandal zu ziehen und Neuwahlen auszuschreiben... bis hin zu den verschiedensten, geschwätzigen Spekulationen über den Wahnsinnigen oder Geisteskranken (den eiskalten Psychopathen), respektive den Terroristen (den gekauften Handlanger einer obskuren Mördersekte) – sowie, natürlich, die äußerst populäre Theorie von dem ganz normalen, braven Mitbürger. Dem angesehenen Familienvater, dem Mann im gleichen Treppenaufgang mit der dunklen Vergangenheit.

Zu den glaubhaften Berichten, die vom ermittlungstechnischen Standpunkt aus gesehen auch die nützlichsten waren, gehörte natürlich Polizeichef Bausens erneuter eindringlicher Aufruf an die Allgemeinheit, sachdienliche Hinweise der Polizei mitzuteilen.

In erster Linie ging es dabei um die kritische Stunde zwischen 18.15 und 19.15 Uhr am Freitag abend – um Inspektorin Moerks Aktivitäten, nachdem sie See Wharf verlassen hatte und bevor sie zum Strand lief, wo sie Hauptkommissar Van Veeteren gesehen hatte. Diese sechzig Minuten hatten es in sich – wenn man nur wüßte, welche Wege Beate Moerk genommen hatte, mit oder ohne ihren roten Mazda, ja, »dann müßte es eigentlich mit dem Teufel zugehen, wenn wir sie nicht finden würden«, zitierte Hermann Schalke den Polizeichef wörtlich.

Bereits gegen 4 Uhr an diesem Nachmittag, nachdem die Hölle losgebrochen war, zogen sich Bausen und Inspektor Kropke in das Zimmer des letzteren zurück, um die Tips und Informationen, die bis dahin eingelaufen waren, durchzugehen und zusammenzustellen. Es waren nicht weniger als zweiundsechzig direkte Observationen plus um die zwanzig Zweiterhand-Beobachtungen unterschiedlicher Natur. Kommissar Münster war zusammen mit Polizeianwärter Mooser abkommandiert worden, den fortlaufenden Strom von Zeugen zu empfangen und vorläufig zu befragen, die vorher von Bang und Frau deWitt unten im Empfang registriert und in Schach gehalten wurden.

Womit Hauptkommissar Van Veeteren sich beschäftigte, das wußte niemand so recht. Er hatte die Wache nach der Mittagspause verlassen, um »einige Untersuchungen anzustellen«, aber worin diese bestanden, hatte er niemandem mitgeteilt. Dagegen hatte er aber versprochen, auf jeden Fall zu der obligatorischen Besprechung um 17 Uhr zurück zu sein. Eine kürzere Pressekonferenz war bereits für 19.30 Uhr anberaumt worden, die Uhrzeit war auf Wunsch des lokalen Fernsehteams angesetzt worden, das um diese Zeit seine übliche Nachrichtensendung hatte. Alles andere als eine Direktübertragung würde von den Zuschauern als Enttäuschung und Bruch mit allen journalistischen Regeln angesehen, hatten sie mit einem gewissen Eifer erklärt, und auch wenn Bausen diesen jungen Mediengurus so einiges über Recht und Gesetz hatte beibringen wollen, schluckte er doch seine Einwände hinunter und kam ihnen entgegen.

»Verfluchte Jesuiten«, hatte er sich dennoch aufgeregt, nachdem er den Hörer aufgelegt hatte. »Inquisitoren mit Seidenschlipsen, vielen Dank!«

Aber so wie die Lage war, gab es natürlich nur die Möglichkeit, gute Miene zum bösen Spiel zu machen.

41

»Was zum Teufel ist das denn?« fragte Van Veeteren und beugte sich über den Tisch.

»Eine Karte«, erklärte Kropke. »Die Stecknadeln sind Punkte, an denen Inspektorin Moerk und ihr Mazda gesehen wurden... oder besser gesagt, überhaupt rote Mazdas.«

»Davon gibt es ein paar hier im Ort«, sagte Bausen. »Vermutlich waren mindestens zwei davon am Freitag abend auch unterwegs... abgesehen von ihrem eigenen, meine ich.«

»Die Nadeln mit den roten und gelben Köpfen stehen für Autobeobachtungen«, erklärte Kropke, der sich damit demonstrativ als Erfinder dieses Plans zu erkennen gab. »Die roten für den Zeitraum von 18.15 bis 18.45 Uhr, die gelben von 18.45 bis 19.15 Uhr.«

Van Veeteren beugte sich noch tiefer über die Karte.

»Die blauen und weißen sind Zeugen, die behaupten, sie hätten sie persönlich gesehen... die blauen in der ersten halben Stunde, die weißen in der zweiten. Das hier zum Beispiel ist der Hauptkommissar.«

Er zeigte auf eine Stecknadel unten am Strand.

»Vielen Dank«, sagte Van Veeteren. »Wie viele sind es?«

»Fünfundzwanzig rote und zwanzig gelbe«, sagte Kropke. »Das ist also das Auto... und dann zwölf blaue und fünf weiße.«

Münster drängte sich neben den Hauptkommissar und studierte das Stecknadelmuster. Keine dumme Idee, das mußte er zugeben... man mußte es nur noch richtig interpretieren. Das sah ziemlich zerstreut aus; offenbar waren in allen Teilen der Stadt Beobachtungen gemacht worden, aber an den meisten Stellen tauchten nur einzelne, isolierte Nadeln auf.

»Wir müssen also«, erklärte Kropke, »nicht soviel Rücksicht darauf nehmen, ob nun ein einzelner Zeuge verläßlich ist oder nicht. Die Anhäufung der Nadeln an einer bestimmten Stelle kann bereits einen ausreichenden Hinweis geben.«

Er machte eine Pause, um die anderen die Nadeln zählen und das Geniale an der Methode würdigen zu lassen.

»Ganz eindeutig«, murmelte Münster. »Die weißen auch…«

»Zweifellos«, sagte Van Veeteren. »Ganz zweifellos.«

»Genau«, nahm Kropke den Faden wieder auf und sah zufrieden aus. »Wie ihr seht, gibt es nur drei Anhäufungen – auf dem Fischmarkt vor dem See Wharf, auf dem Hauptmarkt und bei der Räucherei. Vierundzwanzig Nadeln beim See Wharf, elf hier hinten, acht bei der Räucherei… dreiundvierzig von zweiundsechzig. Der Rest ist ziemlich verstreut, wie ihr seht. Und nach dem Hauptkommissar scheint sie niemand mehr gesehen zu haben. Außer dem Mörder, natürlich. Es ist wohl anzunehmen, daß es am Strand ziemlich menschenleer war.«

»Stimmt«, bestätigte Van Veeteren.

»Hm«, sagte Bausen. »Ich glaube, es ist jedenfalls das beste, wenn wir nichts übereilen… ein Drittel der Beobachtungen müßte dann ja faktisch gesehen falsch sein, wenn ich es richtig verstanden habe?«

»Nun ja«, sagte Kropke, »ich denke, der Kommissar sieht wohl ein…«

»Und das mit dem See Wharf und der Räucherei stand ja auch in der Zeitung.«

»Das stimmt«, gab Kropke zu. »Aber das gleicht sich sozusagen aus. Der interessante Punkt ist natürlich der Hauptmarkt… hier gibt es elf Zeugen, die behaupten, Beate Moerk oder ihr Auto zwischen halb sieben und sieben gesehen zu haben. Zwei haben gesehen, wie sie aus ihrem Auto gestiegen ist… das sind die weißen Nadeln da.«

Er deutete darauf, und Bausen nickte ernst. Van Veeteren zerbrach einen Zahnstocher und pikste mit ihm auf den St.-Pieters-Friedhof.

»In welche Richtung ging sie?« fragte er.

Kropke wechselte einen Blick mit Bausen.

»Hierher«, sagte er.

Bausen nickte erneut.

»Ja«, sagte er. »Es gibt Anzeichen dafür, daß sie hierher gefahren ist. Ins Revier.«

»Jaha?« sagte Münster und hatte das Gefühl, als habe er die Pointe eines langen, verwickelten Witzes nicht mitbekommen. Van Veeteren sagte nichts. Er steckte seine Hände nur tief in die Taschen, während er sich langsam aufrichtete und einen leise zischenden Luftstrom zwischen den Zähnen ausstieß. Münster erinnerte sich an die Rückenprobleme des Hauptkommissars, die sich ab und zu meldeten.

Man setzte sich wieder an den Tisch. Kropke sah weiterhin zufrieden aus, aber gleichzeitig etwas verwirrt, als wäre er nicht so recht in der Lage, das Ergebnis seiner eigenen Anstrengungen einzuschätzen. Wieder konnte Münster diese schmetterlingsleichten Vibrationen in den Schläfen spüren, die darauf hinwiesen, daß hier etwas ausgebrütet wurde, daß man sich an einem bestimmten kritischen Punkt befand. Daß der Durchbruch nahe war. Er schaute sich in dem unordentlichen Zimmer um. Bang saß ihm schwitzend gegenüber. Van Veeteren schien vor sich hin zu dösen. Bausen studierte immer noch die Karte mit den Nadeln, wobei er die Wangen einsog und fast träumerisch dreinblickte.

Schließlich war es der Polizeianwärter Mooser, der die dumpfe Verwirrung im Zimmer deutete und in Worte faßte.

»Hierher?« rief er aus. »Was, zum Teufel, wollte sie denn hier?«

Es vergingen drei Sekunden. Dann stöhnten Kropke und Mooser fast gleichzeitig auf:

»Ihr Zimmer!«

»Verflucht noch mal!« entfuhr es dem Polizeichef, während er die noch nicht angezündete Zigarette zu Boden fallen ließ. »Hat das jemand von euch überprüft?«

Mooser und Kropke waren bereits auf dem Weg. Münster war aufgestanden, und Bausen sah aus, als wäre er gerade bei der ersten Prüfung in grundlegender Polizeiarbeit durchgefallen. Nur Van Veeteren saß unberührt da und wühlte in seiner Brusttasche.

»Natürlich«, murmelte er. »Da werdet ihr nichts finden. Aber seht gern selbst noch mal nach... sechs Augen sehen ja bekanntlich mehr als zwei, wie zumindest zu hoffen ist.«

IV

27. September – 1. Oktober

42

»Ich nehme an, du weißt, wo du bist?« fragte er, und es klang eine große Müdigkeit in seiner Stimme mit.

»Ich glaube schon«, antwortete sie, direkt in die Dunkelheit.

Er hustete.

»Und dir ist klar, daß du keine Möglichkeit hast, hier aus eigener Kraft rauszukommen?«

»Ja.«

»Du bist in meiner Gewalt. Sind wir uns darin einig?«

Sie antwortete nicht. Wunderte sich plötzlich darüber, wie eine so starke Entschlossenheit sich mit einer so großen Trauer in seinen Worten paaren konnte. Wunderte sich und begriff gleichzeitig, daß genau das der Grundakkord in dieser ganzen Geschichte war.

Trauer und Entschlossenheit.

»Sind wir uns darin einig?«

»Ja.«

Er machte eine Pause und schob sich den Stuhl zurecht. Vermutlich schlug er ein Bein über das andere, aber das konnte sie nur raten. Die Dunkelheit war erschreckend dicht.

»Ich...«, begann sie.

»Nein«, sagte er tonlos. »Ich will nicht, daß du unnötig redest. Wenn ich will, daß du dich äußerst, dann sage ich es dir schon. Das hier ist keine Unterhaltung, sondern ich will dir eine Geschichte erzählen. Das einzige, was ich von dir verlange, ist, daß du zuhörst...«

»Eine Geschichte«, wiederholte er.

Er zündete sich eine Zigarette an, und für einen Moment wurde sein Gesicht von einer schwach glühenden Röte erleuchtet.

»Ich will dir eine Geschichte erzählen«, sagte er zum dritten Mal. »Nicht, weil ich Verständnis oder Vergebung von dir will, solche Dinge sind mir schon seit langem nicht mehr wichtig, sondern nur, weil ich mich noch einmal erinnern will, bevor alles vorbei ist.«

»Was willst du mit mir tun?« fragte sie.

»Unterbrich mich nicht«, sagte er. »Ich möchte dich bitten, mich nicht zu stören. Vielleicht habe ich mich ja noch nicht entschieden...«

In der dichten Stille und Dunkelheit konnte sie seinen Atem hören. Drei, vier Meter von ihr entfernt, mehr nicht. Sie schloß die Augen, aber es veränderte sich nichts.

Die Dunkelheit blieb. Die Gerüche – alte Erde, frischer Tabaksrauch. Und der Mörder.

43

Bausen fischte zwei Bier aus der Aktentasche und öffnete sie.

»Wir sollten die anderen Beobachtungen nicht vergessen«, sagte er. »Es gibt sieben, acht Zeugen, die todsicher sind, sie an einer anderen Stelle gesehen zu haben. Sie kann ja auch noch woandershin gegangen sein. Die, die sie hier gesehen haben, taten das zwischen halb und Viertel vor, nicht wahr?«

Van Veeteren antwortete nicht. Er zündete sich eine Zigarette an und stellte die Spielfiguren zurecht.

»Kropke war schon bei mehr als hundert Nadeln, als ich nach Hause gefahren bin«, fuhr der Polizeichef fort. »Die roten sind so langsam alle aufgebraucht – was ihn etwas beunruhigt. Na, was glaubst du eigentlich?«

Van Veeteren zuckte mit den Schultern.

»Sagen wir mal, daß sie auf jeden Fall hierher gefahren ist«, sagte er. »Und wenn nur erst mal der Einfachheit halber. Bitte schön, Herr Polizeichef. Sizilianisch, wie ich annehme?«

»Natürlich«, lachte Bausen und schob den e-Bauern vor.

»All right. Sie ist also hergefahren. Aber was hat sie verdammt noch mal hier gewollt?«

»Das weiß ich nicht«, sagte Van Veeteren. »Aber ich denke, ich werde es herauskriegen.«

»Aha«, sagte Bausen. »Und wie? Ihr Zimmer hat uns jedenfalls nicht besonders viele Hinweise gegeben.«

Van Veeteren zuckte mit den Schultern.

»Zugegeben«, sagte er. »Dein Zug. Wenn ich gewinne, übernehme ich die Führung, ist dir das bewußt?«

»Selbstverständlich«, sagte Bausen. »Bist du jetzt auch auf eine hausgemachte Verteidigung gegen die sizilianische Eröffnung gekommen? Das wäre nur einfach gut zu wissen.«

»Du wirst schon sehen«, sagte Van Veeteren und leistete sich etwas, das offensichtlich als Lächeln gedacht war, Bausen aber eher an Zahnschmerzen erinnerte ...

Nun ja, das Leben ist schließlich keine Schachpartie, dachte er und schaute aus dem Fenster. Eine Schachpartie enthält so unendlich viele Möglichkeiten.

Er lag dunkel und menschenleer dort draußen, der Markt. Die Uhr zeigte ein paar Minuten nach elf, sie hatten eine Ein-Stunden-Partie verabredet, aber man konnte ja nie wissen ... die Schachuhr stand zu Hause im Bücherregal, und wenn sie nun eine interessante Konstellation hatten, hatte keiner von beiden Lust, sich von der Uhr unter Druck setzen zu lassen. Ganz im Gegenteil: es gab Konstellationen, die überhaupt nicht mehr weiterentwickelt werden konnten, das hatten sie bereits früher diskutiert und waren sich in dieser Frage verblüffend einig gewesen – Partien, die nach einem 35e- oder 50e-Zug eingefroren und nie beendet worden waren. (Wie Linkowski gegen Queller 1907 in Paris. Nach 42a. Oder Mikojan gegen Andersson 1980 ... In Brest war das doch gewesen?

Jedenfalls nach 35e oder 37e.) Der Schönheitswert war so groß, daß jede Fortsetzung ihm wie ein Frevel vorgekommen wäre.

Genau wie es Augenblicke im Leben gab, an denen man sich wünschte, die Zeit würde für eine Weile stehenbleiben, dachte er. Obwohl natürlich nichts dafür sprach, daß das hier so eine Partie werden würde. Überhaupt nichts.

Drei Tage? In drei Tagen würde er dieses Zimmer verlassen und nie wieder einen Fuß hineinsetzen.

Das war ein sonderbares Gefühl, vorsichtig ausgedrückt, und er überlegte, wie sich diese Tage wohl gestalten würden. Wenn er Van Veeteren betrachtete, wie dieser auf der anderen Seite des Schreibtischs saß, eine Hand halb über dem Brett erhoben, gab es Stimmen in ihm, die ihm sagten, daß der Hauptkommissar tatsächlich sein Versprechen einlösen und den Henker bis Freitag stellen würde. Sich vorzustellen, wie das zugehen sollte, das fiel ihm schon schwerer. Aber es gab gewisse Zeichen bei seinem Kollegen, die gar nicht zu übersehen waren – eine zunehmende Entschlossenheit, eine Neigung zur Reizbarkeit, die vorher nicht dagewesen war, eine gewisse Geheimniskrämerei oder wie man es nennen wollte, die wohl darauf hindeuten mußte, daß er etwas auf der Spur war. Ihn zum Reden zu bringen, schien zwecklos. Kommissar Münster hatte auch angefangen, die Zeichen zu deuten, und erklärt, daß es nichts Ungewöhnliches war. Wohlvertraute Reaktionen eher, für den, der sie kannte, klare Hinweise darauf, daß etwas am Brodeln war und daß der Hauptkommissar mental gesehen im höchsten Gang fuhr. Daß es mit anderen Worten genauso war, wie Bausen geahnt hatte. Vielleicht waren sie kurz davor, daß das Eis brach, und er spürte, daß es ihn eigentlich gar nicht verwundern würde, wenn dieser mürrische Hauptkommissar im nächsten Moment alle Teile dieses schwer zu überschauenden Puzzles an der richtigen Stelle hätte.

Ja, ja, dachte Bausen. Aber nur noch drei Tage. Ob die wirklich ausreichten?

Wenn man es genau betrachtete, spielte der Zeitplan überhaupt keine Rolle, schließlich würde nur er am Freitag seinen Rückzug antreten... dennoch war es ihm in den letzten Wochen immer häufiger so vorgekommen, als würde es sich hier um eine Art Wettlauf mit der Zeit handeln. Der Mörder sollte bis zum ersten Oktober gefaßt sein. So war es gesagt worden, und der erste war am kommenden Freitag.

Am Freitag war er Pensionär. Exit Bausen. Ein freier Mann mit dem Recht, seine Zeit mit dem auszufüllen, was er wollte. Der sich einen Scheißdreck um alles, was Henker hieß, kümmern mußte und tun und lassen konnte, was er wollte...

Oder sollte an dieser berühmten Freiheit gar nicht soviel dran sein? Würde dieser Fall seine Schatten auch auf seine so sauer verdiente Zukunft werfen? Das war nicht auszuschließen. Er dachte an seinen Keller und dessen kostbaren Inhalt.

Drei Tage?

Er betrachtete Van Veeterens schwere Gestalt auf der anderen Seite des Tischs und stellte fest, daß er nicht die geringste Ahnung hatte, auf wen er wetten sollte, wenn ihm diese Frage gestellt werden würde.

»Dein Zug«, wiederholte Van Veeteren und setzte die Flasche an den Mund.

»Wie heißen Sie?« fragte Kropke und stellte das Tonbandgerät an.

Der hochgewachsene Mann seufzte.

»Das weißt du verdammt gut. Schließlich sind wir acht Jahre lang zusammen zur Schule gegangen.«

»Das hier ist eine Vernehmung«, erklärte Kropke. »Da müssen wir es etwas genauer mit den Formalitäten nehmen. Also?«

»Erwin Lange«, sagte der Hüne. »1951 geboren. Besitzer des Fotogeschäfts Litz in der Hoistraat. Ich muß in zwanzig Minuten öffnen, deshalb wäre ich dir dankbar, wenn das hier etwas schneller ginge. Verheiratet und vier Kinder – genügt das?«

»Ja«, sagte Kropke. »Kannst du deine Beobachtungen von Freitag abend noch einmal wiederholen?«

Erwin Lange räusperte sich.

»Ich habe Inspektorin Beate Moerk um zehn Minuten vor sieben hier rauskommen sehen.«

»Also um 18.50 Uhr. Du bist dir ganz sicher mit der Zeit?«

»Hundertprozentig.«

»Wieso?«

»Ich sollte mich mit meiner Tochter um Viertel vor auf dem Markt treffen. Ich habe auf die Uhr geguckt und gesehen, daß ich fünf Minuten zu spät dran war.«

»Und du bist dir ganz sicher, daß es Inspektorin Moerk war, die du gesehen hast?«

»Ja, natürlich.«

»Du hast sie von früher wiedererkannt?«

»Ja.«

»Wie weit warst du von ihr entfernt?«

»Zwei Meter.«

»Aha«, sagte Kropke. »Noch etwas, was dir aufgefallen ist?«

»Was denn zum Beispiel?«

»Nun ja, Kleidung oder so...«

»Jogginganzug... rot. Sportschuhe.«

»Hatte sie etwas in der Hand?«

»Nein.«

»Aha. Ja, vielen Dank«, sagte Kropke und stellte das Band ab.

»Ich hoffe, du planst nicht, in den nächsten Tagen die Stadt zu verlassen?«

»Warum fragst du?«

Kropke zuckte mit den Schultern.

»Vielleicht brauchen wir dich noch mal... man kann ja nie wissen.«

»Ach so«, sagte Erwin Lange und stand auf. »Das ist ja gerade der Fehler bei euch. Man kann nie wissen.«

»Zehn vor sieben?« murmelte Bausen. »Scheiße, das bedeutet, daß sie noch was anderes hätte erledigen können. Oder was meint ihr?«

Kropke nickte.

»Von hier bis zur Räucherei braucht man höchstens fünf Minuten«, sagte er. »Dazwischen fehlen mindestens fünfzehn Minuten.«

»Wie läuft es mit den Nadeln?« fragte Münster.

»Hundertzwölf Stück«, erklärte Kropke. »Aber es gibt keine weiteren Anhäufungen. Kein Muster, sozusagen... und niemanden sonst am Strand.«

»Sie kann natürlich auch eine Weile im Auto gesessen haben, bevor sie loslief«, sagte Bausen. »Unten am Meer. Oder da draußen. Das ist wohl das wahrscheinlichste.«

»Ich denke nicht«, sagte Van Veeteren. »Schließlich muß sie ja seine Aufmerksamkeit auf sich gezogen haben. Oder meint ihr, er wußte von ihren Joggingplänen schon vorher?«

Ein paar Sekunden lang blieb alles still. Mooser unterdrückte ein Gähnen. Wo bleibt der Kaffee? dachte Münster.

»Ja«, sagte Bausen. »Ich weiß nicht, aber das ist natürlich eine wichtige Frage.«

»Verdammt wichtig«, sagte Van Veeteren. »Um wieviel Uhr ist sie zum ersten Mal bei der Räucherei gesehen worden?«

»Ungefähr elf, zwölf Minuten nach«, sagte Kropke.

Van Veeteren nickte und betrachtete seinen Daumennagel.

»Uhum«, knurrte er. »Nun ja, jeder Zug muß natürlich im Zusammenhang gesehen werden... es gibt immer noch eine andere Insel.«

»Was?« fragte Kropke.

Er wird langsam senil, dachte Münster. Kein Zweifel.

44

»Was hast du gesagt?« fragte Münster.

»Wieso?« fragte Bang zurück.

»Kannst du noch mal wiederholen, was du über Inspektorin Moerk und den Gemüseladen gesagt hast.«

Bang schaute von den Listen auf, sein Blick flackerte unruhig.

»Ich verstehe nicht … ich habe doch nur gesagt, daß ich sie am Freitag da getroffen habe – bei Kuipers, dem Gemüsehändler draußen bei Immelsport.«

»Und wann?«

»Um Viertel nach fünf ungefähr … das war, bevor sie nach See Wharf gefahren ist, natürlich hätte ich was gesagt, wenn es später gewesen wäre.«

»Was hat sie da gemacht?«

»Bei Kuipers? Natürlich eingekauft. Die haben da sehr billiges Obst, Gemüse auch. Aber ich verstehe nicht, was das eigentlich soll.«

»Warte mal«, sagte Münster. »Sie ist hier kurz nach halb fünf weggefahren, vielleicht um zwanzig vor. Wie lange braucht man bis Immelsport?«

»Mit dem Auto?«

»Ja, mit dem Auto.«

»Das weiß ich nicht so genau. Zwanzig Minuten vielleicht.«

»Und du hast sie dort um Viertel nach gesehen. Dann kann sie ja wohl kaum vorher nach Hause gefahren sein, oder?«

»Nein«, stimmte Bang zu und versuchte erneut, die Stirn zu runzeln.

»Wie lange braucht man von Kuipers und wieder zurück zu ihr, auf den Vrejshügel, meine ich?«

Bang zuckte mit den Schultern.

»Tja«, sagte er dann, »eine Viertelstunde, nehme ich an. Das hängt vom Verkehr ab … aber ich begreife nicht, warum der Kommissar darauf so herumhackt.«

Münster betrachtete das rosarote Gesicht seines Kollegen mit einem fast mitleidigen Lächeln.

»Das werde ich dir erklären«, sagte er langsam und betonte jedes einzelne Wort. »Wenn Inspektorin Moerk um Viertel nach fünf draußen in Immelsport war, kann sie kaum vor... na, sagen wir, zwanzig vor sechs zu Hause gewesen sein. Sie befand sich im Hotel See Wharf im Jogginganzug um Viertel nach sechs. Kann der Polizeianwärter mir dann erzählen, wann sie Zeit gehabt haben soll, den Melnikbericht zu lesen?«

Bang grübelte eine Weile.

»Das ist einleuchtend«, sagte er dann, »...nein, sie hat ihn wohl nicht gelesen, oder?«

»Nein, das hat sie nicht«, bestätigte Münster.

Er klopfte an und trat ein.

Der Kommissar hatte den einzigen Sessel im Zimmer vor den Balkon gestellt. Dort saß er rauchend und schaute durch die offene Tür hinaus... über den Fischmarkt, auf die vereinzelten Haussilhouetten und auf den sich verdunkelnden Himmel über der Bucht. Der Sessel war schräg nach außen gedreht, das einzige, was Münster von Van Veeteren sehen konnte, waren die Beine, die rechte Schulter und der Arm. Aber das genügte, um zu begreifen.

Etwas war geschehen. Und das war keine Frage der Senilität. Eher im Gegenteil. Ich muß es lernen, demütig zu sein, beschloß Münster, auch in meinen Gedanken. Nicht nur in meinen Handlungen.

»Setz dich«, sagte Van Veeteren müde und winkte ihn mit der Hand zu sich heran.

Münster holte sich den Schreibtischstuhl. Ließ sich neben dem Hauptkommissar in einer Position nieder, in der er zumindest die Hoffnung haben konnte, etwas Augenkontakt zu bekommen, falls es notwendig sein sollte.

»Sag das noch mal!« forderte Van Veeteren ihn auf.

Münster räusperte sich.

»Bang hat Moerk am Freitag nachmittag um Viertel nach fünf draußen in Immelsport getroffen.«

»Ist er sich sicher?«

»Ja. Sie haben sich gegrüßt. Nicht einmal Bang kann sich so irren.«

Van Veeteren nickte.

»Ich weiß nicht genau, wo das liegt. Kommt das hin mit der Zeit?«

»Ich habe es überprüft«, sagte Münster. »Es gibt keine Möglichkeit, daß sie den Bericht hätte lesen können. Sie hat das Revier pünktlich um 16.35 Uhr verlassen, laut Frau deWitt. Die beiden waren die letzten. Sie ist ins Auto gestiegen, zu diesem Gemüseladen gefahren und hat eingekauft... ist dann nach Hause gefahren, hat sich umgezogen, hat wahrscheinlich versucht, mich anzurufen, mich aber nicht erreicht. Statt dessen hat sie die Nachricht aufgeschrieben und ist damit hergekommen... und dann, ja dann...«

Der Kommissar knurrte und setzte sich in seinem Sessel zurecht.

»Das genügt. Nun ja, und welche Schlußfolgerungen zieht der Kommissar daraus?«

Münster breitete die Arme aus.

»Daß sie etwas entdeckt haben muß, ohne ihn zu lesen natürlich... etwas ganz am Anfang. Vielleicht auf der ersten Seite – ich weiß es nicht.«

Er verstummte und betrachtete den Kommissar, der in den Abendhimmel blinzelte und langsam seinen Kopf von links nach rechts wog.

»Bang?« fragte er und holte tief Luft. »Was, zum Teufel, machen wir mit Bang?«

»Was?« fragte Münster, aber es war ganz offensichtlich, daß der Hauptkommissar nur mit sich selbst redete. Er murmelte noch eine Weile vor sich hin, wobei er den Zigarettenstummel waagerecht zwischen Daumen und Zeigefinger hielt und auf die daumenlange Asche starrte. Erst als ein Luftzug kam und sie wegwehte, zuckte er zusammen und schien sich wieder bewußt zu werden, daß er nicht allein im Zimmer war.

»Ja, so machen wir es«, sagte er und ließ die Kippe ins Wasserglas fallen, das auf dem Balkonfußboden stand. »Wenn es klappt, dann klappt es ... Münster!«

»Ja?« fragte Münster.

»Du hast morgen frei und widmest dich Synn und den Kindern.«

»Was?« rief Münster. »Aber warum in ...«

»Das ist ein Befehl«, sagte Van Veeteren. »Halte dich nur abends bereit. Ich glaube, ich brauche dich dann, um was mit dir zu besprechen.«

»Und was will der Hauptkommissar tun?«

»Einen kleinen Ausflug machen«, sagte Van Veeteren.

»Wohin?«

»Wir werden sehen.«

Jetzt ist es soweit, dachte Münster. Biß die Zähne zusammen und verbiß sich die Frage nach der Demütigung. Jetzt sitzt er wieder da und ist wieder so lächerlich rätselhaft, als wäre er irgend so ein verfluchter Film- oder Romandetektiv! Das ist doch einfach zu bescheuert. Ich begreife nicht, warum ich mir solche Scheißlaunen gefallen lassen soll ...

»Ich habe meine Gründe«, unterbrach Van Veeteren ihn, als könnte er Münsters Gedanken lesen. »Gute Gründe, ich hoffe, du verstehst das. Du wirst es hinterher auf jeden Fall verstehen können.«

Münster kroch zu Kreuze.

»All right«, sagte er. »Weiß der Hauptkommissar, wer es ist?«

»Nein«, sagte Van Veeteren. »Ich habe nur so eine Idee, und die ist nicht einmal besonders originell ... Wenn sie nicht stimmt, ist es am besten, wenn keiner davon gewußt hat.«

Münster stand auf.

»Na gut«, sagte er. »Also morgen ein freier Tag mit der Familie. Abends wieder zur Stelle – sonst noch was?«

»Ich denke nicht«, sagte Van Veeteren. »Doch, ja, du kannst mir Glück wünschen. Das kann ich vielleicht gebrauchen.«

»Waidmannsheil«, sagte Münster und überließ den Hauptkommissar seinem Schicksal.

Eine ganze Weile später saß dieser immer noch da und starrte über die Stadt. Er rauchte noch eine Zigarette und wünschte sich, er hätte etwas, womit er den schlechten Geschmack in seinem Mund wegspülen könnte.

Wenn der Fall hier beendet ist, möchte ich nie wieder an ihn erinnert werden. Nie wieder.

Dann setzte er sich an seinen Schreibtisch und telefonierte.

Er stellte zwei Fragen und bekam ungefähr die Antworten, die er erwartet hatte.

»Ich komme gegen zwölf«, erklärte er. »Nein, ich kann nicht sagen, worum es sich handelt. Es wäre zu blöd, wenn ich mich irre.«

Danach nahm er eine Dusche und ging ins Bett. Es war gerade erst elf Uhr, aber je früher er am kommenden Tag loskam, um so besser.

Morgen weiß ich es, dachte er.

Übermorgen schnappen wir ihn, und Samstag fahre ich nach Hause.

Dann war es genau ein Monat.

Aber bevor er einschlafen konnte, überwältigten ihn die Gedanken an Beate Moerk, und so kam es, daß er erst gegen Morgengrauen endlich richtig die Augen schloß.

45

»Das Böse«, begann er, und seine Stimme klang noch angestrengter, kaum hörbar in der dicken Luft, »... das ist ein Prinzip, das nicht zu umgehen ist, so viel ist sicher. Ein junger Mensch kann Probleme haben, das zu begreifen, aber für uns wird es um so deutlicher. Das Prinzip, dem wir entgegensehen können, auf das wir uns als das absolute verlassen können, das ist das Böse. Das, was einen letztendlich nie enttäuscht. Das Gute... das Gute ist nur eine Basis, ein Hintergrund für das Teuflische, um besser hervortreten zu können. Nichts anderes... nichts.«

Er hustete. Zündete sich eine neue Zigarette an, ein glühender Punkt, der in der Dunkelheit zitterte.

»Wenn man endlich zu dieser Einsicht gekommen ist, bedeutet das in gewisser Weise auch einen Trost. Es ist schwer zu ertragen, alle Hoffnungen fahren lassen zu müssen, alle diese Illusionen und Luftschlösser, die man anfangs aufgebaut hat. In unserem Fall hieß sie Brigitte, und als sie zehn Jahre alt war, versprach sie mir, mir nie weh zu tun... sie kam damals den Strand entlanggelaufen, es war ein Tag Ende Mai mit viel Wind. Draußen bei Gimsvejr. Sie warf sich mir in den Schoß und umarmte mich so fest, daß ich mich noch daran erinnere, wie mir hinterher der Nacken weh tat. Wir wollen uns unser ganzes Leben lang lieben und uns nie etwas Dummes antun... genau das hat sie gesagt. Etwas Dummes... uns nie etwas Dummes antun... zehn Jahre, weizenblonde Zöpfe. Wir hatten nur sie, und es gab Leute, die sagten, sie hätten noch nie ein Kind gesehen, das so eine Freude ausstrahlte. Keiner konnte lachen wie sie, es kam vor, daß sie sich selbst davon aus dem Schlaf aufweckte...«

Er hustete wieder.

»1981 machte sie ihr Abitur. Sie fuhr nach England und arbeitete dort ein Jahr lang. Im darauffolgenden Jahr begann sie an der Universität von Aarlach. Dort traf sie einen Jungen, der Maurice hieß... Maurice Rühme... tja, damit sind wir schon mittendrin. Ich glaube, sie kannte ihn schon vorher ein bißchen, er war von hier. Er studierte Medizin. Stammte aus einer guten Familie, besaß Anziehungskraft, und er zeigte ihr, wie man Kokain nahm... er war der erste, aber ich habe ihn mir für den Schluß aufgehoben.«

Die Zigarette glühte.

»Sie zogen zusammen. Sie haben nicht einmal ein Jahr lang zusammengewohnt, da hat er sie rausgeworfen. In der Zwischenzeit hatte er ihr noch ein paar andere Dinge beigebracht ... LSD, Morphium, Sachen, die er selbst nie nahm, und er hat ihr auch beigebracht, wie eine junge Frau am einfachsten und effektivsten Geld verdienen kann. Vielleicht ernährte sie ihn, vielleicht war er ihr Zuhälter ... ich weiß es nicht, wir haben nie darüber gesprochen. Vielleicht war es damals auch noch nicht soweit gekommen.

Sie blieb achtzehn Monate allein in Aarlach. Hatte keine Wohnung, sondern hauste bei verschiedenen Männern ... tja, ein paarmal kam sie auch aus verschiedenen Gründen ins Krankenhaus und in Therapieheime. War auf Entzug, lief davon und irrte herum ...«

Er schluckte, sie konnte hören, wie er seinen Atem zurückhielt.

»Für kurze Zeit wohnte sie auch bei uns zu Hause, fuhr dann aber wieder zurück. Eine Weile hielt sie sich über Wasser, aber bald begann alles wieder von vorn. Schließlich gelangte sie in irgendeine Art Sekte, sie hielt sich von Drogen fern, wurde aber von anderem hinuntergezogen. Es schien, als könne sie nicht anders oder als schirme sie sich gegen das normale Leben ab – vielleicht genügte es ihr auch einfach nicht mehr, das Alltägliche, ich weiß es nicht. Nach zwei Jahren war sie dann doch damit einverstanden, Aarlach zu verlassen und wieder bei uns zu wohnen, aber jetzt war es mit der Freude vorbei ... Brigitte ... Gitte. Sie war vierundzwanzig Jahre. Erst vierundzwanzig war sie, aber eigentlich war sie älter als meine Frau und ich. Sie wußte, doch, ich glaube, sie wußte selbst, daß sie ihr Leben bereits verwirkt hatte ... sie konnte sich immer noch weizenblonde Zöpfe flechten, aber ihr Leben hatte sie schon hinter sich. Sie wußte es, aber wir nicht. Eigentlich weiß ich es nicht ... vielleicht gab es noch ein Fünkchen Hoffnung, eine Möglichkeit, alles noch einmal hinzubiegen. Auf jeden Fall bildeten wir uns das ein, wir mußten es uns einbilden, diese verzweifelte Illusion vergeblicher Hoffnung. Ich glaube schon, daß wir einfach daran glauben mußten. Bevor wir lernen, worum es faktisch geht, ist es doch genau das, was wir tun. So läuft dieses verfluchte Leben doch ab. Wir klammern uns an etwas fest, das gerade zufällig zur Hand ist. Ganz egal, was ...«

Er schwieg. Sie öffnete die Augen und sah, wie die Zigarettenglut sein Gesicht erhellte. Zog die Decken dichter um sich. Sie spürte die starke Hoffnungslosigkeit, die die ganze Zeit von ihm ausging. Die wie in Wellen kam und sich für einen Augenblick in der Dunkelheit zu verdichten schien, sie fest und undurchdringlich werden ließ, selbst für Worte und Gedanken.

Ich verstehe, versuchte sie dennoch zu sagen, aber die Worte kamen nie heraus. Sie blieben in ihr stecken. Erfroren und sinnlos.

»Ich habe Maurice Rühme im gleichen Herbst aufgesucht«, fuhr er nach dem Schweigen fort. »An einem Tag dieser wenigen Monate, die wir sie bei uns hatten, fuhr ich dorthin. Besuchte ihn in der gleichen verflucht gepflegten Wohnung, in der er mit ihr gewohnt hatte und in der er danach mit einer neuen Frau wohnte ... einer jungen, schönen Frau, an der alle ihre Freude hatten und die nie erfuhr, warum ich gekommen war. Er hielt sie aus allem vollkommen heraus, und als ich mit ihm über Brigitte reden wollte, gingen wir und setzten uns in eine Bar. Dort, auf einem merkwürdig altmodischen Plüschsofa, breitete er die Arme aus und wunderte sich, was ich eigentlich von ihm wollte; er bezahlte den Wein und fragte, ob ich auf Geld aus wäre ... Damals säte er wohl selbst den Samen, aber erst als er mit den anderen zurückkehrte, wurde mir bewußt, daß die Zeit reif war. Als ich ihn tötete, war der Genuß groß. Tiefer und intensiver irgendwie als bei Eggers und Simmel, und das wundert mich gar nicht. Er war der Anstifter. Es war das Bild eines lebenden Maurice Rühme, das mich während meiner schlaflosen Nächte am stärksten geplagt hat, bevor ich mich dazu entschloß ... ein lebendiger, lachender Maurice Rühme, der da in der Sofaecke sitzt, die Arme ausbreitet und bedauert, daß Brigitte nicht aus härterem Holz geschnitzt war. Daß sie so hart fallen und so schwer aufschlagen mußte ... das hatte er nicht erwartet, dieser reiche Junge mit dem dreifach doppelten Boden.«

Er schwieg wieder und veränderte seine Sitzposition.

»Ich muß dich jetzt verlassen«, sagte er. »Ich werde dir von den anderen ein andermal erzählen. Wenn nichts Unvorhergesehenes eintritt ...«

Noch ein paar Minuten blieb er sitzen, dann hörte sie, wie er aufstand und die Tür öffnete. Sie hörte ihn die Tür in den quietschenden Angeln zuschieben, verriegeln und absperren, und erst als seine Schritte schon lange verklungen waren, löste sich das Band um ihre Zunge.

»Und ich?« flüsterte sie, und für einen Augenblick hatte sie das Gefühl, diese Worte würden wie ein Zeichen in der Dunkelheit stehen.

Kleine, schnell verlöschende Irrlichter in einer schwarzen, schwarzen Nacht.

Dann wickelte sie die Decken um sich und versuchte ihre Seele abzuschotten vor dem, was sie sah.

46

Als er vom hinteren Parkplatz des See Wharf fuhr, war es erst halb acht, und die Sonne zeigte sich gerade über der Steilküste im Osten. Sie versprach einen klaren Tag, und er mußte zugeben, daß er sich auf ein paar Stunden hinter dem Steuer freute.

Dazusitzen und durch eine Herbstlandschaft mit glühenden Farben und wie von der Kaltnadel gestochen scharfen Konturen zu fahren. Vielleicht konnte er ja so tun, als wäre er ein ganz normaler Mensch, der in irgendeiner ganz alltäglichen

Angelegenheit unterwegs war … auf dem Weg nach Bochhuisen, um einen Vortrag über die neue Führungsrolle zu halten. Den Schwefeldioxidausstoß irgendeiner obskuren chemischen Fabrik zu überprüfen. Einen Verwandten vom Flugplatz abzuholen. Oder was die Leute so zu tun pflegten.

Im März hatte er vor der Entscheidung gestanden, ob er seinen Wagen ganz wechseln sollte oder sich damit begnügen, nur eine bessere Musikanlage anzuschaffen. Schließlich hatte er sich für letzteres entschieden, und während er durch Kaalbringens Gassen kroch, pries er seinen weisen Entschluß. Die gesparten Tausender hatte er für ein paar ganz besonders feine Lautsprecher investieren können, die er sich nie hätte leisten können, wenn er ein neues Auto hätte bezahlen müssen.

Und jetzt übertraf der Wert der Musikanlage den Preis, den jemand eventuell für den Rest seines alten Opels hätte geben wollen, bei weitem – und genau so sollte es sein.

Das Auto war ein Transportmittel. Die Musik war ein Genußmittel. Da gab es keinen Zweifel, was Priorität hatte.

An diesem Morgen entschied er sich fürs Nordische. Kalt, klar und friedvoll. Sibelius und Grieg. Er schob die CD-Scheibe in den Spalt, und als ihn die ersten Töne der Tuonela umfingen, spürte er, wie sich auf seinen Unterarmen eine Gänsehaut bildete.

Es war schwindelerregend schön. Als befände er sich in der Grotte von Lämmingkäinen, während der ganze Berg von dieser seltsam suggestiven Musik widerhallte. Zum ersten Mal seit mehreren Wochen, ja, eigentlich seitdem er hergekommen war, gelang es ihm, den Henker beiseite zu schieben. Ihn zu vergessen. Er saß einfach da, eingehüllt in die Musik … in eine Kuppel glasklarer Laute, während die Dämmerung sich hob und über der weiten, flachen Landschaft verschwand.

Nach einem Zwischenstopp in einem gewöhnlichen, armseligen Straßencafé in der Höhe von Urdingen bekam die Musik schließlich doch andere Vorzeichen.

Ihm war klar, daß das Entfernte sich in etwas Nahes verwandelte. Alles, was zur Seite geschoben worden war, wurde zum Ausgangspunkt, zum immer aufdringlicher werdenden Ziel... steigend, fallend – wie immer. Die Zinne war überschritten. Die Ankunft rückte näher. Die Zeit war vergangen, und alles sollte sich bewahrheiten.

Oder vereitelt werden. Dieser verfluchte Fall!

Und obwohl er erneut versuchte, ihn aus dem Kopf zu bekommen, nicht daran zu denken, tauchte er die ganze Zeit in seinem Bewußtsein auf... nicht in Form von Gedanken, Überlegungen oder Schlußfolgerungen, sondern als Bilder.

Quer durch den Saal des Bergkönigs und durch Anitras Tanz lief ein Strom scharfer, unretuschierter Fotos. Sie traten in einem gleichmäßigen, entschlossenen, aber sehr langsamen Rhythmus hervor. Wie eine alte Bilderfolge aus einer Geschichtsstunde im Gymnasium, kam ihm in den Sinn. Wie damals gab es genügend Zeit, jedes einzelne Bild gründlich zu betrachten... obwohl der Inhalt natürlich ein wenig anders war.

Ernst Simmels stark verdrehter Kopf auf dem Marmortisch des Gerichtsmediziners, und die Kugelschreiberspitze, die in der offenen Kehle herumzeigte.

Advokat Klingforts zitternde Doppelkinne, als er vor Überraschung den Unterkiefer fallen ließ.

Der blutgetränkte Flurteppich in Maurice Rühmes Wohnung.

Und das Schlachterwerkzeug, dessen Ursprung sie nie richtig hatten bestimmen können.

Louise Meyer – Eggers' schwarzgeschminkte Hure, die er einen ganzen Nachmittag lang zu vernehmen versucht hatte, die aber viel zu high gewesen war, um überhaupt zu begreifen, was er sagte.

Jean-Claude Rühmes eiskalte Augen und Inspektor Moerks schönes Haar, als sie mit dem Melnikbericht in der Hand hereinkam.

Doktor Mandrijn und seine Frau, die diese verdrehte Gestalt oben beim Seldonheim schleppten.

Und Laurids Reisin. Ein imaginäres, aufdringliches Bild des Mannes, der sich nicht traute, nach draußen zu gehen.

Und der Henker.

Das Bild des Henkers selbst. Immer noch mit verschwommenen Konturen und nicht identifizierbar, aber wenn er auf der richtigen Spur war, dann war es nur noch eine Frage von Stunden, bis es in all seiner gewünschten Schärfe hervortreten würde.

Ein paar kleine Überprüfungen. Eine kurze Bestätigung seiner bösen Ahnungen, und die Sache müßte klarsein.

Vielleicht.

Er saß hinter seinem Schreibtisch und zwirbelte an seinem Schnurrbart. Schmächtig, in schwarzem Anzug und mit dichtem, nach hinten gekämmtem Haar erinnerte er eher an einen Bestattungsunternehmer als an irgend etwas anderes. Genauso hatte Van Veeteren ihn in Erinnerung, in den fünfzehn Jahren schien er um ein oder allerhöchstens zwei Monate gealtert zu sein. Daß er erst vor acht Tagen auf dem Operationstisch gelegen hatte, dafür gab es keine Anzeichen.

Mit einem leicht säuerlichen Lächeln begrüßte er Van Veeteren und zeigte mit der Hand auf den Besucherstuhl, der genau gegenüber von dem sorgfältig aufgeräumten Schreibtisch stand.

»Worum, verdammt noch mal, handelt es sich eigentlich?«

Van Veeteren erinnerte sich an das Gerücht, daß er kaum den Mund öffnen konnte, ohne dabei zu fluchen. Er hob die Handflächen zur Decke und versuchte bedauernd auszusehen.

»Bedaure«, sagte er. »Die Sache ist etwas delikat... Kann ich erst mal das angucken, weswegen ich gekommen bin?«

»Aber, zum Teufel, ja!« Er zog eine Schreibtischschublade auf und holte eine braune Mappe hervor.

»Bitte schön. Und viel Vergnügen!«

Van Veeteren nahm sie in Empfang und zögerte einen Moment. Er überlegte, ob er auf diesem Stuhl hier sitzen bleiben und lesen sollte, aber als er einen Blick über den Schreibtisch warf, begriff er, daß die Visite beendet war. Aus und vorbei! Er erinnerte sich wieder daran, daß sein Gastgeber noch nie ein Freund irgendwelcher Höflichkeitsfloskeln gewesen war ... Konversation oder so. Van Veeteren stand auf, verabschiedete sich und verließ das Büro.

Der ganze Besuch hatte weniger als zwei Minuten gedauert.

Wer noch einmal behauptet, ich hätte meine Launen, der soll doch bitte schön erst einmal diesen munteren Vogel besuchen, dachte Van Veeteren, während er die Treppen nach unten lief.

Er ging über die Straße zu seinem Wagen. Holte seine Aktentasche vom Rücksitz und stopfte die Mappe hinein. Schaute sich um. Fünfzig Meter entfernt, an der Straßenecke, entdeckte er ein Caféschild.

Klingt gut, dachte er und machte sich auf den Weg.

Er wartete, bis die Kellnerin verschwunden war, bevor er die Mappe auf den Tisch legte. Blätterte ein paar Seiten vor und nickte. Ein paar Seiten wieder zurück und nickte wieder.

Er zündete sich eine Zigarette an und begann von Anfang an zu lesen.

Er brauchte nicht lange zu warten. Die Bestätigung bekam er bereits auf Seite fünf, vielleicht nicht genau das, was er erwartet hatte, aber es war auf jeden Fall eine Bestätigung. Er stopfte die Papiere wieder zurück und schloß die Mappe.

Verflucht noch mal, dachte er.

Aber das Motiv war damit natürlich noch lange nicht klar ... was, zum Teufel, hatten die beiden anderen damit zu tun? Verdammte Scheiße ...

Nun ja, das würde sich zweifellos zeigen.

Er schaute auf die Uhr. Ein paar Minuten nach eins.

Donnerstag, der 30. September. Der vorletzte Arbeitstag von Bausen. Und plötzlich war der Fall auf dem Weg zu seiner Lösung.

Und genau wie er es geahnt hatte, war es kaum das Ergebnis irgendwelcher emsiger Ermittlungsarbeiten. Genau wie er gedacht hatte, war ihm die Lösung mehr oder weniger in den Schoß gefallen. Das war ein etwas sonderbares Gefühl, zweifellos, fast ungerecht, obwohl es andererseits natürlich nicht das erste Mal war, daß es so zuging. Er hatte das schon früher erlebt und bereits vor langer Zeit einsehen müssen, daß es, wenn es einen Beruf gab, in dem Tugend keine Belohnung nach sich zog, der des Polizeibeamten war.

Justitia hat bestimmt eine Vorliebe für Bullen, die faul rumliegen und nachdenken, statt sich den Arsch abzurennen, hatte Reinhart bei irgendeiner Gelegenheit mal gesagt.

Aber das, was ihn in erster Linie bestürzte, war die Überlegung, wie schlecht der Fall im Rückblick aussehen würde. Sein eigener Einsatz war gewiß auch nichts, auf das er stolz sein konnte. Eher im Gegenteil.

Mit anderen Worten, es war doch nicht ganz wie sonst.

47

Etwas, das sie von innen auffraß? Oder langsam betäubte. Eine Bewegung, die dazu verdammt war, zu ersterben?

Ungefähr so. Ungefähr so fühlte es sich an. Sofern sie überhaupt noch etwas fühlte.

Die Zeit, die es noch gab, bestand in den abnehmenden Rhythmen und Bedürfnissen ihres Körpers. In dieser betäubenden Dunkelheit war der Tagesrhythmus vollkommen zerstört worden, sie schlief und wachte auf, blieb wach und schlief wieder ein. Es war nicht möglich, festzustellen, wie lange etwas dauerte, vielleicht war es draußen Tag, vielleicht war es Nacht... vielleicht hatte sie acht Stunden lang geschlafen oder aber nur zwanzig Minuten? Hunger und Durst tauchten nur als blasse Signale von etwas auf, das sie eigentlich nichts anging, aber sie aß trotzdem aus der Schale mit Brot und Obst, die er ab zu und wieder füllte. Trank aus der Wasserflasche.

Ihre Hände und Füße waren gefesselt, ihre Beweglichkeit stark eingeschränkt, nicht nur durch den Raum; sie lag unter den Decken zusammengekauert, fast in einer Art Fötusstellung, sie stand nur auf, wenn sie zum Eimer mußte, um sich ihrer Notdurft zu entledigen... hüpfend tastete sie sich vor. Die Gerüche, die von dort kamen, hatten sie anfangs gestört, aber bald roch sie sie gar nicht mehr. Der satte Erdgeruch war das einzige, was sie die ganze Zeit spürte, der sie sofort an ihre Lage erinnerte, wenn sie aufwachte, der ihr die ganze Zeit bewußt war.

Unterbrochen wurde er nur von dem angenehmen Tabaksgeruch, wenn er bei ihr saß und erzählte.

Verebbt war auch die unerträgliche Angst der ersten Zeit. Sie hatte sich zurückgezogen und war von etwas anderem ersetzt worden: von einem schwerfälligen Gefühl der Lethargie und des Überdrusses, vielleicht nicht direkter Hoffnungslosigkeit, aber einem immer stärkeren Gefühl, daß sie nur irgendein dahinvegetierendes, dahinsiechendes Wesen war, das sich nach und nach nur noch auf einen schlaffen, unempfänglichen Körper reduzierte... einen Körper, der auch den inneren Eindrücken, Gedanken und Erinnerungen gegenüber immer gleichgültiger wurde. Die äußere Finsternis fraß sich nach innen, wie es schien, drang langsam und beharrlich unter ihre Haut... und gleichzeitig begriff sie, daß genau das vielleicht ihre Überlebenschance war, ihre einzige Möglichkeit, nicht verrückt zu werden. Hier einfach unter den Decken zu liegen und die Körperwärme, so gut es ging, bei sich zu behalten. Träume und Phantasien kommen und gehen zu lassen, wie sie wollten, ohne sie näher in Augenschein zu nehmen – in wachem wie in schlafendem Zustand.

Und keine Hoffnung zu haben. Sich nichts vorzustellen und nicht darüber nachzudenken, wie die letztendliche Lösung aussehen würde. Einfach nur dazuliegen. Nur darauf zu warten, daß er kam und seine Geschichte weitererzählte.

Über Heinz Eggers und Ernst Simmel.

»Nein«, sagte er, und sie hörte, wie er das Zellophan von einer neuen Zigarettenpackung abriß. »Ich weiß nicht, ob damals schon alles verloren war, als sie aus Aarlach zurückkam. Oder ob es immer noch eine Chance gab. Natürlich spielt es jetzt im nachhinein keine Rolle mehr, es ist müßig, darüber zu spekulieren... schließlich ist es ja doch so gekommen, wie es kommen mußte.«

Er zündete sich seine Zigarette an, und das kurz aufflammende Feuer des Feuerzeugs blendete sie fast.

»Sie kam zurück, und wir wußten nicht, ob wir hoffen oder mißtrauisch sein sollten. Natürlich taten wir beides; man kann nicht in purer Verzweiflung leben – erst wenn man die endgültige Einsicht hat, aber dann spielt es eigentlich keine Rolle mehr. Nun ja, jedenfalls wollte sie nicht wieder bei uns wohnen. Wir besorgten ihr eine Wohnung in Dünningen. Bereits Anfang März zog sie dort ein; es waren nur ein Zimmer, Küche und Bad, aber trotzdem ziemlich groß. Hell und sauber, im fünften Stock und mit Blick aufs Meer vom Balkon aus. Sie war immer noch krankgeschrieben und nur bedingt arbeitsfähig. Körperlich entgiftet und ging zur Therapie, sollte es jedenfalls. Sie hatte nachmittags einen Job bei Henkers. Aber wie sich später herausstellte, kam sie dem nicht nach. Doch damals wußten wir nichts davon. Wir kümmerten uns nicht darum, wollten sie nicht überwachen. Sie mußte es selber wollen, wir könnten es ihr nicht abnehmen, hatte uns ein scheißwichtiger und neunmalkluger Sozialarbeiter erklärt. Also hielten wir uns im Hintergrund, im verborgenen, wozu es verdammt noch mal auch immer gut sein mochte. Ja, da wohnte sie also den ganzen Frühling über, und wir dachten, sie käme zurecht, aber ihre Einkünfte, das Geld, das sie für Dinge brauchte, von denen wir dachten, sie würde sie nicht mehr nehmen, ja, das kam von solchen Menschen wie Ernst Simmel. Ernst Simmel...«

Er verstummte und zog an seiner Zigarette. Sie folgte dem glühenden Punkt und hätte plötzlich selbst gern eine geraucht.

Vielleicht würde er ihr sogar eine geben, wenn sie fragte, aber sie traute sich nicht.

»Eines Abends Ende April fuhr ich aus irgendeinem Grund zu ihr hin. Ich war so gut wie nie dort gewesen, seit sie eingezogen war. Ich weiß nicht mehr, was der Grund war, es kann jedenfalls nichts besonders Wichtiges gewesen sein, und es entfiel mir auch sofort, als ich dort ankam...«

Neue Pause, die Zigarette glühte. Er hustete ein paarmal. Sie lehnte den Kopf gegen die Wand und wartete. Wartete und wußte.

»Ich klingelte. Doch die Klingel war offensichtlich kaputt, also versuchte ich, die Klinke herunterzudrücken... es war offen, und ich ging hinein. Ging in den Flur und schaute mich um. Die Schlafzimmertür war nur angelehnt... ich hörte Geräusche und mußte einfach hineinsehen. Ja, und so bekam ich zu sehen, wie sie sich ihr Geld verdiente...«

»Simmel?« flüsterte sie.

»Ja.«

Erneutes Schweigen. Er räusperte sich wieder und rauchte wieder. Drückte die Kippe auf dem Boden aus und zertrat die Glut mit dem Fuß.

»Als ich da in der Türöffnung stand, trafen sich unsere Blicke. Sie sah mich direkt über die Schulter dieses Ekels an – sie stand an die Wand gepreßt da. Ich glaube, wenn ich in diesem Moment eine Waffe gehabt hätte, eine Axt oder ein Messer oder was auch immer, dann hätte ich ihn schon damals getötet. Vielleicht war ich aber auch einfach viel zu betroffen... diese Augen, Brigittes Augen, als sie diesen Mann an sich heran ließ, das war der gleiche Blick, den sie schon einmal gehabt hatte. Ich erkannte ihn sofort wieder, damals war sie sieben, acht Jahre alt gewesen, und es mußte das erste Mal gewesen sein, daß sie hungernde, sterbende Kinder sah und begriff, worum es da ging... eine Fernsehreportage aus Afrika. Die gleichen Augen waren das, die mich da ansahen. Die gleiche Verzweiflung. Die gleiche Machtlosigkeit gegenüber dem

Bösen auf der Welt. Ich ging nach Hause, und ich glaube, ich habe einen ganzen Monat lang nicht geschlafen.«

Er schwieg und rauchte wieder.

»War das in dem Jahr, als Simmel nach Spanien gezogen ist?« fragte sie und bemerkte verwundert, wie groß ihre Neugier immer noch war. Daß sie seinem Bericht zuhörte und daß es sie berührte, als wäre es ihre eigene Wunde, daß ihre eigene, ganz persönliche Lage und Verzweiflung vielleicht doch nichts anderes war als ein Spiegel, als ein Symbol von irgend etwas unendlich viel Größerem.

Von dem totalen, ewigen Leiden in der Welt?

Dem Übergewicht des Bösen?

Oder ist das nur wieder dieser verfluchte Starrsinn, von dem alle reden, dachte sie. Der Starrsinn und diese doppelbödige Stärke... und mein ewiges Aufschieben dieser Sache mit dem Kind.

Konnte es sowohl das eine als auch das andere sein? Die gleiche Sache, wenn man es genau betrachtete?

Und wenn dem so war – was, zum Teufel, spielte es dann für eine Rolle? Ihre Gedanken verloren sich, und sie konnte den Faden nicht wiederfinden. Sie faltete die Hände, aber nach nur wenigen Sekunden konnte sie sie nicht mehr spüren. Sie schliefen ein und verschwanden, in der gleichen unerschütterlichen Art wie ihre eitlen Anstrengungen, einen Gedankengang weiterzuverfolgen.

»Ja«, sagte er schließlich. »Das war in dem Jahr. Er verschwand in dem Sommer – kam diesen Frühling zurück, wie die anderen. Das mußte doch ein Zeichen sein, wenn alle nur mit ein paar Wochen Zwischenraum hier in der Stadt auftauchten. Komm mir nicht und behaupte, das wäre nur ein Zufall. Das war ein Zeichen von Gitte. Von Gitte und Helena, das ist doch so verdammt klar, daß man es gar nicht übersehen kann... Wird das jemals jemand begreifen?«

Plötzlich lag eine schneidende Schärfe in seiner Stimme. Eine gekränkte Empörung. Als wäre gar nicht er selbst es, der hinter dem Ganzen steckte. Als wäre er gar nicht verantwortlich für die Morde. Als wäre er...

Nur ein Werkzeug.

Plötzlich fiel ihr etwas ein, was Wundermaas gesagt hatte; vielleicht nicht wortwörtlich, aber dem Sinn gemäß – etwas dahingehend, daß in den meisten Morden eine Notwendigkeit zu walten schien, ein Zwang, der stärker war als bei allen anderen Taten; wenn dem nicht so wäre, würden sie überhaupt nie begangen werden... wären sie gar nicht notwendig.

Wenn es eine Alternative gegeben hätte.

Die Notwendigkeit. Die Trauer, die Entschlossenheit und die Notwendigkeit... ja, sie begriff, daß es genau das war, worum es hier ging.

Die Trauer. Die Entschlossenheit. Die Notwendigkeit.

Sie wartete auf die Fortsetzung, doch die kam nicht. Nur seine schweren Atemzüge, die sich durch die Dunkelheit schnitten, und ihr wurde klar, daß er genau jetzt, genau in diesem Augenblick, wo die Zeit stillstand, über ihr Schicksal entschied.

»Was willst du mit mir machen?« flüsterte sie.

Vielleicht gerade noch rechtzeitig. Vielleicht, weil sie ihm nicht die Zeit geben wollte, zu Ende zu denken.

Er antwortete nicht. Stand auf und ging rückwärts aus der Tür.

Schob sie zu und verschloß sie. Schlug den Riegel vor. Sie war wieder allein. Sie lauschte seinen verklingenden Schritten und kauerte sich an der Wand zusammen. Zog die Decken über sich.

Noch einer, dachte sie. Er hat noch einen, über den er berichten kann. Und dann?

Und dann?

48

Wenn er die Fähigkeit besessen hätte, in die Zukunft zu blicken, und wenn auch nur für ein paar Stunden, dann wäre es natürlich möglich, daß er einfach das Mittagessen hätte ausfallen lassen.

Um statt dessen die Rückfahrt nach Kaalbringen so schnell wie möglich anzutreten. Aber wie die Dinge nun mal lagen – mit der Auflösung dieser zähen Geschichte in deutlicher Reichweite –, beschloß er statt dessen, sich ein Canaille aux Prunes in Arnos Keller zu gönnen, einem kleinen Fischrestaurant, an das er sich noch aus einer Urlaubswoche vor mehr als zwanzig Jahren erinnerte.

Außerdem brauchte er ein paar Stunden, um ungestört nachzudenken, schließlich war es nicht ganz unwichtig, wie er den letzten Akt dieses Dramas inszenierte... ganz und gar nicht unwichtig. Der Henker mußte so sauber wie möglich zur Strecke gebracht werden, außerdem mußte die Motivfrage untersucht und ordentlich geklärt werden. Und dann war da natürlich noch das Problem mit Inspektorin Moerk. Vermutlich gab es genügend Möglichkeiten, etwas falsch zu machen, und um Bausen zu zitieren: Es war verdammt lange her, seit in diesem Fall mal was geklappt hatte...

Wie auch immer – eine bessere Gesellschaft als eine gute Mahlzeit konnten seine Gedanken sich wohl kaum wünschen.

Nach einer Birne in Cognac und dem Kaffee hatte er seinen Entschluß gefaßt – eine Strategie, bei der die Erfolgschancen gut erschienen und die Risiken, Inspektorin Moerk zu schaden, so gering waren, wie man es sich nur wünschen konnte.

Das hieß, wenn sie immer noch am Leben war. Natürlich wollte er gern davon ausgehen, aber in diesem Fall hatte ihnen die Wahrscheinlichkeit schon öfters ein Schnippchen geschlagen.

Wahrscheinlichkeit? dachte er. Ich hätte es wissen sollen.

Es war inzwischen halb vier. Er bezahlte, verließ seinen Ecktisch und begab sich in die Telefonzelle im Restauranteingang.

Drei Gespräche. Zuerst Bausen daheim in seinem Nest, dann Münster... der Kommissar antwortete nicht in seinem Ferienhaus, er war sicher noch mit Synn und den Kindern am Strand. Dann Kropke auf der Polizeiwache, der Inspektor kostete ihn insgesamt eine Viertelstunde, er hatte offensichtlich Schwierigkeiten, dem Gedankengang zu folgen, aber als das Gespräch endlich beendet war, hatte Van Veeteren das Gefühl, daß jetzt alles klappen könnte.

Er machte sich kurz nach vier auf den Weg, und bereits in der Höhe von Ulming, nach wenigen Kilometern, bemerkte er, daß die rote Lampe blinkte. Bald leuchtete sie die ganze Zeit unheilverkündend, was ihn dazu brachte, fluchend mit beiden Fäusten auf das Armaturenbrett zu schlagen – doch das nützte nichts, der Motor begann auch noch zu stottern und an Fahrt zu verlieren, dieses Scheißauto, und als die nächste Tankstelle auftauchte, war ihm klar, daß er keine andere Wahl hatte. Er fluchte noch ein bißchen, blinkte nach rechts und bog von der Autobahn ab.

Eine neue Lichtmaschine, stellte der junge Tankwart nach einem kurzen Blick unter die Motorhaube fest... am gleichen Tag kaum noch zu machen. Er schob die Hände in seine Gesäßtaschen und schaute bedauernd drein. Van Veeteren fluchte.

Na gut, wenn der Kunde darauf bestand und bereit war zu zahlen. Ja, vier, fünf Stunden, vielleicht würde das ausreichen... schließlich mußte er erst in die Stadt und eine neue besorgen, aber wenn er es so eilig hatte, konnte er ja solange ein anderes Auto mieten. Ein paar waren frei.

»Und meine Musikanlage hier lassen?« schimpfte der Hauptkommissar und zeigte mit ausgestreckten Händen auf die triste Umgebung der Tankstelle. »Was denken Sie denn, wer ich bin?«

»Na, dann eben nicht«, sagte der Tankwart. »Dann schlage

ich vor, Sie warten so lange drüben im Café. Im Kiosk gibt es Zeitungen und Bücher.«

Verfluchte Scheiße! dachte Van Veeteren. Mistauto! Ich werde nicht vor ein, zwei Uhr nachts zurück sein.

»Es klingelt!« schrie Bart.

Münster und seine Familie hatten am Strand herumgetrödelt, bis die Sonne hinter dem Waldrand im Westen unterging. Sie konnten nach einem Tag voller Spielen, Faulenzen und Wiedersehensfreude nur mit Mühe wieder ins Haus zurückfinden. Vorsichtig legte Münster seine schlafende Vierjährige ins Bett, während Synn ans Telefon ging.

»Es ist der Hauptkommissar«, flüsterte sie mit der Hand über dem Hörer. »Er klingt wie ein Pulverfaß, da ist anscheinend was mit dem Auto...«

Münster nahm den Hörer.

»Was?« fragte er.

Dann sagte er die nächsten zehn Minuten so gut wie gar nichts mehr. Stand nur in der Fensternische, hörte zu und nickte, während seine Frau und sein Sohn immer kleinere Kreise um ihn zogen... ein Blick genügte, und Synn verstand, und ihr Wissen übertrug sich unmittelbar auf den Sechsjährigen, der das gleiche schon ein paarmal mitgemacht hatte.

Es war nicht mißzuverstehen. Nicht das Auto stand im Mittelpunkt des Gesprächs. Sie hörte es an der Stimme des Vorgesetzten am anderen Ende der Leitung; ein dumpfes, unverdrossen heranziehendes Unwetter. Sie sah es natürlich auch an ihrem Mann: an seiner Körperhaltung und seinen Kiefern im Profil. Angespannt, zusammengebissen. Ganz oben unterhalb der Ohren ein bißchen weiß...

Es war soweit.

Und langsam überfiel sie diese Unruhe. Über die sie nicht reden konnte, nicht einmal mit ihm, aber von der sie wußte, daß sie sie mit allen anderen Polizeiehefrauen auf der Welt teilte.

Die Möglichkeit, daß... daß etwas passieren könnte, was...

Entschlossen nahm sie ihren Sohn bei der Hand und ließ ihn nicht wieder los. Trotz allem dankbar, daß sie beschlossen hatte, hierherzufahren.

»Gegen zwei?« fragte Münster schließlich. »Ja, ich verstehe. Wir treffen uns hier, ja ... ja, das kann ich einrichten.«

Dann legte er den Hörer auf und starrte eine Weile vor sich hin, direkt in die Luft.

»Das ist einfach zu schrecklich«, sagte er.

Er schüttelte den Kopf und wurde seiner Frau und seines Sohnes gewahr, die ihn mit der gleichen unausgesprochenen rhetorischen Frage im Blick anstarrten.

»Wir werden den Henker morgen früh fassen«, erklärte er. »Die anderen kommen heute nacht hierher, um die Taktik zu besprechen.«

»Hierher?« fragte Synn.

»Stark«, sagte der sechsjährige Junge. »Ich bin dabei.«

Um halb fünf war der Plan fertig. Das Ganze hatte etwas länger gedauert, als der Hauptkommissar sich gedacht hatte, die Motivfrage war hin und her gewendet worden, und wie nun alles so richtig zusammenhing, wußte immer noch keiner. Aber sie hatten es, soweit es nur ging, analysiert. Es war unmöglich, weiterzukommen, und auch wenn das eine oder andere Teilchen vom Puzzle noch fehlte, so waren sich doch alle klar darüber, wie es im großen und ganzen aussehen würde.

»Es hat keinen Sinn, noch länger zu warten«, sagte Van Veeteren. »Jeder weiß, worum es geht ... ich glaube, wir gehen kein großes Risiko ein – aber trotzdem ist es nicht schlecht, auf Nummer Sicher zu gehen. Mooser?«

Mooser klopfte auf seine ausgebeulte Hüfte.

»Münster?«

Münster nickte.

»Der Polizeichef?«

Erneutes Nicken, und Van Veeteren schlug seinen Notizblock zu. »All right. Dann fahren wir!«

49

Der Gedanke an den Tod kam wie ein höflicher Gast, doch als sie ihn erst einmal hereingelassen hatte, beschloß er zu bleiben.

Plötzlich wohnte er bei ihr. Ungebeten und unerbittlich. Wie eine pressende Hand im Zwerchfell. Wie eine langsam wachsende Geschwulst. Eine graue Wolke, die anschwoll und sich in ihr ausbreitete und ein immer hoffnungsloseres Dunkel über ihre Gedanken legte.

Der Tod.

Plötzlich war das die einzige Realität, die sie besaß.

Das hier ist das Ende, sagte sie sich, und es war weder besonders traumatisch noch aufregend. Sie würde sterben ... wahrscheinlich durch seine Hand oder ganz von selbst. Zusammengekauert hier auf dem Boden zwischen den Decken liegend, mit diesem schmerzenden Körper und dieser dahinschwindenden Seele, die wohl das empfindlichste war – sie war es sicher, die als erste aufgeben würde, das wußte sie jetzt. Nachdem sie dem Tod die Tür geöffnet hatte, wurde ihr Lebenslicht schwächer und schwächer, vielleicht war es nur noch eine Frage von hundert oder siebzig oder zwanzig Atemzügen, bis alles zusammenbrechen würde. Sie hatte jetzt angefangen zu rechnen, so etwas machte man im Gefängnis, das wußte sie ... sie hatte von Gefangenen gelesen, die ihren Verstand nur behalten hatten, weil sie alles immer und ewig zählten, das Problem war nur, daß sie nichts zum Zählen hatte. Keine Ereignisse. Keine Geräusche. Keine Zeit.

Nur ihren eigenen Atem und ihren Puls.

Jetzt wartete sie auf ihn. Als wäre es ihr Geliebter, sehnte sie sich nach ihm ... ihrem Gefangenenwärter, ihrem Büttel, ihrem Mörder? Wie auch immer. Jede Veränderung, jedes Ereignis, jede denkbare Unterbrechung – nur nicht diesen fortwährenden Umgang mit dem Tod.

Ihrem höflichen und rücksichtsvollen Gast.

Die Schale mit dem Essen war halbvoll, aber sie bekam nichts mehr hinunter. Ab und zu befeuchtete sie die Zunge und die Lippen mit Wasser, aber auch Durst konnte sie nicht mehr aufbringen. Sie schleppte sich zum Eimer, konnte aber nichts von sich geben... die Bedürfnisse hatten sie verlassen, eins nach dem anderen, so einfach war das.

Warum kam er nicht?

Auch wenn die Zeit nicht mehr existierte, so gab ihr doch irgend etwas das Gefühl, daß er sich verspätet hatte. Sie beschloß, viertausend Pulsschläge lang zu zählen, und wenn er dann immer noch nicht hier war, dann würde sie...

...würde sie noch mal viertausend Pulsschläge zählen.

War es möglich, tausend Pulsschläge von anderen tausend Pulsschlägen zu unterscheiden? Ging das? Und wenn es möglich war, wozu sollte es gut sein?

Und während sie zählte, verkrampfte sich ihre Hand.

Wuchs die Wolke.

Erfüllte sie der Tod.

»Ich habe mich verspätet«, sagte er, und nur mit knapper Not konnte sie seine Stimme verstehen.

»Ja«, flüsterte sie.

Er saß stumm da, und sie spürte, wie sie dazu überging, seine Atemzüge zu zählen. Rauh in der Dunkelheit wie immer, aber dennoch seine und nicht ihre... etwas, das nicht von ihr selbst ausging.

»Erzähl«, bat sie.

Da zündete er sich seine Zigarette an, und plötzlich spürte sie, wie das schwache Glühen wuchs und sich in sie drängte... plötzlich durchdrang das Licht ihren ganzen Körper, und einen Augenblick später hatte sie das Bewußtsein verloren.

Sie erwachte in einer knisternden weißen Welt, einem pulsierenden, vibrierenden Schein, der so stark und mächtig war, daß sein Donnern sie zerriß. Schwindelerregende Spiralen wuschen ihren Kopf aus, und sie stürzte sich in sie hinein, wurde aufgesogen und in diesem infernalisch rotierenden Weiß gehalten, in dieser Flut aus wahnsinnig herabstürzendem Licht...

Dann begann es abzuebben. Die Flut wurde gedämpft und zog sich in einem langsam wogenden Rhythmus zurück, Brandungen und Wellen, und sie konnte den Geruch nach Erde wieder erkennen. Nach Erde und Rauch. Sah wieder nur noch Finsternis und einen roten, zitternden Punkt, und ihr war klar, daß etwas passiert war. Sie wußte nicht was, aber sie war irgendwo gewesen, und jetzt war sie zurück. Und die Wolke wuchs nicht mehr.

Etwas war geschehen.

»Erzähl«, sagte sie, und jetzt trug ihre Stimme die Worte wieder. »Erzähl von Heinz Eggers.«

»Heinz Eggers«, sagte er und zögerte wie immer anfangs. »Ja, ich will auch von Heinz Eggers erzählen. Ich bin nur so müde, schrecklich müde... aber natürlich muß ich bis zum Ende durchhalten.«

Es gelang ihr nicht, darüber nachzudenken, was seine Worte eigentlich bedeuteten.

Er räusperte sich und begann.

»Es war in Selstadt... sie ist dorthin gezogen. Oder wurde dorthin gebracht. Das Sozialamt kümmerte sich um sie und brachte sie nach Trieckberg. Kennst du Trieckberg?«

»Nein.«

»Das ist eines dieser Kollektive, die wirklich einige wieder hinkriegen, die sie nicht immer nur rein- und rausgehen lassen, bis sie schließlich an einer Überdosis oder einer schmutzigen Kanüle sterben. Den einen oder anderen noch hinkriegen. Also – wir hatten Kontakt, guten Kontakt, wir besuchten sie, es ging ihr gar nicht so schlecht. Es gab wieder einen kleinen Hoffnungsschimmer, aber nach ein paar Monaten erfuhren wir, daß sie abgehauen war... es dauerte, es dauerte schrecklich lange, bis wir einen Hinweis bekamen, daß sie in Selstadt sein könnte. Trieckberg liegt ein ganzes Stück weit entfernt davon. Ich fuhr dorthin und suchte... nach ein paar Tagen hatte ich eine Adresse erfahren und fuhr dorthin. Das war vielleicht eine Bude – nun ja, ich habe schon einiges gesehen, aber ich habe wohl noch nie jemanden in schlimmerem Zustand gesehen als Brigitte und die andere Frau da in Heinz Eggers' Stall – so nannte er es selbst. Stall. Er dachte wohl, ich käme, um ein billiges Stündchen mit einer seiner Huren oder allen beiden abzureißen. Vielleicht hatte er ja auch noch mehr...«

Er schwieg.

»Was hast du gemacht?« fragte sie nach einer Weile.

»Ich habe ihn geschlagen. Habe ihm eins aufs Maul gegeben. Ich konnte nicht anders. Er verschwand. Ich telefonierte nach einem Krankenwagen und brachte die beiden ins Krankenhaus... sie starb drei Wochen später. Gitte starb im Krankenhaus von Selstadt. Entschuldige, aber ich bin zu müde, um in Details gehen zu können.«

»Wie?«

Er wartete erneut und sog die letzten tiefen Züge aus seiner Zigarette. Ließ sie auf den Boden fallen und trat die Glut mit dem Fuß aus.

»Hat sich die Halsschlagadern aufgeschnitten und ist aus dem siebten Stock gesprungen – sie wollte ganz sicher gehen. Das war am 30. September. 1993. Sie ist siebenundzwanzig Jahre alt geworden.«

Diesmal blieb er länger sitzen.

Er saß in dem üblichen Abstand, drei, vier Meter von ihr entfernt in der Finsternis und atmete schwer. Keiner von beiden sagte etwas, ihr war klar, daß es nichts mehr hinzuzufügen gab. Er war jetzt fertig.

Die Rache war vollzogen.

Die Geschichte war erzählt.

Es war vorbei.

Sie blieben im Dunkeln sitzen, und sie hatte das Gefühl,

als wären sie nur zwei Schauspieler, die noch auf der Bühne geblieben waren, obwohl der Vorhang schon längst gefallen war.

Was geschieht jetzt? überlegte sie. Was kommt danach?

Was tut Horatio nach Hamlets Tod?

Leben und die Geschichte noch einmal erzählen, wie von ihm erwartet wird?

Durch eigene Hand sterben, wie er es will?

Schließlich traute sie sich zu fragen:

»Was willst du jetzt machen?«

Sie konnte hören, wie er zusammenzuckte. Vielleicht war er auch einfach eingeschlafen. Eine unendliche Müdigkeit schien ihn zu umgeben, und sie spürte, daß sie ihm am liebsten einen Rat gegeben hätte.

Eine Art Trost. Aber den gab es natürlich nicht.

»Ich weiß nicht«, sagte er. »Ich habe getan, was ich tun mußte. Ich brauchte ein Zeichen. Mußte auf ein Zeichen warten...«

Er stand auf.

»Welcher Tag ist heute?« fragte sie plötzlich, ohne zu wissen, warum.

»Es ist nicht Tag«, antwortete er. »Es ist Nacht.«

Und dann verließ er sie wieder.

Ich lebe noch, dachte sie überrascht. Und die Nacht ist die Mutter des Tages...

50

Van Veeteren ging als erster.

Bahnte sich einen Weg durch das Dunkel, das sich langsam etwas lichtete. Ein schmaler Streifen eines grauen Tages hatte sich unter den Bäumen hindurchgeschoben, aber es war noch zu früh, um etwas anderes als grobe Konturen, Lichtwechsel und Schattenspiele zu unterscheiden. Immer noch dominierte der Laut über das Licht, das Ohr über das Auge. Ein Wirrwarr leisen Prasselns und schwacher Insektengeräusche zog sich vorsichtig vor ihren Schritten zurück. Eigenartiger Ort, dachte Münster.

»Immer mit der Ruhe«, hatte Van Veeteren sie ermahnt. »Es ist besser, wir kommen eine Viertelstunde später, ohne bemerkt worden zu sein.«

Endlich bogen sie um die Ecke und kamen auf die Steinplatten. Der Hauptkommissar schob die Tür auf. Sie quietschte leise, und Münster konnte seine Unruhe spüren, aber innerhalb einer halben Minute waren alle drinnen.

Aufteilung. Zwei die Treppe hinauf. Er selbst und Münster nach unten.

Im Stockfinsteren schaltete er seine Taschenlampe ein.

»Es ist nur eine Vermutung«, flüsterte er über die Schulter, »aber mich soll der Teufel holen, wenn ich nicht recht habe!«

Münster nickte und blieb ihm dicht auf den Fersen.

»Guck mal!« rief Van Veeteren aus und blieb stehen. Richtete den Lichtkegel auf ein altes Puppenhaus, vollgestopft mit Spielsachen: Puppen, Teddys und allem möglichen anderen. »Ich hätte es wissen müssen... aber das ist natürlich ziemlich viel verlangt.«

Sie gingen weiter nach unten, Münster einen halben Schritt hinter Van Veeteren. Der Geruch von Erde wurde immer stärker... von Erde und einer ihn durchziehenden Spur kalten Zigarettenrauchs. Der Gang wurde enger, und die Deckenhöhe niedriger, sie mußten sich etwas zusammenkrümmen, gingen leicht vorgebeugt und geduckt weiter – tasteten sich vor, trotz der Führung durch das flackernde Licht der Taschenlampe.

»Hier!« sagte der Hauptkommissar plötzlich. Er blieb stehen und leuchtete auf eine solide Holztür mit doppelter Verriegelung und einem kräftigen Hängeschloß. »Hier ist es!«

Er klopfte vorsichtig an.

Nichts zu hören.

Er versuchte es wieder, etwas stärker diesmal, und Münster konnte ein leises Geräusch von der anderen Seite vernehmen.

»Inspektor Moerk?« fragte Van Veeteren, die Wange an die feuchte Holztür gepreßt.

Jetzt war ein klares, deutliches »Ja« zu vernehmen, und in dem Moment spürte Münster, wie etwas in ihm zusammenbrach. Plötzlich schossen ihm die Tränen in die Augen, und es gab keine Möglichkeit, sie zurückzuhalten. Ich bin ein zweiundvierzigjähriger Bulle und stehe hier und heule, dachte er. O Scheiße!

Aber er schämte sich nicht. Er stand hinter dem Rücken des Hauptkommissars und weinte einfach im Schutz der Dunkelheit. Danke, dachte er, ohne eine Ahnung davon zu haben, an wen er seinen Dank richtete.

Van Veeteren holte ein Brecheisen hervor, und nach ein paar mißglückten Versuchen bewegte sich das Hängeschloß. Er öffnete die Riegel und schob die Tür auf.

»Nimm das Licht weg«, flüsterte Beate Moerk, und das einzige, was Münster von ihr sah, waren die Handschellen, das dicke, verfilzte Haar und die Hände, die sie sich vor die Augen hielt.

Bevor er ihr gehorchte, ließ der Hauptkommissar den Lichtkegel ein paar Sekunden lang über die Wände wandern.

Dann murmelte er etwas Unverständliches und machte die Lampe aus.

Münster tastete sich zu ihr vor. Es gelang ihm, sie auf die Füße zu stellen... sie lehnte sich schwer an ihn, und ihm war sofort klar, daß er sie tragen mußte. Vorsichtig hob er sie hoch und merkte, daß er immer noch weinte.

»Wie geht es dir?« brachte er trotzdem hervor, als sie ihren Kopf auf seine Schulter gelegt hatte, und seine Stimme klang erstaunlich sicher.

»Nicht besonders gut«, flüsterte sie. »Danke, daß ihr gekommen seid.«

»Keine Ursache«, sagte Van Veeteren. »Ich hätte es eigentlich früher wissen müssen, aber... ich fürchte, du mußt die Handschellen noch eine Weile ertragen. Ich habe kein Werkzeug dabei.«

»Das macht nichts«, sagte Beate Moerk. »Aber wenn ihr sie abgekriegt habt, will ich drei Stunden lang ein Badezimmer nur für mich.«

»Selbstverständlich«, sagte Van Veeteren. »Schließlich hat die Inspektorin reichlich Überstunden gemacht.«

Dann führte er die beiden hinaus.

Draußen auf der Terrasse warteten bereits Kropke und Mooser.

»Er ist nicht zu Hause«, sagte Kropke.

»Scheiße«, sagte Van Veeteren.

»Du kannst mich absetzen, wenn du willst«, sagte Beate Moerk. »Vielleicht kann ich ja selbst gehen...«

»Kommt gar nicht in Frage«, sagte Münster.

»Wo, zum Teufel, steckt er?« knurrte der Hauptkommissar. »Es ist halb sechs Uhr morgens... da sollte er doch in seinem Bett liegen?«

Beate Moerk hatte die Augen geöffnet, schattete sie aber mit der Hand gegen das schwache Dämmerungslicht ab.

»Er war vor einer Weile bei mir«, sagte sie.

»Vor einer Weile?« wiederholte Kropke.

»Ich habe etwas Probleme mit der Zeitberechnung«, erklärte sie. »Vor einer Stunde... vielleicht vor zwei.«

»Und er hat nicht gesagt, wo er hinwollte?« fragte Van Veeteren.

Beate Moerk überlegte.

»Nein«, sagte sie. »Aber er wollte ein Zeichen haben, sagte er.«

»Ein Zeichen?« wiederholte Mooser.

»Ja.«

Van Veeteren dachte eine Zeitlang nach. Er zündete sich eine Zigarette an und lief auf den Steinfliesen hin und her.

»Mmh, mmh«, sagte er schließlich und blieb stehen. »Ja, das ist natürlich möglich – warum nicht? Münster!«

»Ja.«

»Du befreist die Inspektorin von den Handschellen und fährst sie ins Krankenhaus.«

»Nach Hause«, sagte Beate Moerk.

Van Veeteren brummte.

»All right«, lenkte er ein. »Dann schicken wir einen Arzt dorthin.«

Sie nickte.

»Kropke und Mooser kommen mit mir!«

»Was meinst du, wo er ist?« fragte Kropke, als Münster und Moerk sie verlassen hatten.

»Bei seiner Familie«, antwortete Van Veeteren. »Da, wo er hingehört.«

51

»Ich komme schon zurecht«, sagte Beate Moerk.

»Wirklich?« fragte Münster.

»Natürlich. Eine Weile in der Badewanne, und ich bin wieder wie neugeboren.«

»Der Arzt kommt in einer halben Stunde. Ich bleibe lieber solange hier.«

»Nein, danke«, lächelte sie. »Geh du lieber zu deiner Familie.«

Er blieb stehen, die Hand auf der Türklinke.

»Dieser Bericht ...«, sagte er. »Wieviel hast du eigentlich davon gelesen?«

Sie lachte auf.

»Na gut. Gar nichts. Ich habe die Numerierung vermißt. Als ich das Original abgeliefert habe, habe ich auf die letzte Seite geblättert und gesehen, daß ganz unten 35 drauf stand ... ich glaube, ich habe das sogar gesagt.«

»Stimmt«, erinnerte sich Münster.

»Und auf der Kopie war die Numerierung weg... das war alles. Ich wußte kein bißchen über seine Tochter, als ich zum Revier gefahren bin. Ich arbeite hier ja erst seit vier Jahren, und sie war schon tot, als ich anfing. Ich wollte nur nachsehen, ob ich irgendwas im Kopierraum finden würde. Ja, da muß er mich gesehen haben, als ich hineinging oder rauskam... ganz einfach. Vielleicht war es nur ein Zufall. Ich weiß nicht, ob er meinte, ich wüßte was. Er hat jedenfalls nichts Dahingehendes gesagt. Noch was, was du wissen möchtest?«

Münster schüttelte den Kopf.

»Ja, noch eine ganze Menge«, sagte er. »Aber das kann warten.«

»Geh jetzt«, sagte sie. »Aber nimm mich vorher noch mal in den Arm, wenn du den Geruch ertragen kannst.«

»Ich habe dich schließlich den ganzen Morgen getragen«, sagte Münster und umarmte sie.

»Oh«, sagte Beate Moerk.

»Na, dann tschüs«, sagte Münster. »Und paß auf dich auf.«

»Du auf dich ebenfalls.«

Er sah ihn bereits von weitem.

In dem blassen Licht der Morgendämmerung stand er an dem gleichen Platz, an dem er an dem Abend ganz am Anfang der Ermittlungen gestanden hatte.

Damals, als er sich ihm nicht hatte nähern wollen. Seine Trauer nicht stören.

Jetzt hatte er genau wie damals die Hände tief in die Taschen gesteckt. Den Kopf gebeugt. Vollkommen still stand er da, die Füße breit auseinandergestellt, als hätte er schon lange gewartet und als wollte er sichergehen, daß er nicht aus dem Gleichgewicht kam.

In tiefster Konzentration. Versunken in etwas, das ein Gebet sein könnte, dachte der Kommissar, aber das vielleicht auch einfach nur Warten war. Das Warten darauf, etwas zu erfahren.

Oder reine Trauer. Der Rücken war so abweisend, daß Van

Veeteren sich nur mit großem Zögern näherte. Er gab Kropke und Mooser ein Zeichen, zurückzubleiben… damit er zumindest einen Augenblick lang allein mit ihm sein konnte.

»Guten Morgen«, sagte er, als nur noch ein paar Meter Abstand zwischen ihnen waren, und als Bausen seinen Schritt auf dem Kies schon lange gehört haben mußte. »Da bin ich.«

»Guten Morgen«, sagte Bausen, ohne sich zu bewegen.

Van Veeteren legte ihm seine Hand auf die Schulter. Blieb still stehen, während er die Inschrift auf dem Grabstein las.

Brigitte Bausen

18/6 1966 – 30/9 1993

Helena Bausen

3/2 1937 – 27/9 1996

»Gestern?« fragte Van Veeteren.

Bausen nickte.

»Vor fünf Jahren. Wie du siehst, hat ihre Mutter es zum Schluß nicht ganz geschafft… aber es trennen sie nur drei Tage.«

Sie standen eine Weile stumm da. Van Veeteren konnte Kropke im Hintergrund husten hören und hob abwehrend eine Hand, ohne sich umzudrehen.

»Ich hätte es früher wissen müssen«, sagte er. »Du hast mir diverse Zeichen gegeben.«

Bausen antwortete zunächst nicht. Er zuckte nur leicht mit den Schultern und schüttelte den Kopf.

»Zeichen, ja«, sagte er dann. »Ich kriege kein Zeichen… habe hier schon ’ne ganze Zeit gestanden und gewartet, und nicht erst heute…«

»Ich weiß«, sagte Van Veeteren. »Vielleicht… vielleicht ist ja das Fehlen selbst ein Zeichen.«

Bausen hob seinen Blick.

»Gottes Schweigen?« Er schüttelte sich und sah den Kommissar an. »Was die Moerk angeht, tut es mir leid ... habt ihr sie rausgeholt?«

»Ja.«

»Ich brauchte jemanden, dem ich alles erzählen konnte. Das wußte ich natürlich noch nicht, als ich sie geschnappt habe, aber so war es. Ich wollte sie nie umbringen.«

»Natürlich nicht«, sagte Van Veeteren. »Wann ist dir klargeworden, daß ich es wußte?«

Bausen zögerte.

»Bei der letzten Schachpartie vielleicht. Aber ich war mir nicht sicher ...«

»Ich auch nicht«, sagte Van Veeteren. »Hatte einige Probleme mit dem Motiv.«

»Aber jetzt hast du es verstanden?«

»Ich denke schon. Kropke hat gestern einiges nachgesehen ...«

»Moerk weiß alles. Du kannst sie fragen. Ich schaffe es nicht, alles noch mal durchzugehen. Ich bin so schrecklich müde.«

Van Veeteren nickte.

»Das Telefongespräch gestern ...«, sagte Bausen. »Ich lasse mich nicht so schnell anschmieren, das war eher aus Höflichkeit, wenn du entschuldigst?«

»Na klar«, sagte Van Veeteren. »Das war eine hausgemachte Eröffnung.«

»Endspiel eher«, sagte Bausen. »Jedenfalls hatte ich das Gefühl, ihr habt euch reichlich Zeit gelassen ...«

»Hatte Probleme mit dem Auto«, sagte Van Veeteren. »Wollen wir?«

»Ja«, sagte Bausen, »das müssen wir wohl.«

V

2. Oktober

52

Der Strand war endlos.

Van Veeteren blieb stehen und blickte aufs Meer. Die Wellen waren kräftig, endlich einmal. Ein frischer Wind zog auf, und hinten am Horizont war der obere Rand einer dunklen Wolkenbank zu sehen. Sicher würden sie am Abend noch Regen bekommen.

»Ich denke, wir kehren um«, sagte er.

Münster nickte.

Sie waren seit mehr als einer Stunde unterwegs. Synn hatte gesagt, sie würde um drei Uhr Essen machen und die Kinder müßten noch gründlich geschrubbt werden, bevor sie sich an den Tisch setzen konnten.

»Bart!« rief er und winkte mit dem Arm. »Wir kehren um!«

»Okay!« schrie der Sechsjährige und machte einen letzten Ausfall gegen den eingegrabenen Feind im Sand.

»Ich bin müde«, stellte seine Tochter fest. »Trägst du mich!«

Er hob sie auf seine Schultern, und langsam zogen sie sich vom Strand zurück.

»Wie geht es ihm?« fragte Münster, als er merkte, daß Marieke eingeschlafen und Barts Vorsprung groß genug war.

»Gar nicht so schlecht, denke ich«, sagte Van Veeteren. »Die Zukunft interessiert ihn nicht besonders ... die Hauptsache ist, daß er es gemacht hat.«

»Wollte er geschnappt werden?«

»Nein, aber es spielt wahrscheinlich auch keine so große

Rolle. Es war natürlich unhaltbar, als Moerk ihm auf die Spur gekommen war.«

Münster überlegte.

»Wie viele Zeilen stehen eigentlich über Brigitte Bausen im Melnikbericht?« fragte er.

»Genau eine Seite. Über das Jahr, in dem sie zusammenwohnten. Ihr Name wird zweimal erwähnt. Melnik hatte natürlich keine Ahnung, nicht einmal er kann schließlich wissen, wie alle Polizeichefs heißen... wenn er etwas mehr Zeit gehabt hätte – Bausen meine ich natürlich –, dann hätte er einen anderen Namen einsetzen können, statt die ganze Seite rauszunehmen. Dann hätte er es vielleicht geschafft. Aber wir haben ja sozusagen auf ihn gewartet... und verflucht noch mal, wir hätten eigentlich sehen müssen, daß da eine Lücke war.«

Münster nickte.

»Eigentlich fällt es mir ziemlich schwer, ihn zu verurteilen. Moralisch gesehen, meine ich...«

»Ja«, sagte Van Veeteren. »Man kann schon der Meinung sein, daß er im Recht war – vielleicht nicht gerade, drei Menschen den Kopf abzuschlagen, aber doch irgendwie zu reagieren, aus seiner großen Trauer heraus.«

Er grub in den Jackentaschen und zog die Zigaretten heraus. Er mußte stehenbleiben und die Hände um das Feuerzeug halten, damit die Flamme nicht erlosch.

»Eine große Trauer und eine große Entschlossenheit«, stellte er fest, »das sind wohl die Hauptzutaten in diesem Gericht. Das sind Moerks Worte, nicht meine, aber sie taugen sicher gut als Zusammenfassung. Trauer und Entschlossenheit... und Notwendigkeit. Es ist nicht unbedingt eine schöne Welt, in der wir leben, aber das ist uns ja schon vor langer Zeit klar geworden. Oder?«

Sie gingen eine Weile schweigend nebeneinander her. Münster erinnerte sich an etwas, das Beate Moerk von den Gesprächen mit Bausen im Keller erzählt hatte.

Wir bekommen vom Leben gewisse Dinge auferlegt, soll er

gesagt haben. Wenn wir den Auftrag nicht annehmen, versteinern wir, das ist gar keine Frage des Willens...

Versteinern? Stimmte das? Sah er im Grunde genommen genau so aus – dieser fruchtlose Kampf gegen das Böse? Bei dem das Ergebnis, wie gering und mißglückt es auch ausfallen konnte, trotzdem nie das wichtige war... bei dem nur die Handlung an sich, das Prinzip, etwas bedeutete?

Und als Belohnung wartete nur, daß man nicht versteinerte? Nur?

Ja, vielleicht war das genug.

Aber das Leben von drei Menschen...?

»Was sagt der Kommissar?« unterbrach der Hauptkommissar seine Gedanken. »Welche Strafe würdest du ihm geben, wenn du zu entscheiden hättest?«

»In der besten aller Welten?«

»In der besten aller Welten.«

»Ich weiß nicht«, sagte Münster. »Was meint denn der Hauptkommissar?«

Van Veeteren dachte eine Weile darüber nach.

»Schwierig«, sagte er. »Vielleicht ihn in den Keller sperren, wie er es mit Moerk gemacht hat. Aber unter etwas humaneren Bedingungen natürlich – eine Lampe, ein paar Bücher... und einen Korkenzieher.«

Sie verstummten erneut. Gingen Seite an Seite am Wasser entlang und ließen die Dinge sacken. Der Wind war stärker geworden. Wie in der Stadt, in der man sich manchmal fast gegen ihn stemmen muß, dachte Münster. Bart kam mit neuen Schätzen für seine Steinsammlung angelaufen. Er lieferte sie in Vaters Tasche ab und rannte wieder vor. Als das niedrige, geweißte Haus in Sichtweite kam, räusperte Van Veeteren sich.

»Nun ja«, sagte er, »wie dem auch sei, er ist einer der sympathischsten Mörder, den ich je getroffen habe. Es kommt ja nicht oft vor, daß man die Gelegenheit hat, so viel Zeit mit ihnen zu verbringen – bevor man sie hinter Schloß und Riegel bringt, meine ich.«

Münster schaute auf. In der Stimme des Hauptkommissars lag ein neuer, vollkommen überraschender Ton von Selbstironie. Etwas, das er nie zuvor gehört hatte und sich auch kaum hätte vorstellen können. Plötzlich fiel es ihm schwer, ein Lächeln zu unterdrücken.

»Und wie lief es beim Schach?« fragte er.

»Ich habe natürlich gewonnen«, sagte Van Veeteren. »Was denkst du denn? Es hat nur seine Zeit gedauert.«

Ein paar Stunden später suchte er das Meer ein letztes Mal auf. Zündete sich die letzte Zigarette an und stand allein da, während er sie zu Ende rauchte und die aufgewühlten Wassermassen betrachtete, die an Land rollten.

Es atmete. Himmel und Meer ... der gleiche bedrohliche Akkord, die gleiche unerschütterliche Kraft, und als er die ersten Regentropfen auf seiner Hand spürte, drehte er dem Ganzen den Rücken zu und ging zum Auto.

Zeit, von hier wegzukommen, dachte er.

Der Vorhang ist gefallen. Das Trauerspiel ist vorbei.

Exit Ödipus. Exit Van Veeteren.

Er ließ den Wagen an. Richtete die Scheinwerfer auf die schnell einsetzende Dunkelheit und fuhr ins Landesinnere.

Und trotzdem. Trotzdem war es vielleicht doch nicht umsonst gewesen. Vielleicht würde Kaalbringen ja das Vergnügen haben, ihn irgendwann wieder einmal zu beherbergen?

Denn auch pensionierte Henker müssen doch irgendwann in Gnaden entlassen werden? Und auch die knappste Führung kann aufs Spiel gesetzt werden, oder etwa nicht?

Verdammt noch mal, was tut man nicht alles für ein anständiges Glas Wein?

Dachte Hauptkommissar Van Veeteren und suchte im Handschuhfach nach Penderecki.